KB106347

고난과 도전의
세월을
회고하며

고난과 도전의 세월을 회고하며

발행일   2021년 9월 23일

지은이   이정수
펴낸이   손형국
펴낸곳   (주)북랩
편집인   선일영   편집   정두철, 배진용, 김현아, 박준, 장하영
디자인   이현수, 한수희, 김윤주, 허지혜   제작   박기성, 황동현, 구성우, 권태련
마케팅   김회란, 박진관
출판등록 2004. 12. 1(제2012-000051호)
주소   서울특별시 금천구 가산디지털 1로 168, 우림라이온스밸리 B동 B113~114호, C동 B101호
홈페이지 www.book.co.kr
전화번호 (02)2026-5777   팩스   (02)2026-5747

ISBN   979-11-6539-916-0 03810 (종이책)   979-11-6539-917-7 05810 (전자책)

작가 연락처 문의 ▶ ask.book.co.kr

작가 연락처는 개인정보이므로 북랩에서 알려드릴 수 없습니다.

고난과 도전의 세월을 회고하며

이정수 자전 에세이

북랩 book Lab

프롤로그

오랫동안 미루어 오다가 나의 머릿속에 기억이 조금이라도 남아 있을 때 나의 지나온 자취라도 남기는 것이 나의 사랑하는 가족과, 그동안 많은 신세를 졌던 친지와 친구들 모두에 대한 도리와 예의가 될 것 같아 지나간 세월에 내가 몸소 겪은 고난과 도전을 돌아보며 쓴 평범한 글들을 모아 보았다.

1945년 8월 15일 일본의 식민통치로부터 해방된 우리나라는 1960년 초반까지 세계에서 가장 빈곤한 나라였다. 그러한 나라의 국민으로서 고난과 시련을 극복하고 나 자신이 세웠던 목표에 도전하여 하나씩 하나씩 이룩해 나갔던 과정을 중심으로 쓴 글이니 어쩌면 나의 자전에 가까운 글이라 할 수도 있을 것이다.

나의 국민학교, 중학교, 사범학교, 대학의 학창 시절에 겪은 이야기부터 국민학교와 중고등학교의 교사, 대학의 교수로 46년을 재직한 후 명예교수로 정년퇴임하기까지 겪었던 내 삶의 주요한 이벤트와 에피소드가 이 책의 내용에 많이 담겨져 있다. 이 글들이 독자들에게 어렵게 살아온 지난날의 평범한 우리 국민의 삶의 참모습들을 이해하는 데 조금이라도 도움이 되었으면 다행이겠고 또한 그것이 내가 바라는 바라고 하겠다.

끝으로 나의 오늘이 있기까지 일편단심 한마음으로 우리 가정과 나를 위해 헌신해 온 사랑하는 아내에게 깊은 사랑과 고마움을 전한다.

2021년 여름

/차/례/

프롤로그 ··· 4

제1부

1. 일본 고베에서 태어나 부산에 정착하다 ··· 12
2. 아버님의 단독주택 완공 ··· 20
3. 아버님의 실의와 실직 ··· 25
4. 공민학교에서 국민학교로 편입 ··· 29
5. 훌륭한 국민학교 담임 선생님과의 만남 ··· 33
6. 중학교에서 처음 체험한 사회적 부조리 ··· 37
7. 영어와 물상 과목에 심취하다 ··· 40
8. 학년별 야구대회 우승 투수로 활약 ··· 45
9. 고교 입시준비를 위해 야구부를 떠남 ··· 50

제2부

1. 사범학교 진학 준비 ··· 56
2. 사범학교 입학 ··· 61
3. 면학과 다양한 특별활동 참여 ··· 65
4. 3학년 1학기 말의 집단시위 ··· 72
5. 희망했던 부산 시내 학교 발령 ··· 75
6. 보람 있었던 군대생활 ··· 79
7. 국민학교 야구부 감독: 4강 진출과 준우승 ··· 85
8. 어느 여선생님의 고마운 격려와 후원 ··· 90
9. 주경야독의 보람과 결실 ··· 95

제3부

1. 즐거웠던 고등학교 영어교사 시절 … 100

2. 빅토리아대학교 영어교육원 유학 도전 … 104

3. 빅토리아대학교 영어교육원 유학의 여정 … 108

4. 티나코리 44 호스텔에서의 티타임 … 115

5. 뉴질랜드 웰링턴에서의 첫날밤 … 119

6. 빅토리아 대학교 국제학생 친목의 밤 … 122

7. 부탄 왕국에서 온 '슈미'의 초대를 받다 … 126

8. 세상은 넓고도 좁다더니 … 130

9. 시드니에서 옛 친구와의 만남 … 138

10. 오클랜드시 로타리클럽 오찬회에서의 영어 연설 … 143

제4부

1. 인척 국민학교장의 영향력 … 150

2. 영어교사 시절의 나의 영어교육관 … 154

3. 의과대학 영어과 전임교수 지망 … 158

4. 영문학 박사학위 과정의 이수와 학위취득 … 163

5. 호사다마 (1) … 167

6. 호사다마 (2) … 171

7. 절망적인 순간, 어머님의 직감력 … 175

제5부

1. 토론토대학 언어학과장의 반가운 회신 … 182
2. 교민들과 즐거웠던 토론토 생활 … 186
3. 토론토 교포 테니스대회에서의 우승과 해프닝 … 191
4. 캐나다 국립공원에서의 캠핑 … 195
5. 잊을 수 없는 고마운 배려와 은혜 … 199
6. 사랑과 배려가 부족했던 가장 … 203
7. 그리운 친구들과 동료들 … 209
8. 사범학교 나의 동기생들 … 213
9. 함께 주경야독하던 박○외 동문 … 217
10. 중등학교와 대학에서 만난 동료들 … 221

제6부

1. 제자의 분발을 촉구하신 선생님들 … 228
2. 의예과 1학년 영어강독 강의 … 233
3. 의예과 2학년 의학영어 강의 … 237
4. 질문-토의식 영어수업의 시도와 보람 … 241
5. 한국어와 영어의 논리적 전개방식 … 246
6. 해외어학(영어)연수 예정자를 위한 조언 … 250
7. 나의 과민성 체질 불만 … 254
8. 아무리 늙어가도 중단 없이 운동을! … 258
9. 차남의 호주 영주권 취득 에피소드 … 262
10. 텍사스 대학에서 사귄 한국 유학생들 … 268

제7부

1. 짧은 글이라도 매일 쓰는 습관의 위력 … 276

2. 사범 12기 동기회 58주년 총회 인사말 … 280

3. "스승과 제자와의 정은 영원하다" … 283

4. 간결한 주례사 … 286

5. 새마을 운동, 그 시작은 미약하게 보였으나… … 290

6. 고속도로 준공 50주년 기념비에 대한 소감 … 295

7. 국가 간에는 영원한 동맹은 없다! … 299

8. 자주적 국방력의 완비, 그것만이 우리의 살길이다 … 302

9. 중학교 시절 교감 선생님의 득도다조 교훈 … 305

10. 교육개악이 된 한국의 고등학교 교육개혁 … 311

에필로그 … 316

제
1
부

1. 일본 고베에서 태어나
부산에 정착하다

　나는 일본과 미국 간의 태평양전쟁(1941~45년)이 일어나기 전인 1940년 1월 4일(음력 1939년 11월 25일)에 일본의 항구도시인 고베에서 태어났다. 일본이 미국과의 태평양전쟁에서 패하여 항복을 한 1945년 그해의 11월 중순까지 일본에서 살다가 귀국을 하였으니 6년을 일본에서 살았던 셈이다. 일본에서 약 6년을 살았던 것이 나의 모국어 발음이나 억양에 꽤 영향을 끼친 것 같고 그 때문에 나의 우리말 발음이 완전하지 못하다는 소리를 가끔 듣기도 하여 종종 스트레스도 받기도 하고 우리말의 유려하고 자유로운 구사가 되지 않기도 하였다.

　중일전쟁과 제2차 세계대전 중에는 일본의 지배를 받았던 우리나라의 남자들은 강제적으로 징용에 동원되거나 학병으로 전선에 끌려가기도 하고 젊은 여자들은 위안부로 전선에 동원되기도 하는 등 나라를 잃은 우리 국민들은 엄청난 희생과 고생을 겪었다. 아버님께서는 일본 고베 근처의 전투기 제작소에 징용으로 오셨다가 징용의무 기간을 마치고 그대로 일본 고베에 머물며 자리를 잡고 철물 사업에 종사하시다가 어느 한국인 부부의 중매로 어머님을 만나 결혼을 하시고 오붓한 가정을 이루었다고 하셨다. 아버님께서는 당신의 부모님을 일찍 여의시고 외롭게 사신 지 10년 만에 평생의 반려자를 만나 오붓한 가정을 이루었으니 그 행복감은 이루 표현할 수 없을 정도였을 것이다.

나는 감수성이 예민한 유아기와 어린이 시절을 대부분 일본에서 보냈기 때문에 우리나라에서 보낸 어린 시절의 추억이 없어 정말 아쉽다. 그 대신 일본에서 보낸 어린 시절의 좋은 추억들만 나의 기억 속에 어렴풋이나마 자리 잡고 있다. 안타깝게도 일본에서 귀국한 후부터 나는 부산의 범천동 철도사택에서 어린 시절을 살았기 때문에 이렇다 할 고향산천에 대한 포근한 향토적 정을 느끼지 못하고 아름다운 산과 계곡이 펼쳐져 있는 그런 정다운 고향이 나에게는 없으니 정서적으로 불행한 편에 속한다. 다만 어머님의 고향이신 울산 병영은 국민학교 시절 방학 때마다 자주 가서 한때 지주로 잘 살았던 외가 친척들을 많이 만나며 푸근한 고향 같은 정서와 정을 느끼곤 하였다.

아버님께서는 중일전쟁과 태평양전쟁 기간에 철물의 상거래가 활발했던 시기에 일본에 정주하시면서 고철과 신철을 도매로 사고파는 철물중개상을 경영하셨다. 체격과 근력이 좋으시고 용모도 준수하신 데다가 사업 수완이 좋아서 그 기간에 고베에 거주하며 철물상을 경영하는 한국교포들 중에는 가장 잘 나가는 그룹에 속하였다고 하셨다.

때문에 그 당시 우리 가족은 꽤 잘살았기에 거주하는 집도 전망이 매우 좋은 곳에 자리를 잡았고 집 뒤에는 마당이 있어 그네도 자주 타고 하였으니 우리가 살았던 집은 좋은 집이었던 것 같다. 가끔 지상으로 달리는 전차가 은은한 경적을 울리며 지나가곤 하던 조용한 교외 주택지에 살았던 추억이 가끔씩 떠오르고 눈에 삼삼하다. 내가 살던 그곳이 지금도 그리운 추억으로 간직되어 있을 만큼 공기와 풍치가 좋은 쾌적한 동네였던 것 같다.

일본에서 대학과 실업계 중학교(실업고등학교에 해당)에 유학을 하였던 어머니의 외가 친척분들이 자주 오셔서 놀다 가시는 일이 많았고 그분들이 나와 나의 동생을 귀여워해주는 등 그 시절에 대한 추억과 그리움이 가끔 떠오른다.

내가 만 6살이었던 1945년에는 일본이 태평양전쟁에서 계속 패퇴하고 있었던 시기였다. 때문에 미국의 전투기들(주로 6·25 전쟁 때 많이 보았던 F51과 그라망 전투기들)의 기총사격 공격을 받는 일이 빈번하였고 집 근처의 비행기 제작 공장에 미국 폭격기들이 가끔 폭격도 하였다. 그때마다 우리 식구들은 도시를 떠나 산기슭이나 바닷가 동굴을 찾아 피신하였다. 살아남기 위해서 아주 어렸지만 나와 동생은 귀를 꼭 막고 눈을 꼭 감고 숨을 죽여 가며 엎드려 있었으니 어린 나이에 벌써 전쟁의 무서움과 참혹함을 겪었다.

일본이 태평양전쟁에 패하고 우리나라가 일본의 지배에서 해방이 되자 고국으로 가기 위해 수많은 우리 동포들이 이삿짐을 지고 고베 항구 부두에 모여서 고국으로 타고 돌아갈 선편을 잡기 위해서 며칠 혹은 2, 3주일씩 기다리는 고역을 겪어야 하였다.

쌀쌀한 11월 중순이 되자 우리 가족들도 귀국 준비를 하였다. 이웃에 살고 있는 가깝게 지낸 일본인들은 우리 가족의 귀국을 말리기도 하였다. "일본이 5년 이내 다시 일어설 것이니 조선에 돌아가지 말라"라는 것이었다. 그러나 아버님은 그동안 벌어놓은 재화도 꽤 많으니 한국에 돌아가서 잘 살 수 있을 것이라는 부푼 기대감을 품은 채 귀국을 결심하셨다. 부둣가 여관 2층에 머물며 이미 계약해 놓은 고국행 선편을 기다렸던 기억이 난다. 많은 귀환 동포들이 부둣가에서 밥을 짓고 쉽게 구할 수 있는 고등어를 구워서 반찬으로 먹고 있었다. 그 당시 고등어를 굽던 연기며 냄새가 지금도 가끔 구수하게 느껴지기도 한다. 내가 구운 고등어를 유달리 좋아한 것도 고등어의 맛이 좋기 때문이기도 하지만 그때의 냄새와 추억이 기억 속에 남아있기 때문일지도 모른다.

부산항과 고베항을 왕래하는 정기여객선이 운행이 되지 않던 때라서 중소규모의 통통배 비슷한 선편인 이른바 '야미배'(엔진이 달린 큰 어선을 여객선으로 개조한 배로서 정식으로 인가받지 못한 배)를 귀환하는 동포들이 기다리고 있었다. 그해 쌀쌀한 초겨울 11월 중순경 울산 방어진에 선적을 둔 중소형의 야미배를 타고 귀환 길에 올랐다.

그 배는 중소형이기 때문에 현해탄의 험난한 파고에 흔들려 나는 심한 배멀미에 고역을 치루었다. 배멀미를 너무나 심하게 한 후 나는 목이 말라 마실 물을 찾았다. 물이 없어 그릇에 담긴 물이 보리차 색깔과 비슷하여 마셨는데, 그것이 보리차가 아니고 아기의 오줌을 받아 놓은 것이었다. 그 오줌을 보리차라고 착각하고 마셔 버리고 말았으니 그것을 떠올릴 때마다 씁쓸한 느낌과 함께 쓴웃음이 나온다.

일본 고베 항구를 떠난 시간은 대략 오후 8시쯤 되었던 것 같고 장장 15시간가량 그 배를 타고 왔던 것 같다. 많은 무리의 상어들이 여기저기 줄지어 헤엄쳐 다니는 대마도를 지나 울산 장생포 앞바다에 이르니 많은 무리의 고래들이 떼를 지어 다녔다. 낮 12시경에 도착한 곳이 울산 방어진 어항이었다.

일본 고베에서 보았던 것처럼 이 방어진 부두에서도 키가 크고 코가 높으며 체격이 우람한 미국 군인들이 점령군의 위세를 당당하게 떨치는 듯 서로의 발을 정확하게 맞추어 거리를 활보하는 모습이 퍽 인상적이었다. 방어진 부두에서 트럭을 타고 거센 찬 바람을 맞으며 이모님이 살고 계신 울산 병영으로 갔다. 이모부 가족들은 일본에서 오랫동안 살다가 귀환한 우리 가족들을 반갑게 맞이해주었다.

그분들은 유달리 얼굴이 흰 우리 식구들을 신기한 듯 바라보았다. 우리들을 처음 만난 이종사촌 누나들과 형은 그 당시 한국인의 표준으로 볼 때 코가 높고 얼굴이 눈같이 흰 나를 보고 '코쟁이', '흰둥이'라고 놀렸다. 내가 나이가 어렸지만 그런 별명에 기분이 매우 언짢았다. 그런 별명은 성장하면서 줄곧 나를 괴롭혔고 나의 성격이 차츰 내성적으로 변한 것도 그런 것에 원인이 있었을 지도 모른다.

나는 나의 얼굴이 너무 흰 것이 정말 싫어서 중학교와 고등학교 학생일 때 일요일에는 바닷가에 가서 하루종일 일광욕을 하며 살갗을 태워보았지만 얼굴은 약간 붉어지기만 하다가 그 다음 날은 다시 더 하얘져서 그 후로는 일광욕을 단념하고 말았다. 별명을 함부로 지어 부르는 것은 당사자의 성격 형성에 크나큰 영향을 미칠 수 있다는 것을 주변에서 많이 보았다. 나의 막냇동생은 자신의 별명(뒤통수 짱구)을 의식하면서 열등의식에서 헤어나지 못하고 성격이 내성화되어 버렸다.

울산에서 며칠을 보낸 후 부산으로 가는 기차를 타고 온 듯하다. 해방 직후 기차는 매우 느렸고 연착이 다반사여서 1시간이면 오는 거리를 무려 4시간이나 걸려 부산역에 도착하였던 것 같다. 부산에 도착한 후 문현동에 살고 계셨던 고모할머니 집으로 가서 그동안의 긴 여행에 피곤하였던 몸을 맡겼다. 고모할머니의 집은 방이 세 개였지만 우리가 일본에서 살던 집과는 판이해서 앞으로 이런 집에서 살게 될지 몰라 적지 않은 걱정을 하였다. 지붕은 매우 낮고 창문은 작으며 또 방은 매우 작아 답답하고 갑갑하였다. 불과 며칠 만에 생활공간이 이렇게 달라진 곳에서 살게 되니 어린 마음이었지만 마음이 편하지 않았다.

고모할머니댁 바로 건너편에는 문현동에서 보기 힘든 아주 큰 기와집이 있었는데 고모할머니는 저 집이 나의 조부모님, 아버님, 고모님이 살았던 문현동에서 가장 큰 기와집이라고 말씀하셨다. 고모할머니는 그 큰 집이 어떻게 해서 다른 사람에게 넘어가게 되었는지에 대해서 나의 어머님께 자초지종 이야기를 해주셨다는 것을 나중에 들었다. 아버님이 17세 되던 그해에 조부모님께서 그 당시 유행했던 콜레라라는 무서운 전염병에 걸려 차례로 세상을 떠나시고 나의 고모님과 아버님은 졸지에 고아가 되셨다고 하였다. 그 당시 아버님과 고모님의 심적 고통이 어떠하셨는지 상상만 하여도 필설로 표현이 불가능할 정도로 나의 마음도 아팠다.

아버님은 양심적이지 못한 집안의 한 친척 어른의 농간에 집과 논과 밭을 헐값으로 처분하시고 그곳을 떠나셨다. 그래도 가까운 친척이라고는 강원도 속초에서 어장을 가지고 계신 아버님의 삼촌(나의 종조부님)이 계셔서 삼촌을 찾아 나셨다. 지금 강릉에는 종조부님의 아드님이신 영길 당숙과 따님이신 영자 당고모님이 화목한 가정을 이루며 살고 계신다. 대소사가 있을 때에는 서로 왕래를 하고 있으니 평시에는 전화로 가끔 안부인사를 하고 있다.

그 당시 육로로 가는 교통편이 없어 배편으로 동해안의 주요 어항들인 울산 방어진, 감포, 울진, 동해, 삼척을 거쳐서 속초까지 가서서 삼촌 어른을 만나셨다고 하였다. 속초에서 어부 생활을 3년 정도 하셨는데 삼촌의 어로활동을 돕기 위해서 노를 직접 젓기도 하면서 청년으로서의 건장한 체격과 체력을 키워셨다고 하셨다. 아버님께서는 인물이 좋으셔서 그곳 어촌 사람들에게 인기도 있었다고 하셨다. 지금은 강원도 속초에 살던 친척들이 강릉으로 이사를 가서 조용히 살고 계신다.

아버님은 그 옛날의 고생스러운 기억을 떠올리기도 싫어 우리들에게 이런 이야기를 하신 적이 없었다. 단지 어머님을 통해서 그 이야기를 들었다. 아버님에 관한 모든 이야기를 듣고 내가 비록 어렸지만 아버님을 생각하는 마음이 더욱 깊어지고 아버님의 기대에 어긋나지 않는 사람이 되려는 결심을 다시 하였다.

2. 아버님의
단독주택 완공

　현재는 문현동 금융단지가 들어선 대지이지만 그 당시는 큰 도로가에 있는 채소밭이었던 땅의 일부를 아버님께서 사들여 개인주택을 지을 작정을 하셨다. 아버님은 집을 짓는 데에 소요될 인건비를 지불할 충분한 여유자금이 없었으므로 아버님께서 혼자 힘으로, 내가 학교에 가지 않는 날은, 겨우 11살인 내가 미력하나마 아버님을 돕기도 하며 그 당시 주택 수준으로서는 꽤 괜찮은 집을 거의 8개월 만에 완공하셨다.

　아버님은 목수 경험도, 미장이 경험도, 온돌을 놓은 경험도 많이 없었던 것 같은데 혼자서 집을 대충 설계하시고 건축 일을 차질 없이 잘 해내신 것을 보면 요령과 재치, 손재주, 눈썰미가 대단하신 것을 알 수 있었다.

　아버님이 어릴 때 손재주와 두뇌가 좋아 주변 어른들로부터 칭송을 많이 받으며 성장하셨다는 나의 할머니 쪽 친척 어른들로부터 들은 적이 있었기 때문에 아버님의 손재주, 재치, 눈썰미는 타고난 것 같았다.

토요일 오후와 일요일은 나는 국민학교 4학년의 아동으로서 또래 친구들과 재미있는 놀이도 하지 못하고 아침부터 저녁 늦게까지 아버님 일을 도와드렸는데, 내가 하는 일은 주로 흙벽 공사 때 흙을 떠서 건네주는 일이었다. 무척 고되고 지겨웠지만 가장으로서 아버님의 숭고한 가족애와 노고를 생각하여 장남인 나는 마음을 몇 번이나 고쳐먹고 열심히 도왔다. 어린 시절에 육체노동이 이렇게 힘이 드는구나를 몸소 체험하였다. 나는 자라면서 내가 성인이 되어 구하는 장래의 직업은 고된 육체노동을 요하는 그런 직업을 택하지 않으리라는 생각을 단단히 하였다.

아버님께서 그렇게 엄청난 공을 들여 지은 집은 방이 모두 4개였다. 당시의 우리나라 경제 상황과 수준으로 볼 때 제법 방도 많고 수도가 있는 큰 집에서 살게 되니 그 집을 이웃의 다른 집들과 비교할 때마다 약간의 자부심도 생겼다.

아버님께서 거의 혼자서 공을 들여 준공하신 그 집은 그 당시 우리나라 주택 수준에서 볼 때 제법 잘 지은 집이었지만 겨울이 되면 방이 아주 추웠다. 창문은 겹유리창문이 아니고 창호지를 바른 홑문이었고 온돌(장판을 까는 판돌)이 너무 두터웠기 때문에 온돌의 온기가 전달되지 않았고 찬 공기의 차단이 안 되었기 때문이다. 공사비를 절약하시느라 넓고 두터운 돌들을 아버님께서 직접 산에 가서 구하시고 지게에 짊어지고 오셨다. 정말 고된 작업을 혼자서 하셨으니 대단한 아버님이셨다. 겨울에는 머리맡에 둔 그릇의 숭늉이 아침엔 얼었을 정도로 방안은 난방이 거의 안 되었다.

그러나 그로부터 5년 후 중학교 3학년 말 고교 입학시험을 대략 50일 앞두고 추운 방에서 새벽에 일어나 공부를 열심히 하였으니 지금 생각을 하면 중학교 3학년인 나의 각오와 의지가 정말 대단했던 것 같았다. 그런 각오와 의지가 생겨난 것은 아버님과 어머님의 가족에 대한 사랑과 헌신을 마음속 깊이 깨달았기 때문인 것 같다.

그 집을 준공한 시절에는 6·25 전쟁이 일어난 때라 새로운 방을 구하는 전쟁 피난민들이 많았고 계급이 높은 미군들과 이른바 '살림'을 하는 '양색시'가 많아 깨끗한 집의 방들이 비싸게 셋방으로 잘 나갔다. 우리 집 방 2개는 방세를 받아 생계비에 많은 보탬이 되었다. 비교적 큰방 2개는 비좁지만 우리 식구 7명이 썼다. 나중에 우리 식구를 위해 부산고등학교에 다니는 아우와 사범학교에 다니는 나는 학교 근처에 입주가정교사 자리를 구해 식구들의 거주생활에 불편을 덜어 주는 효자 노릇도 하였다.

6·25 전쟁이 계속되는 동안에는 남자들은 직장이 없어 그저 빈둥빈둥 놀기만 하였지만 주변의 젊은 여인네들은 미혼이든 기혼이든, 미군을 상대로 몸을 팔며 생계를 유지하는 안타까운 현실이 3년 이상 지속되었다. 어떤 집들은 자녀들의 젊은 어머니가, 어떤 집들은 고등학교에 다닐 만한 딸이나 그만한 나이의 딸들이 계급이 높은 미군들이나 경력이 많은 미국 문관의 양색시가 되어 생활비를 벌어 살아가고 있었던 것이 그 당시의 딱한 사회적 현실이었다.

그들의 어머니나 딸이 양색시 역할을 하고 있을 시간에는 그들의 자녀들이나 부모들은 그 집에서 나와 다른 데에 가서 고문을 받는 것과 같은 고통의 시간을 보내었을 것이다. 그 당시 국민학교와 중학교에 다녔던 우리들은 이런 서글픈 현상들을 두 눈으로 뻔히 보면서 세계 최약소국가인 우리나라의 비참한 현실과 우리나라의 국력이 약했을 때 온 국민들이 겪는 애환과 고생을 몸소 체험하였다.

이렇게 신축한 집에서 내가 국민학교 교사를 하고 있을 때인 1967년 3월까지 살았다. 그 후 1967년 6월에 나는 그 집을 헐어버리고 2층 양옥집을 튼튼하고 멋지게 지어 동네 사람들의 많은 부러움을 샀다. 그 당시는 2층 양옥집이 그 동네에 없었던 시절이었다. 지금도 이 양옥집은 아주 튼튼하게 지었기 때문에 50여 년이 흘렀지만, 약간 리모델링을 한 덕도 있지만 여전히 멋있는 자태를 보여주고 있어 그 부근에 가게 되면 반드시 그 집 앞을 가보며 옛날의 추억에 잠시 잠기면 만감이 교차한다.

부모님께서는 우리 동네에서 수도가 있는 집은 우리 집뿐이어서 우리 동네 300여 가구의 모든 사람들에게 우리 집에 설치된 수도시설을 이용하게 하셨다. 게다가 아버님은, 일본 고베에서 잘 살던 건장하고 풍채 좋은 외삼촌이 일본에서 야꾸자와의 패싸움에서 애석하게도 야쿠자의 칼에 비명을 당하시자 형언할 수 없는 슬픔과 외로움에 잠긴, 외할머니와 외손자 셋 모두를 외할머님 식구들이 자그마한 집을 지을 때까지 우리 집에서 1년 동안 함께 살게 하셨다. 어려운 여건 속에서도 함께 동고동락을 하는 등 덕을 베푸셨고 나중에 외할머님이 별세하셨을 때는 아버님께서 장례도 치러 내셨다. 부모님께서 이런저런 인덕을 베풀어서 그런지 한동안 우리 집은 교육이든, 취업이든, 무엇이나 하고자 하는 일이 다 잘되었다.

내가 사범학교를 거쳐 부산 시내 국민학교 교사가 되고, 아우 하나는 서울대 공대에, 또 하나는 중학교만 졸업하고 고등학교를 거치지 않고 부산대 법대를 졸업하여 삼성의 기업체 채용시험에 수석합격을 하기도 하였다. 막내아우는 부산대 문리대를 졸업한 후 의료보험공단과 공무원 시험에 동시 합격하였다. 여하튼 거의 모든 것이 우리 가족들이 바라는 대로 되어 동네 사람들과 주위 친척들의 많은 칭찬과 부러움을 독차지하였고 어머니는 과거의 쓰라린 고난을 잊은 듯 늘 기를 펴고 밝게 사셨다. 이웃 주민들의 자녀들은 나와 우리 집을 모델로 생각하여 사범학교와 교육대학을 지원하기도 하였다.

3. 아버님의
실의와 실직

나는 철이 조금씩 들면서 우리 가족이 일본에 살 때 아버님께서 큰 철물거래상을 하면서 벌어들인 그 재화를 어떻게 하고 지금은 한국에서 변변한 단독주택도 없이 이 철도사택에서 사는지를 한국에 오신 후 예전과는 다르게 근엄해지신 아버님께 여쭈어 보지 못하고 자상하신 어머님께 여쭈어 보았다. 어머님은 내가 하도 조르기에 한숨을 쉬면서 조용히 다음과 같이 말씀하셨다.

아버님께서 일본에서 철물사업으로 한참 잘나가던 10여 년 동안 모아놓은 재화를 정리하여 고국에서 돈벌이 될 만한 아주 고가의 귀중품들로 바꾸어 큰 이삿짐과 가방에 넣고 귀환 동포들과 함께 아침에 부산항 중앙부두에 도착하셨다. 큰 짐과 가방을 들고 나오실 때 어릴 때 같은 동네에서 살았고 죽마고우로 가까이 지냈던 고향 사람이 나의 아버님을 보고 "형님, 밤새도록 배를 타고 현해탄을 건너오시느라고 수고 많으셨지요. 시장도 하시고 목도 컬컬하실 터인데 짐과 가방은 저에게 잠깐 맡겨두시고 오랜만에 시원한 조선막걸리에 따뜻한 국밥이나 드시죠. 제가 형님의 짐과 가방을 잘 보관하고 있을 터이니 안심하고 천천히 갔다 오시지요."라고 말했다. 아버님은 오랜만에 듣는 고향 친구의 인정 어린 고향사투리가 섞인 친근한 인사와 시원한 조선막걸리와 따뜻한 쇠고기국밥소리에 냉철한 판단력과 이성이 흐려졌는지 그만 그런 사기꾼을 고향 친구라고 믿고 막걸리 세 잔을 마신 후 요기를 하고 돌아왔다. 시원한 조선막걸리 석 잔과 국밥으로 갈증과 허기를 채운 후 죽마고우라고 생각한 그가 기다리고 있어야 할 자리에 보이지 않아 몹시 당황하며 사방을 둘러보아도 보이지 않자 자신이 속았다는 것을 깨닫고 하늘이 노랗게 보일 정도로 충격을 받으셨고 꼬박 일주일을 잠을 이루지 못했다고 하셨다.

그 당시 귀환 동포들이 하선하였던 중앙부두에는 그들의 재물을 노리는 협잡 사기꾼들이 득실거리고 있었는데 사기꾼에 당한 귀환 동포들이 많았다. 일본에서 오랫동안 사업을 하거나 장사를 하여 일본에서의 정직하고 양심적인 분위기에 젖어있었던 귀환 동포들이 조선의 사기꾼과 협잡꾼들의 수법을 전혀 의식하지 않아 많이들 당하셨다고 하였다. 아버님께서는 일본에서 그동안 모은 재화로 동래 온천장 부근의 상가나 부산 시청 근처 자갈치 시장 부근의 상가 건물, 혹은 온천장 주변의 논밭을 구입할 계획이었는데, 이 꿈이 하루아침에 깨어져 버리고 말았으니 그 상실감과 허탈감의 강도와 심도는 필설로 형언하기 어려울 정도였다. 10여 년 동안 쌓아놓았던 피땀이 공든 탑이 무너져 버렸으니 그 가슴 쓰린 사연을 들은 나는 어린 나이였지만 형언하기 어려울 정도로 괴로웠다.

아버님은 허탈감 때문에 일체의 경제활동을 접고 동네 어른들과 주로 바둑과 장기를 두면서 허송세월하는 것이 어린 나에게도 비정상적인 생활 같이 느껴지기도 하였다. 이웃의 여러 집들은 끼니가 없어 굶기도 하는데 우리 식구들은 일본에서 가져온 그나마 남아있는 귀중한 고가의 물건들을 팔아서 식량을 구입해서 그런지 그런 일이 없었다. 그러나 그 후 우리 식구들은 가난의 불편과 고통을 오랫동안 감내하며 살아야 하였으니 생각하면 할수록 화가 치밀어 올랐다. 아버님은 적어도 이삼 년 동안 웃음이 거의 없을 정도로 의기소침하셨고 의욕을 상실하셨다.

그로부터 몇 년 후 아버님을 사기한 그 사기꾼을 붙잡아 우리 집 방안에 가두고 그의 머리통에 피가 낭자할 정도로 몽둥이로 아버님이 육촌 아우와 함께 두들겨 팼던 장면을 나는 직접 목격하였다. 이웃 사람들이 그 사기꾼의 머리통을 그렇게 모질게 폭행하다가 의식 불명이나 사망에 이를 수 있으니 자제할 것을 강력하게 종용하는 바람에 그 사기꾼을 어쩔 수 없이 방면해 버리고 말았다. 그랬더니 그는 피를 흘리면서도 필사적으로 도주하였다. 동네를 지나 횡령산으로 순식간에 도주하였다. 그 사기꾼이 그렇게 피를 흘리면서도 빠르게 달아날 수 있는 것이 어린 나의 눈에도 특이하게 보였다. 아버님이 당하신 사기가 사실임이 확인이 되었지만 그후 그 사기꾼에 대한 생각을 더 이상 하지 않았고 하기도 싫었다.

아버님은, 우리들이 일본에서 살 때와 달리, 그 후 몇 년 동안 말이 별로 없었고 표정도 근엄하셨기에 대화를 교환하기에 부담이 되었다.

6·25 전쟁이 발발한 지 1년 후인 그 시절에 간단한 생활영어를 구사할 수 있었던 아버님은 4년 동안 제3부두 미군 부대 소속 한국인 하역 노동자들 단체의 장으로 고용되어 6·25 전쟁 중 동원되는 징용도 면하시고 아버님의 수입도 괜찮아 우리 집의 살림살이도 이전보다는 경제적으로 조금 여유가 생겼다.

4. 공민학교에서
국민학교로 편입

　나를 비롯한 우리 동네의 귀환 동포 자녀들은 입학 적령기를 지났기 때문에 범일동 조방 앞에 있었던 신창공민학교를 거쳐 공립국민학교로 전학하는 과정을 밟았다. 나는 6개월간의 공민학교 과정을 거쳐 부산진국민학교에 편입시험을 쳤지만 구구셈을 전혀 배우지 아니하였으므로 곱셈 문제를 모두 틀려서 편입시험 불합격 판정을 받았다. 나는 편입시험에 불합격하여 내가 비록 어리지만 시험에 낙방한 탓에 적지 않은 당혹감과 실망감에 빠졌다.

　그러나 아버님의 노력과 아버님과 친분이 있었던 문현동의 김기태 선생님의 주선으로 부산진국민학교 2학년 1반에 편입되었다. 이 학교는 1906년에 개교된 역사와 전통이 깊은 학교였고 건물과 강당이 더욱 웅장하게 보이고 건물 주변에 서 있는 장엄한 전나무와 히말라야시타 등 키가 큰 수목이 그 큰 건물과 잘 어울렸다. 전에 다니던 범일동 조방(조선방직회사) 앞에 위치한 신창공민학교와는 너무나 대조가 되는 학교였다. 두 학교의 선생님들도 비교가 되었다. 이렇게 마음에 드는 학교에 편입하게 되었으니 나의 마음은 한층 뿌듯하였다.

나는 원만한 인품과 덕성을 지닌 박장환 선생님이 담임으로 계신 2학년 1반에 편입되었다. 성과 이름이 나와 똑같은 급우도 있었는데, 생년월일 순에 의해서 학번이 정해졌으므로 그의 학번은 48번, 나의 학번은 11번이었다. 나와 인상이 비슷하였지만 그가 더 여자처럼 곱게 생긴 것 같았고 더욱 호감이 갔다.

부산진국민학교가 자랑하는 교기는 부산 시내 국민학교 대회에서 10년간 연승을 하였다는 육상 트랙 종목, 그리고 자주 우승을 한 축구였다. 그래서 그런지 보건(체육) 시간에는 급우들끼리 달리기와 축구 게임을 자주 하게 되었고 학교 생활이 정말 즐거웠다. 보건 시간에는 한 팀에 20명씩 편을 갈라서 하는 축구 경기를 하였는데 내가 공을 차지하는 횟수가 아주 많았고 골도 제법 많이 넣어 어릴 때부터 나에게 운동 능력이 있음을 알게 되었다.

편입한 지 얼마 안 되는 시기에 학년 일제고사(국어와 산수)를 치렀는데 나는 국어에서 95점, 산수에서 100점을 받은 기억이 뚜렷하다. 이 때문에 담임인 박장환 선생님의 칭찬을 받아 일찍부터 공부에 대한 상당한 자신감과 흥미를 갖게 되었고 장남인 내가 전학을 가서 국어와 산수 학업 성적이 좋은 것을 보고 부모님께서도 아주 기뻐하셨다.

3학년 때는 황천환 선생님이 담임을 맡으셨는데 인자한 인품을 지니신 분이었다. 그 당시 입은 의복은 신사복이 아니고 검정색 학생복이었던 것으로 기억된다. 지금 생각하니 사범학교를 갓 졸업하시고 부임하셨던 것 같았다. 담임 선생님께서 점심 시간마다 하얀 쌀밥 도시락을 잡수시던 것이 아주 부러웠다.

수업 시간에 가장 재미있었던 과목은 산수와 사회생활 과목이었다. 남태평양 제도의 폴리네시아인의 생활에 관한 이야기와 북극 지방의 에스키모의 의식주에 대한 이야기가 재미있었다. 특히 여러 섬이 모여 있는 하와이 제도에는 한국인도 살고 있다는 이야기, 그들이 어떻게 하와이에서 살게 되었는지에 관한 선생님의 이야기와 몸집이 큰 하와이 주민들의 모습과 관습에 관한 선생님의 이야기가 아주 흥미로웠다.

이 시기에 미국 보스턴 마라톤 대회에서 한국의 함기용, 송길용, 최윤칠 선수가 1, 2, 3등을 휩쓸어 국위를 선양하여 약소국가인 대한민국 국민의 자부심을 높였던 뉴스를 가지고 급우들과 함께 기뻐했던 일이 생생한 기억으로 남아있다. 그 선수들이 국위를 선양하였다는 뉴스를 듣고 기뻐한 것을 보면, 우리가 비록 어렸지만 애국심과 국민적 자존심이 있었던 것 같다. 김해경이라는 친구가 범일동 마르보시 사택에 살아 등하교를 함께 하는 날이 많았고 학교를 가는 도중에 윤장환이라는 친구 집에서 잠시 놀다가 학교에 갔던 기억도 떠오른다. 그 당시 김군은 발재간이 좋아 고무공으로 하는 공 차기와 드리블을 아주 잘하였다.

4학년 때는 북한 공산군의 6·25 남침으로 우리들의 학교가 육군병원으로 징발이 되어 우리들은 산기슭과 야외에서 간이 천막을 치고 바닥에 앉아서 수업을 받았다. 날씨가 매우 춥거나 비가 오는 날에는 수업이 없었으므로 학교에 가지 않았다. 담임 선생님이 한 달에 한 번 정도로 바뀌니 담임 선생님의 이름도 모습도 기억나지 않고 어떤 과목의 수업을 어떻게 받았는지 또 어떤 과목의 시험을 쳤는지도 전혀 기억나지 않는 학년을 보내었다.

5. 훌륭한 국민학교
담임 선생님과의 만남

5학년으로 진급했던 1951년에는 백상기 선생님이 우리 반 담임 선생님이 되셨다. 건장하신 체격에 원만한 인품과 덕성을 갖춘 믿음직한 선생님이셨다. 60여 년이 흘러간 최근에도 서신과 전화로 서로 안부를 교환하기도 할 정도로 자상하고 훈훈한 인간미를 지니신 분이셨는데 얼마 전에 별세하셨다.

나의 인생에서 매우 중요한 시기에 이렇게 훌륭한 선생님을 만난 것은 행운이라고 여겨진다. 나무판자 교실에서 책상과 걸상이 없어서 가마니를 펼쳐 만든 바닥에 앉아서 책상 대용으로 사용되었던 화판을 어깨에 메고 시간표에 따라 모든 교과의 수업을 정식으로 받았다. 각 과목을 충실하게 배웠기 때문에 우리들의 학업 실력은 6학년 학습을 충분히 할 수 있을 정도로 배양이 되었던 것 같다.

담임 선생님은 오르간 연주도 잘하셔서 비숍 작곡의 '즐거운 나의 집', 포스터 작곡의 '스와니강', '켄터키 옛집', '오울드블랙죠', 슈베르트 작곡의 '보리수', 스페인 민요인 '망향' 등의 가곡을 열심히 가르쳐 주셨다. 내가 사범학교에 가서도 가곡을 즐겨 부르고 비교적 노래를 잘할 수 있게 된 것도, 학교 강당 무대에서 간혹 독창을 한 것도 이 시기에 받은 음악교육 덕분인 것 같다.

6학년이 되자 비록 나무판자로 지어진 가교사지만 책걸상이 제대로 갖추어진 교실에서 수업을 받았다. 중학교 입학시험 준비에 대한 학교 당국의 관심과 배려가 대단하였음을 보여주는 것이었다. 우리는 서울과 북한에서 피난을 온 10여 명의 학생들과 함께 수업을 받았는데 그 급우들은 서울 출신이고 피난의 혹독한 고생을 겪어서 그런지, 의지가 굳세고 수업에 임하는 자세와 태도가 매우 진지하고 눈매가 살아 있었으며 용모도 서울 사람답게 세련된 모습이었고 의사표현도 조리있고 명료하였다. 이들이 우리 반에 편입해 옴으로써 학급 학생들의 학업 경쟁이 더 치열해졌던 것 같았다.

그 당시의 입시준비 수업방식은 학생들이 예상문제를 먼저 풀고 선생님이 정답이 나오기까지의 과정을 설명하는 그야말로 주입식 수업방식이었다. 나의 6학년 담임은 최상만 선생님이셨는데 입시지도에 경험이 많고 의욕적인 분이어서 그 덕분에 나는 국가고사에서 좋은 성적을 받을 수 있었다.

나의 반에서 이○규 군이 436점, 서울에서 피난을 왔던 안○영 군이 432점, 나는 430점을 받아 이○렬 군, 서울에서 피난 온 김○수 군과 함께 공동 3위를 하였다. 그 당시 경기중학의 커트라인이 412점이었으니 우리 반의 상위권 급우들이 경기중학을 지원하였다면 모두 5명이나 합격을 할 수 있을 정도로 국가고사 성적이 좋았다.

그 당시 서울의 명문 중학교들(경기중, 서울중, 경복중, 용산중, 경기여중, 이화여중)이 부산에 피난 학교를 운영하고 있었는데, 전쟁 중이었지만 명문중학교에 합격하려는 서울 학부모들과 학생들의 열의는 부산 사람들이 상상하기 힘들 정도로 뜨겁고 높았다. 이와는 대조적으로 대부분의 부산 사람들은 먹고살기에 급급하여 성적이 우수해도 부산중학교에 보내야 한다는 생각이 없었고 차비가 들지 않는 집 가까이에 위치한 공립중학교로 보내려고 하였다. 나의 친구 김○호 군이 국가고사에서 450점을 받았지만 그의 부모님은 그를 부산중학교에 보내지 않고 도보로 다닐 수 있는 개성중학교에 보냈다. 부산에서 제일 높은 부산중의 합격점은 368점이었고 경남중의 합격점은 342점이었다. 그에 반하여 경기중, 서울중, 경복중, 용산중의 합격점은 각각 412점, 402점, 386점, 380점으로 부산 소재 명문 중학들보다 훨씬 높았다.

내가 지원한 개성중은 합격점이 324점이어서 나의 국민학교 학급에서 중상위급에 속하면 누구나 합격할 수 있었다. 나의 반에서 부산중에 합격할 수 있는 국가고사 점수를 받은 급우들은 12명이나 되었는데 부산중학에는 2명만 응시하여 담임 선생님께서 매우 섭섭해하셨다. 서울에서 피난을 온 10명의 학생들 중에는 서울중에 1명, 경복중에 1명, 용산중에 1명, 경동중에 1명, 중동중에 3명이 합격하였다.

부산중학에 가능한 한 많은 합격자를 내고 싶었던 담임 선생님은 나에게 부산중에 지원할 것을 간곡하게 요청하였으나 나는 개성중에 원서를 제출하고 말았는데, 그 이유는 부산중학교로의 통학은 교통비가 드는 경제적 부담이 있었기 때문이었다. 그 당시 나는 좌천역, 부산진역, 초량역, 부산역, 부산시청이 어느 곳에 있는지, 그 거리가 얼마나 되는지도 모르는 천진난만한 숙맥이었다. 차비가 아까워 범일동과 서면 부전동 이외에는 한 번도 가보지도 않았다. 담임 선생님의 끈질긴 요청을 수용하지 못하여 어린 나이였지만 담임 선생님께 내내 송구스러웠다.

6. 중학교에서 처음 체험한
사회적 부조리

　내가 다닌 개성중학교는 서면에 위치한 부산의 3대 공립중학교들 중 하나로 '개성학교'라는 교명으로 132년 전 1890년도에 개교한 학교였다. '개성'이라는 교명은 '모든 사물을 열어서 이룬다'는 뜻으로 일제 강점기에 '부산제2상업중학교'로 바뀌었다가 해방 후에, 중학교는 개성중학교로, 고등학교는 부산상업고등학교로 교명이 바뀌게 되었다. 근래 2004년에 부산상업고등학교라는 교명에서 옛날의 교명을 채택하여 개성고등학교로 개명이 되었다.

　개성중학교는 나의 집에서 빠른 속도로 걸어가면 1시간 10분쯤 소요되는 먼 거리에 위치해 있었다. 돈을 절약하느라고 전차나 버스를 한 번도 타지 않았다. 그 당시 서면으로 가는 거리에는 높은 건물이 없었고 채소밭이 많아서 거센 찬 바람이 불면 그 찬 바람에 손발과 얼굴을 거의 얼게 하였다. 겨울에는 유달리 세게 불어오는 그 북서풍이 먼지를 많이 일으켰고 그 바람과 먼지를 맞으며 걸어가야 했으니 정말 고역이었다. 가방을 든 손가락은 장갑이 있었지만 모두 심한 동상에 걸리기도 하여 약간 변형이 되었고 변형된

손가락들 때문에 그림을 그리거나 글씨를 쓸 때 내 마음대로 되지 않아 미술과 습자 성적은 늘 좋지 않았다.

어쨌든 그 어려운 시기에 중학교에 다닐 수 있다는 그 자체가 감지덕지하여 웬만한 고통은 참아낼 수 있었다. 그때 부모님이 다니던 조선방직회사는 국가의 도움을 받으며 운영되는 남한에서 가장 큰 방직회사 중의 하나였다. 우리나라가 너무 가난하여 가끔 봉급으로 현금을 지불하지 못해 미국 원조 물자인 밀가루로 봉급을 지불하는 판국이어서 이 밀가루 포대를 가까운 친척 어른께 부탁하여 현금으로 바꾸어 입학금이나 학비를 마련하였다.

이런 식으로 돈을 이리저리 어렵게 융통하여 중학교 입학금을 내고 교복을 맞추어 주신 부모님이 무척 고마웠고 공부를 열심히 해서 보답해야지 하는 마음을 몇 번이고 굳히곤 하였다. 그 당시는 입학금 등 학비를 낼 형편이 안 되어 중학교 진학을 단념하는 학생들의 비율이 한 학급에 대략 40%였을 정도로 우리나라 경제 상황이 아주 열악하였던 시절이었다.

나는 개성중학교 1학년 전체 합격자 540명 중 9등으로 개성중학교에 입학하였고 배치된 반은 1학년 9반이었다. 개성중 전체 수석은 나의 출신교인 부산진국민학교에서 최고점인 450점을 받은 김○호 군이었다. 내가 9반에서는 1등이었으나 412점을 받은 P군이 급장으로 임명되었다. 그의 국가고사 점수는 그가 졸업한 K국민학교의 최고점수라고 하였다. 나는 중학교에 입학하자마자 도저히 이해할 수 없는 비합리적인 사회적 부조리를 몸소 경험한 것이다.

P군의 부친은 부산에 소재한 방직공장의 사장으로서 자식들의 진로에 적극적인 관심을 가진 학부형인 것 같았다.

나는 중학교에 입학한 첫날에 이런 모순적 현실에 부닥치자 아버님이 평소에 자주 불평하시던 우리나라의 공무원들 사이에 조성되고 있는 많은 사회적 부조리들과 모순들이 새삼 떠올랐다. 요즘 같으면 항의를 불러일으킬 만한 모순이지만 그때는 그것도 사회적으로 허용되거나 용인되는 모순적 분위기였던 것 같았다. '빽'이란 것이 이런 것이구나를 일찍부터 알게 되었고 우리나라는 돈과 빽(배경)이 있으면 뭐라도 할 수 있는 비정상적인 나라라는 것도 알게 되었다.

담임 선생님에 의해서 반장으로 임명된 P군은 항상 어엿한 자세로 학교생활을 하였다. 자기보다 입학 성적이 좋은 학생이 여러 명 있었지만 그 학생들을 제쳐두고 급장으로 임명된 것에 대해서는 일말의 가책을 느끼지 않는 것 같았다. 학교에서 걸어갈 때에도 마치 사관생도처럼 좌우로 방향을 바꿀 때에는 직각으로 꺾으면서 걸어 다녔다. 이런 것들을 보면 P군 부모의 가정교육이 예사롭지 않았던 것을 알 수 있었다.

그의 집에서 영어, 수학, 과학 등 주요 과목의 예습과 복습을 철저히 하여서 그런지 반에서 정기고사마다 수석을 하였다.

7. 영어와 물상 과목에 심취하다

국민학교와는 달리 중학교에서는 시간마다 각 과목 담당 선생님이 바뀌어 들어오는 것이 늘 흥미롭고 기대가 되었다. 부산중학교에 들어가기에 학력이 조금 부족한 급우들이 대부분이었지만 모두가 순진하고 인성이 좋아 내 마음에 들었고 좋은 친구들이 되었다. 나의 중학교 급우들의 1/5은 부산중 합격점인 368점 이상을 획득하였기 때문에 함께 공부하는 데 나에게는 부담이 되지 않는 적당한 경쟁자들이기도 하였다.

나는 그 당시 키가 큰 축에 속하였고 체격이 호리호리하였다. 그러나 서울에서 피난 온 만능 스포츠맨인 동네 아저씨로부터 평행봉, 권투, 유도의 기본을 배웠고, 씨름을 할 때 사용되는 발과 다리의 기본 기술을 배우고 잘 익혔기 때문에 반에서 씨름은 잘하였다. 우리 동네의 중학교 상급생들도 나의 상대가 되지 못하였을 정도였다. 정○진이라는 씨름을 아주 잘하는 급우가 있었는데 그와 나는 쉬는 시간에 급우들이 보는 앞에서 교실 책걸상을 뒤로 제쳐 놓고 종종 씨름을 하였으나 늘 무승부로 끝나곤 하여 그는 씨름에서 자기와 비긴 나를 아주 높이 평가하였고 아주 친하게 지내는 사이가 되었다.

그러나 주먹으로 치고 때리는 권투는 서로의 눈이나 치아를 다치게 하거나 코피를 내기 때문에 권투를 일부러 더 배우지 않았다. 권투를 그때 더 배우지 못한 것이 나중에 후회가 되기도 하였다. 중학교 1학년 때에는 매달 열리는 학반 경쟁 씨름대회에는 정○진이나 내가 반의 대표로 나갔고 가끔 위협이나 폭력에 시달리는 학급 친구들을 정군과 내가 종종 도와주어 급우들 사이에 인기가 있었다.

영어와 물상 수업 시간이 특히 재미가 있었고 영어는 미국에서 유학하고 귀국한 선생님이 수업을 맡아 기초 영어의 발음을 잘 가르쳤다. 미국 본토 발음을 처음 몇 개월 동안 접하게 되어 영어 발음을 보다 정확하게 익히게 되었다. 영어 선생님이 미국본토 영어 발음으로 영어책을 읽는 것을 배우며 영어에 심취하게 되었다. 그 가난하였던 시절에 어떻게 미국 유학을 다녀오셨는지 늘 궁금하였지만 안타깝게도 용기가 없어 물어보지 못했다.

사범학교에 입학하여 다른 중학교 출신 급우들의 영어 발음과 영어 실력을 보고서야 나의 중학교 때의 영어 선생님들의 발음과 실력이 뛰어났음을 알게 되어 내가 다닌 중학교에 대해서 뿌듯한 자부심을 가졌다.

문교부 장학관을 역임하신 오병옥 교장 선생님은 미국에서 유학한 선생님을 여러 명 초빙한 점에서 보면 정말 선견지명을 지니신 능력 있는 교장 선생님이셨다.

물상은 평양 광성고보와 서울대 약대를 졸업하신 실력 있고, 매서운 기합도 잘 주는 선생님(그래서 아황산가스라는 별명이 붙었다)이었지만 평안도 엑센트가 담긴 또록또록한 음성으로 알기 쉽게 잘 가르쳐 주셨기 때문에 나는 특히 물상(과학) 시간에는 긴장이 되면서도 과학의 신비를 깨달아가는 재미도 있었다. 특히 무거운 군함이나 항공모함이 바다에 떠다닐 수 있는 것은 물속에 잠긴 물체의 부피만큼 그 물체를 뜨게 하는 부력의 원리 때문이라는 것을 배우고 나서는 물상 과목에 더욱 흥미를 가지게 되었다.

방과 후 급우들과 야구 게임에 몰두하면서 시간이 가는 줄 몰랐다. 야구의 재미와 기능을 하나씩 알기 시작하였고 반 대표 선수로서 뛰기 시작하였지만 나의 야구 기량은 초보 수준이었다. 1학년 나의 반의 야구팀은 예선 리그전에서 탈락하였다.

중학교 시절 운동장은, 6·25전쟁 시기에 부산에서 가장 큰 운동장이어서 전국중고등학교 야구대회가 우리 학교에서 거의 한 달에 한 번꼴로 개최되어 우리 학생들은 주말에는 거의 매일 전국대회 규모의 야구 경기를 많이 보면서 모두들 야구의 기량을 조금씩 배양해 나갔다.

오병옥 교장 선생님은 학력 증진에도 심혈을 기울이셨고 학력에 못지않게 야구를 우리 학교의 교기로 만들어 야구대회에서 우승을 하는 학교를 만들고자 엄청난 노력을 경주하셨다. 어느 월요일 아침 조례식에서 오병옥 교장 선생님은 내년에는 학업우수특별반을 만들어 학력 경쟁의식을 고취시키고, 학년별로 학반 경쟁 리그전을 벌려 야구붐을 조성하겠다고 공언하셨다. 학생들의 대부분은 내년에 있을 학업우수특별반보다는 학년별 학반경쟁 야구리그전에 더 많은 관심을 기울였다.

2학년이 되자 나는 전 학년 540명 중 60명이 선발된 2학년 1반(특별반)으로 배치되었다. 나는 입학 석차가 전체 9위였기 때문에 1, 2학년 때는 약간의 자만심에 빠지기도 하였다. 학업성적이 우수한 학생들로 구성된 2학년 1반 급우들은 모두 열띤 경쟁의식을 가지고 방과 후에도 다들 열심히 공부하는데 야구와 축구 구기에 더 많은 관심과 시간을 기울였기 때문이기도 하지만 나의 학업 성적은 뛰어나지 못해 나의 두뇌가 그렇게 명석하지 못하구나라고 생각하였다.

그리고 중학교 공부를 하다 보면 영어, 수학, 과학 교재에 모르거나 궁금한 것이 자주 나오는데 그런 것을 물어볼 적당한 단짝도, 가이드나 힌트를 받을 수 있는 이웃의 친구도 형뻘 되는 이도 없어서 고립무원의 처지여서 답답하였다. 그 당시에 제법 많은 학생들은 학원에 다니면서 영어와 수학의 실력을 닦았지만 나는 학원에 갈 경제적 형편이 안 되었기 때문에 나 혼자의 노력으로 해결할 수밖에 없었다. 2학년 1학기 정기고사에서는 540명 중 전체 석차 17위가 되었으니 입학할 때의 성적보다는 떨어진 성적이었다.

대체로 덩치가 큰 급우들보다는 앞 좌석에서 수업을 받는 키 작고 덩치 작은 급우들 대부분이, '작은 고추가 맵다'더니, 그들의 학업 석차가 더 우위였다. 2학년 초 그 당시 나의 신장은 165cm가량이었지만 그 후로는 더 이상 자라지 않아 신장을 키우려고 노력을 많이 하였지만 더 이상 자라지 않아 매우 안타까웠다.

그러나 내가 중학교에 다니던 그 당시는 내가 키가 큰 축에 속하여 좌석도 맨 뒤쪽이라 주변에는 수업 중 이성 교제와 성에 관한 잡담을 많이 하는 급우들이 많았고 그런 종류의 만화책과 소설을 보여주는 등 수업에 집중하지 못하게 하고 또 수업에 많은 지장을 주었다. 게다가 방과 후에는 키와 덩치가 큰 친구들과 야구를 위시한 축구, 농구 등의 구기종목 운동을 많이 하여 학교 공부를 열심히 하지 않았기 때문에 나의 학업성적이 더 이상 오르지 않았다.

8. 학년별 야구대회
우승 투수로 활약

    중학교 2학년 2학기가 시작되는 9월부터는 학년별 학급대항 야구대회를 위한 훈련의 강도가 반별로 뜨거워지기 시작하였다. 나는 학급의 에이스 우완 투수로 급우들의 인정을 받았다. 공의 스피드도 가장 빠르고 컨트롤도 가장 좋았기 때문이었다. 일요일에 집에 있을 때에는 동네 친구들이나 선배들과 투수 연습을 많이 하면서 기량을 키워 나갔다. 나는 방과 후 시간이 날 때는 부산상고 야구 선수들이 연습하는 야구연습장에 가서 부산상고 투수들의 투구 폼을 유심히 관찰하고 그 투구 폼을 따라 그대로 연습하였다.

    공의 스피드를 높이는 연습과 마음 먹은대로 스트라이크를 던질 수 있는 연습은 학교에서뿐만 아니라 일요일에는 집에 와서도 계속하여 그 팁(요령)을 빨리 터득하였다. 공의 스피드를 높이기 위해서는 뿌리듯이 던지는 공의 회전 수를 높이는 것이 키포인트였는데 나의 급우들보다 먼저 터득하여 효과를 보았다. 멀리 던지기 시합에서는 뿌리듯이 던지는 공의 회전수를 최고도로 높여 2학년 급우들 중 내가 공을 가장 멀리 던졌다.

2학년에는 9개 반이 있었다. 1반에서 5반까지는 A조에서, 6반에서 9반까지는 B조에서 조별 리그전을 벌여 각 조의 우승 팀이 결승전을 벌려 우승과 준우승을 가렸다. 나는 반(1반)의 에이스로 4게임 모두 출전하여 4게임 모두 승리 투수가 되었고 최종 결승에서는 2학년 6반을 물리쳐 나의 반이 우승을 차지하였다. 준우승한 2학년 6반의 투수는 나와는 아주 친한 친구로 나중에 부산상고 선수(2루수)로 활약하였던 이○웅 군이였다. 나는 5게임을 모두 나의 반 에이스로 등판하여 2학년 학급대항전 야구 결승전에서 승리 투수가 되었다.

중학생 시절이니 5게임을 연속적으로 공을 던져도 어깨나 팔에 전혀 무리를 느끼지 못하였다. 포수를 맡았던 강○식 군(나중에 부산상고학생회장, 전국학생회장총연합회장, 국회의원을 역임하였음)이 리드를 잘 해주었기에 내가 잘할 수 있었던 것 같다. 강○식 포수는 4번 타자로 타점을 많이 올렸다. 결승 상대인 6반의 투수는 언더스로우와 사이드암을 혼합한 언더사이드암 투수였다. 우리 팀의 선수들은 그 공을 비교적 쉽게 안타를 쳤고 나는 결승전에서 만나 약간 위로 쳐올리는 드라이브 타법과 우익수 쪽으로 밀어치는 타법으로 4타수 3안타를 쳐 공수 양면에 공을 세웠다.

우리반 담임인 조대영 선생님은 부산상업중학교와 혜화전문학교(동국대) 출신으로 대단한 야구광이셨는데, 그 전년도에는 당신의 반이 아깝게 준우승을 하여 상당히 아쉬워하셨는데 금년에는 당신의 반인 2학년 1반이 우승을 하여 매우 기뻐하셨다. 1학년 우승은 김웅용 선수가 투수로 활약한 8반이 차지하였다. 그 당시 김웅용 선수는 훌륭한 투수로 활약하였고 타격이 좋았기 때문에 2학년 때부터 학교 선수로 뽑혀 외야수로 활약하였으며 졸업 후 부산 상고팀에서는 1루수를 맡으며 4번 타자로서 우수한 타격 기량을 발휘하였다.

학업성적도 우수한 특별한 반이면서 야구경기에서도 우승한 학급을 담임하신 조대영 선생님께서는 매우 기뻐하셨고 급우들은 투수로 활약한 나를 상찬하였다. 학력도 높고 야구도 잘하는 학교를 육성하고자 하셨던 오병옥 교장 선생님이 내세웠던 목표에 접근하였기 때문일까? 전체 조례석상에서 나는 담임 선생님의 천거로 10월의 공로자 수상자가 되었다. 부모님께서도 평소에 공부에 지장이 있을 것을 걱정하셨는데 나의 공로상 수상을 보시고는 기뻐하셨고 당신의 동네 친구들에게도 자랑을 하셨다.

10월 학년별 학급대항 야구대회를 마치자 학년별 우승, 준우승 팀의 투수, 포수, 우수한 타자들이 학교 대표선수 후보로 선발되어 10월 중순부터 12월 말까지 매일 방과 후 2시부터 6시까지 훈련과 연습 게임을 하였다. 나의 공은 스피드가 좋고 컨트롤이 좋으나 공의 묵직함이 떨어지니 투수보다는 유격수나 삼루수 후보로 연습할 것을 야구부감이 권장하기에 따르기로 하였다.

나를 제2의 유격수 선수로 처음 추천한 것은 야구에 각별한 관심을 지니신 오병옥 교장 선생님이셨다. 내가 처음으로 유격수 포지션에 후보로 뛰자마자 3학년 선수가 친 공이 2루와 3루 사이로 강습타구가 지나가자 동물적 감각이 발동하여 안타성 강습타를 나의 글러브에 얼떨결에 잡아 일루로 송구하여 아웃을 시켰다. 그 장면을 교장 선생님과 박 부감님 그리고 담임 조대영 선생님이 우연히 함께 보시고는 칭찬의 박수를 보내왔다.

그 당시 전국 중학교야구대회에서 3연승을 하였던 대신중학교에서 스카웃되어 우리 학교로 오신 박 부감 선생님은 "내가 이 학교 야구부에 부감으로 부임하여 2대 발견을 하였는데 하나는 2학년 유격수 후보 이정수 선수고 또 하나는 1학년 포수 후보 이창근 선수다"라고 큰 칭찬을 하셨다. 야구에 입문한 이후 가장 나를 기쁘게 하였던 칭찬이었다. 운동을 하면서 이렇게 큰 칭찬은 받은 일이 없었고 이후에도 없었으니 전무후무한 칭찬이었다.

이창근 포수는 1955년에 투수로 전향하여 새로 부임한 백효득 감독 밑에서 1956년의 전국 중학교야구대회에서 개성중학교가 4관왕이 되었다. 개성중학교 선수들 대부분이 새로 창설한 경기고교 야구부에 스카웃되었다. 그러나 경기고교에서는 야구부 학생들의 인격과 자존심을 함부로 무시하는 일들이 자주 벌어져 대부분의 야구 선수들이 부산상고를 위시한 다른 학교로 전학을 가버려 경기고 야구부는 해체되어 버렸다.

2학년 때의 나의 학업성적은, 주중에는 주로 야구 훈련에만 집중하는 바람에 배우지 않았던 것이 많아져 처음으로 상위권에 속하지 못해 안타까웠다. 일요일에서 집에서 공부를 하였으나 의문이 드는 사항을 물어볼 사람이 없었고 학원에 갈 경제 사정은 안 되어 모르는 것은 혼자서 해결하는 수밖에 없었다.

내가 다닌 개성중학교에서는 부산사범학교, 체신고교, 교통고교, 부산고교, 경남고교 등 일류고교에 합쳐서 매년 70~80여 명을 진학시켰기 때문에 내가 야구부에서 연습을 그렇게 많이 하면서도 특차고교나 일류고교에 합격할 수 있는 성적은 되었지만 나 자신의 두뇌가 더 총명하지 못한 것에 대해서 불만이 많았다.

9. 고교 입시준비를 위해
야구부를 떠남

2학년 1반을 2학년 학급대항 야구대회에서 우승을 시키며 2학년을 그런대로 보람있게 보낸 나는 고교진학 준비를 위해 최선을 다해야 하는 3학년으로 진급하게 되자 긴장하게 되었다. 3학년 나의 반에는 국민학교 4, 5, 6학년과 중학교 2학년 때 같은 반에 있었던 급우 한덕차 군이 있어서 반가웠다.

우리의 3학년 4반 담임은 '아황산가스'라는 별명을 지닌 장진원 선생님이셨다. 물상 과목을 평안도 어투로 또록또록하게 잘 가르쳐 주셨지만 학업에 태만한 학생에게 '주먹 꿀밤' 벌을 몹시 아플 정도로 주어 그분의 벌이 맵고 독하다 하여 그런 별명이 붙었다.

상면한 첫날 내가 1학년 때부터 과학적 학식 때문에 존경하였던 장 선생님은 맨 뒷줄에 앉은 나를 급장으로 지명하셨다. 나의 키가 그 당시에는 큰 편이었고(출석번호 7번) 얼굴도 흰 편이라 눈에 띄었던 것일까? 아니면 물상시험에서 자주 최고점을 받은 나를 기억하셨던가? 내가 2학년 특별반 출신임을 기억하신 것인지? 아니면 과거 1학년 학기 말 물상과 생물 종합시험에서 내가 뒤에 앉은 박○○ 군에게 답안지를 보여준 것을 발견하고는 나와 박○○ 군을 부정행위자로 지목하여 교무징계위원회에 회부한 것을 회상하여 나에게 반성의 기회를 준 것인가?

나는 의외의 반장 지명에 매우 얼떨떨하여 담임 선생님의 권위에 압도되어 아무 말도 못하고 수락하고 말았다. 그때까지만 해도 대중 앞에서 말을 하게 되면 가슴이 쿵당쿵당 뛰어 말을 조리 있게 못했던 나는 반장을 맡는 것이 전혀 달갑지 않았다.

반장이 되니 학업성적이 더 좋아져야 하겠다는 생각을 다졌기 때문에 물상 과목은 물론 모든 과목의 학업에 더욱 매진하였다. 영어와 물상과목은 정기고사나 모의고사에서 학년 전체 톱을 자주 하여 담임의 칭찬을 자주 들었으나 수학 성적은 영어나 물상만큼은 못해 늘 아쉬움이 남는 성적이었다. 이상하게도 상업, 생물 등의 과목들은 흥미가 없어 그런지 성적이 그렇게 좋지 않았다. 상업을 가르치셨던, 2학년 때 나의 담임 선생님이셨던 조대영 선생님께서 고맙게도 나를 교무실에 불러 상업부기의 요점을 가르쳐 주기도 하셨다.

문제는 5월 초부터 시작되는 야구부 합숙훈련과 오후 3시부터 시작되는 방과 후 학교대표 야구부 훈련이었다. 나의 등 번호는 17번, 수비 포지션은 유격수였지만 가끔 3루수 포지션 수비연습도 번갈아 하였다. 매일 3시부터 6시까지 강도 높은 훈련을 받고 나면 몸이 파김치가 되다시피 하였고, 학교에서 집까지 1시간 반이나 걸려 걸어오면 저녁 식사를 7시 반에 하는데, 그러고 나면 쓰러져 자게 되고 공부와는 완전히 거리가 멀어졌다. 대신 집에서의 공부는 일요일에만 하였다. 그러니 학업 생활을 제대로 할 수 없어 늘 고민을 하는 날이 많아졌다. 명랑해야 할 나이에 긴장을 많이 하게 되니 웃음이 사라졌다. 내가 야구부에 있으니 반장의 역할도 제대로 못하는 것 같아 늘 죄송스러워 담임 선생님에게 사정을 설명하고 반장의 자리에서 사퇴하였다.

1년에 4~5번 참가하는 부산시 중학교 야구대회와 예선을 통과하면 1년에 1~2번 참가하는 전국 중학교 야구대회를 앞두고는 1주일간의 합숙훈련을 하기 때문에 그때마다 1주일은 오전수업만 하고 오후부터는 맹렬한 훈련을 하였다. 때문에 수업의 결손이 무척 컸다. 공부와는 담을 쌓는 지경에 이르게 되니 나는 많은 고민을 하였다. 그러니 나의 야구 기량도 2학년 때 후보 선수로 뽑혔던 처음과는 달리 큰 두각을 나타내지 못했다.

야구부 감독을 겸했던 박 부감 선생님이 건강상의 이유로 사퇴하고 야구 감독과 코치도 없는 상태에서 임시 부감으로 부임한 J 부감은 한 번도 야구를 해보지 못한 분으로 일본 프로야구 중계방송을 열심히 애청하는 상업과목을 담당하는 선생님이었다. 야구를 해보지 않았던 그런 분이 내가 3루 뒤에서 수비한 공을 1루에 던질 때 스텝을 밟지 않고 그냥 던지라는 지시를 무시하였더니 나의 수비포지션을 중견수로 바꾸어 버렸다(3루에서 1루까지의 거리가 멀기 때문에 스텝을 한 번 앞으로 옮기지 않고 그냥 정확하게 던지기는 프로야구 선수가 아니면 어렵다). 그렇게 되니 야구에 더 이상 흥미와 애착을 느끼지 못하였다.

　나는 10월 중순까지만 야구팀에 소속해 있다가 '고등학교 진학 준비' 때문에 야구 훈련을 그만두겠다는 뜻을 J부감에게 말씀드리면서 미련 없이 야구부에서 떠나게 되었다. 야구부를 그만두었다고 하니 담임 선생님께서는 기뻐하시면서 "이제부터라도 진학을 위한 준비를 열심히 해서 특차고교나 일류고교 입학을 하라"라는 격려를 해주셨다. 인생에서 학업의 기초와 기본을 닦는 가장 중요한 중학교 2, 3학년의 시기에 학급과 학교의 야구선수가 되겠다는 헛된 공명심 때문에 너무 많은 시간과 체력을 그 운동에 쏟은 것은 분명히 실속 없고 현명치 못한 짓이었다. 만약 2, 3학년 때에 학력을 열심히 배양했으면 국가와 사회에 더 필요한 인재가 되어있을지도 모른다.

제
2
부

1. 사범학교
진학 준비

　내가 고교입시를 앞두고 목표로 삼았던 고등학교는 졸업 후 직장이 보장되는 특수고등학교인 사범학교, 체신고교, 교통고교(철도고교)였다. 이 학교들은 국립학교로 장학금 혜택이 있어 학비가 저렴하고 졸업하면 교사 혹은 공무원으로 취업이 완전히 보장되는 학교였다. 부산고, 경남고, 동래고 등의 인문고등학교를 졸업하면 일자리가 거의 없어 취업이 어려웠기 때문에 대학 진학을 하지 않으면 인문고등학교에 다니는 것은 무용한 것 같이 보였다.

　그 당시는 인문고등학교를 마치고 육해공군사관학교를 졸업하면 장교가 될 수 있어서 대학 갈 가정 형편이 안 되는 우수한 학력을 가진 고교졸업 예정자들이 사관학교에 많이 응시하였다. 사관생도들은 그야말로 명석한 두뇌를 가진 영재들이었다. 그러나 일반 대학은 졸업한다고 해서 취업이 잘되는 것도 아니었다. 산업화가 이루어지지 않았던 그 당시, 서울대 상대를 졸업한 후 가장 희망하는 취업 기관은 한국은행과 한국상업은행을 비롯한 큰 국립은행들이었다.

나는 우선 사범학교로 진학하기로 작정하였다. 내가 어릴 때 이모부님께서 부산 시내 국민학교 교감, 교장으로 계실 때 가끔 우리 집으로 오셔서 아버님과 술을 함께하시던 그분의 인품과 인정에 감명을 받았고 살고 계신 학교 사택을 가보고 부러움을 느꼈던 것이 오랫동안 뇌리에 남아 있었기 때문이었다.

내가 다니는 개성중학교에서는 2년 전부터 해마다 사범학교에 수석합격자를 내는 전통이 있었다. 사범학교 입학시험에서 2년 전에는 태원석 선배가, 1년 전에는 박성줄 선배가 수석 합격을 하였다는 소식을 학교 게시판에서 여러 번 보았다. 박성줄 선배는 장학금 혜택이 대단하였던 부산상고에도 수석합격을 하고는 부산상고로 진학하였다. 박 선배는 나의 담임인 장진원 선생님 반의 학생이었다. 장 선생님은 학생들에게 칭찬과 격려를 아낌없이 해주시는 선생님이셨다. 수석합격자 배출에 관심이 깊으신 장 선생님은 우리 반 학생들에게 사범학교나 특수고등학교에 시험을 쳐보라는 권장을 많이 하셨다.

중학교 2, 3학년 때 야구연습을 하느라고 수업에 결손이 많았던 내가 10월 말에 야구부를 그만두게 되자 담임 선생님은 나에게 "이 군은 지금부터 열심히 공부하면 국립 특수고등학교나 사범학교에 충분히 합격할 수 있다"라는 격려를 해주셨다. '남은 기간이라도 최선을 다하여 모의고사 점수를 잘 받아 인정을 받자'라는 결심을 굳게 하고 나니 학습의 집중도가 더욱 강해지고 자신감도 생기기 시작하였다.

입학시험 약 한 달 반을 앞두고 나는 새벽 공부를 시작하였다. 나의 나쁜 습성 중 하나는 하고자 하는 일을 내일로 미루는 것이었다. 새해 1월 1일부터 새벽 4시에 일어나 냉수마찰을 하고 시험 공부를 하자는 결심을 12월 말에 하였다. 그러나 그해 1월 1일, 2일, 3일의 새벽은 바깥의 찬 바람 소리가 추위를 잘 타는 나에겐 너무나 두려웠고 새벽의 공기가 너무나 차가워 도저히 엄두가 나지 않았다. 내 방에 조금이라도 온기가 있으면 바깥에 나가 냉수마찰을 할 용기라도 생겼을 터인데 전혀 그렇지 못하였다. 나의 방은 그야말로 온기가 거의 없는 냉방이었다. 구태여 이런 무모한 모험을 할 필요가 있겠나 하는 의문이 계속 일어나 나를 갈등 속에 몰아넣었다. 그 당시는 집안에 욕실이나 수도시설이 있는 집이 일본인이 살았던 적산가옥이 아니면 거의 없었다. 있다면 대체로 수도시설이나 우물이 뒷마당이나 앞마당에 있었고 큰 물통(물탱크)이 있어서 그 안에 있는 물은 겨울에는 얼음으로 변해 담겨 있었다.

나는 1월 4일이 생일이어서 이날을 나의 계획을 과감하게 실행할 D-day로 정하였다. 전쟁에서 수많은 국군 용사들이 나라를 위해서 자신들의 목숨도 마다하지 않는데 내가 이런 추위를 두려워해서 앞으로 무엇을 하겠나? 결사대원의 심정으로 임하면 무엇이 두렵겠나? 하면서 1월 4일 새벽 4시에 나의 작전(?)을 실천하였다. 그날 바깥에는 겨울바람이 어제보다 더 세게 불었다. 나는 이불을 박차고 일어나 마당의 물탱크가 있는 곳으로 가서 깡깡 얼어버린 물탱크의 얼음을 도끼로 깨고 바가지에 물을 담아 등에 붓고 수건으로 마찰을 간단히 하고 벌벌 떨면서 방안으로 들어와 수건으로 몸을 급히 닦고 옷을 두텁게 껴입었다.

나의 의지력과 정신력이 그 추위를 이겨낸 것인가? 이겨내었으니 내가 생각해도 정말 대단하였다. 아무리 생각하여도 대단하였다. 그러면서도 겨울 내내 감기에 한 번 걸리지 않았으니 내가 생각해도 정말 독하고 대단한 청소년이 되었던 것이다. 정신력의 무한한 힘을 처음으로 체험하였다. 그러고 나니 새벽 4시 20분부터 7시까지의 나의 공부는 집중력이 극대화되었다.

새벽에 공부를 하면서 두뇌도 맑아지고 총기도 아주 좋아진 것을 스스로 느끼는 듯하였다. 학습효율은 확실히 최고였으나 아무리 노력하여도 모르거나 풀리지 않는 문제들은 그냥 넘어가기도 하였다. 내가 모르는 것이 시험에 나오지 않기를 바랐고 풀기가 어려운 것은 스스로 노력하여 터득할 수밖에 없었다.

새벽 공부는, 몸의 컨디션이 극히 좋지 않는 날이나 집안에 특별한 행사가 있는 날을 빼고는 사범학교 입학할 때까지만 계속하였고 사범학교 입학을 한 후는 입주 가정교사 자리를 구하여 그 집에 입주하였다. 내가 입주한 그 집의 안주인이 심한 불면증이 있고 신경이 날카로워 더 이상 새벽 시간을 이용할 수 없었다. 만약 내가 그냥 우리 집에서 학교를 다녔더라면 새벽공부가 완전히 체질화되어 나는 아마 공부의 충신이 되었을는지 모르고 아마 국가와 사회에 더욱 큰 기여를 할 수 있는 인물이 되기 위해 일류대학 법학과나 정치외교학과로 진학을 했을 것이고 '지금의 나와는 다른 인물이 되었을 것이다.

1월 초순부터 2월 중순까지 나는 감기 한 번 걸리지 않고 여전히 건강하였고 공부도 잡념 없이 심적으로 평안한 상태를 유지하며 계속할 수 있어 사범학교 입학시험에 대한 불안감도 없어졌다. 거울에 비친 나의 얼굴은 자신감으로 충만해지고 혈색도 건강도 더 좋게 보여 모범생으로 보였는지 사범학교 운동장에서 만난 생면부지의 다른 중학교 출신 수험생들 다수가 나에게 다가와 "처음 뵙겠습니다. 잘 부탁합니다"라는 인사를 하였다. 그중에는 서울에서 온 부유하게 보이는 학생들도 있었고 부산과 시골에서도 온 학생들도 있었다. 그런 학생들의 인사를 받고 나는 상당히 우쭐한 기분을 느꼈다. 서울에서 온 그 학생은 1학기를 사범학교 학생으로 다니다가 서울로 전학을 갔고 2년 후 우리들을 만나자 홍익대 미술과 학생이 되었다고 자랑하였다. 그의 매형이 육군의 고위장성이었다고 들었다. 나는 '우리나라는 빽과 돈이 있으면 통하는 나라이며 제대로 되어가는 나라가 아니구나' 하는 것을 중학교에 입학하였을 때 이미 느꼈었다.

2. 사범학교 입학

중학교 나의 반에서 부산사범학교에 4명이 지원하였지만 2명은 1차 전형에서 탈락하고 박○복 군과 내가 1차 전형을 통과하고 2차 전형(필기시험)에 응시하여 합격하였다. 1차 서류전형과 2차 시험전형을 통합한 경쟁률은 약 12:1라고 하였다.

수업에 들어오는 각 과목 담당 선생님들 모두가 "사범학교 특차지원을 한 학생들 손 들어봐"라고 하실 정도로 사범학교 특차지원에 관심을 보여주었다. 내가 손을 드니 어떤 선생님들은 야구부 학생인 내가 특차지원을 한 것이 의외라는 듯이 "어이 야구, 야구부 너 합격할 자신이 있어?"라고 묻기도 하였다. 그 선생님은 나의 이름이 생각나지 않아 나를 '야구' 혹은 '야구부'라고 불렀던 것 같았다. 나는 "예, 자신있습니다"라고 크게 대답하였더니 그 선생님은 학교의 야구대표 선수가 사범학교에 지원하고 합격을 한다는 것이 납득이 안 되는 듯한 표정을 지으셨다.

나의 중학교에서는 모두 8명이 시험을 쳐서 6명이 합격하였는데, 1명은 시험 당일에 수험번호표를 가져오지 않아 시험을 포기하였다. 그는 마음이 너무 양순하고 숫기가 없어 사범학교 입시담당 실무 책임자(교무주임)의 양해를 구하려는 어떤 시도도 하지 않고 입학시험을 그냥 포기하였다. 그는 3년 전에 중학교 입학시험인 국가고사에서 450점을 획득하여 개성중학교에 수석으로 입학하였던 수재 중의 수재였다.

사범학교 동편 건물 게시판에 적힌 합격자들의 수험번호를, 혼자 마음속으로 기도하며, 응시하던 나는 합격자 명단 게시판에서 나의 수험번호를 발견하였다. 처음에는 합격만 하기를 바랐지만 합격을 하고 나니 더 좋은 석차로 합격을 했으면 하는 속된 욕심이 일어났다.

입학 후 출석부 번호가 9인 것을 보고 나의 입학시험 석차가 반에서 9등이라는 것을 알았고 내가 남학생 합격자 120명 중 석차가 15% 이내에 가까스로 들었다는 것도 알았다. 내가 1월 4일부터 새벽 4시에 일어나 대략 40일 동안 열심히 새벽에 공부한 것을 생각하면 그렇게 좋은 시험 성적은 아니었다.

손을 연필로 데생하는 미술실기 시험 성적이 매우 좋지 않았던 것 같다. 내가 중학교 다닐 때에 야구선수였다는 것을 입증할 사진이나 학년별 야구우승 후 받은 공로상장을 체육 실기 담당관에게 보여주었더라면 입학 성적과 석차가 조금 더 좋았을 것이다. 대체로 다른 수험생들은 그런 정보를 알고 있었지만 나 혼자 그런 정보를 사전에 몰랐던 것이다.

나의 담임이신 장진원 선생님께서 수석으로 합격하기를 기대했던 급우 박○복 군은 담임의 기대에 간발의 차이로 어긋나 남학생 전체 2등으로 합격하였고 2학년 때 나와 같은 1반에 있었고 3학년 때는 2반에 있었던 김○성 군은 전체 3등을 하였으니 내가 다닌 개성중학교 교사들의 진학지도력이 훌륭했음을 알 수 있었다.

국립부산사범학교는 해방 후 일본인 교사들이 귀국을 해버린 후 자격 있는 교사가 턱없이 부족한 상황에서 자격을 갖춘 교사를 양성하기 위하여 1946년 부산에 급하게 설립된 국민학교 교사 양성 교육기관이었다. 부산사범학교는 현재의 부산교육대학교의 전신이었다. 1961년 군사정부 시대에 국민학교 교사 양성학교인 부산사범학교와 중학교 교사 양성학교인 부산사범대학(1955년 개교)이 통폐합되어 국민학교 교사를 양성하는 신제 부산사범대학으로 승격이 되었다가 1963년에 2년제 부산교육대학으로 교명이 바뀐 후 1981년에 현재의 4년제 부산교육대학교로 승격되었다.

그 당시 사범학교만 졸업하면 많지는 않지만 안정된 봉급, 평생 보장되는 직장을 가지게 되고 사회적인 인정도 받을 수 있으니 사범학교는 부유한 가정의 중학생들을 제외하고는 전국의 많은 중학교 졸업자들에게는 선망의 대상이었다.

원래 사범학교는 일본이 우리나라를 식민 통치할 때에 사범학교 출신만이 국민학교의 교사가 되게 하였던 국가에서 엄정하게 만든 학교제도였다. 그래서 일제시대에는 최고학부인 대학을 나온 엘리트라도 국민학교에서 교사를 할 수 없었을 정도로 사범학교 졸업생은 국가에서 특별한 지위와 우대를 받았었다. 그 당시 사범학교는 모범 교사를 양성하는 교육기관으로서 군대의 사관학교와 같은 좀 특이한 상징성을 지닌 국립학교였다.

　내가 다닌 사범학교 입학 정원은 남학생 120명, 여학생 120명이었다. 교모를 쓰고 교복을 입은 사범학교 선배들의 모습이 아주 대단하게 보였다. 그 당시에는 나도 사범학교 배지를 단 교복을 입고 모표를 단 모자를 쓴 선배들과 같은 모습을 지닌 학생이 되기를 바랐었다. 남학생들은 모자에 부착된 모표가 자신이 다니는 학교와 자신의 존재감을 알리는 표지가 되었기에 밖에 나갈 때에는 교모를 쓰고 다닐 때가 많았고, 여학생들은 교복에 꽂힌 배지가 자신의 학업 능력을 보여주는 표징이 되었다. 간혹 사범학교에 대해서 아는 사람들은 내가 쓰고 있는 모자의 모표를 유심히 보고 또 나를 쳐다보기도 하였다.

3. 면학과 다양한
특별활동 참여

   나는 같은 개성중학교 출신인 박○복 군과 김○성 군과 함께 국어과목 담당이신 이득재 선생님이 담임하시는 1학년 2반에 편성되어 서로가 격려하고 도움이 되는 든든한 급우가 되었다. 급우들은 모두 총명하고 두뇌도 명석해 보였고 성품들은 선량해 보여 마음에 들었다. 학교에 일정한 액수의 기부금을 내고 보궐생으로 입학한 학생들과 유급한 학생들 너덧 명이 섞여 있었지만 그들은 의외로 온순하여 내가 소속한 1학년 2반의 학급 전체 분위기는 더 좋게 보여 급우들이 마음에 들었고 함께 공부하며 지내는 것이 정말 즐거웠다.

   해방 후 1946년에 부족한 국민학교 교사를 배출하기 위해서 개교된 부산사범학교는 다른 지역에 소재한 사범학교들에 비해서 규모와 시설이 아주 열악하고 전통과 역사는 일천하였지만, 부산이라는 한국 제2도시에 소재한 사범학교라 학력이 우수한 인재들이 많이 지원하였다. 단적인 예를 하나 들면, 부산사범학교에 지원한 여학생들 가운데에는 '전국중학생학력경시대회'에서 2년 연속 전국

1위를 한 사범병설중학교의 최○숙이라는 수재 중의 수재도 있었다. 최○숙은 사범학교를 여학생 졸업반 수석으로 졸업한 후에 부산○○국민학교 교사로 평생을 헌신하였다. 최○숙은 서울 소재 대학에 진학해서 자신의 우수한 학업재능을 최대로 살릴 수도 있었건만 그 당시는 남성 위주의 사회라 그런지 전혀 그렇게 하지 않았으니 정말 안타깝고 아깝기 짝이 없는 걸출한 수재였다.

학생들의 면학과 다양한 독서를 위한 도서관다운 도서관은 없었고 작은 도서관이 있었다. 음악실, 공작실, 미술실은 있었어도 다른 학생복지시설은 없었다. 운동장은 협소해서 내가 좋아하는 축구나 야구는 아예 할 수 없었고 농구, 배구, 탁구, 정구는 겨우 할수 있는 정도여서 나는 그렇게 좋아하는 운동을 할 수도 없었고 학교를 다니는 재미와 보람을 면학과 특별활동 그리고 한 단계 높은 영어공부를 통해서 찾으려고 하였다.

그 시절에는 남학생들이 여학생과 만나는 기회가 별로 없었고 그런 걸 허용하는 사회적 분위기가 아니어서 사귀고 싶은 마음은 간절하였지만 3년 동안 데이트 한 번 못하고 졸업하였다. 남녀공학인 사범학교에서 나는 여학생과의 데이트 기회가 오기를 조용히 기대하였으나 남녀의 자유로운 교제가 있는 시대가 아니었고 게다가 내성적인 성격 때문에 그런 기회를 갖지 못해 아쉬웠다. 졸업을 하고 나서야 '학교 다닐 때에 나에게 호감을 가졌었다'라고 말하는 여학생들이 동기생들과 후배들 중에서 여러 명이 있었음을 알았다. 나에게도 관심을 가졌던 몇몇 여학생들이 있었다는 것만으로 위안이 되었다.

남학생들과 여학생들이 마주치거나 만나는 기회는 아침 전체조례나 정서조례 때였다. 때로는 일주일에 한 번씩 있는 특별클럽 활동 시간에 남녀 학생들이 만나기도 하였다. 그러나 내가 소속된 시사영어 클럽에서는 시사 주간지인 영어 타임지 칼럼을 공부하였기 때문에 영어가 어려워서 그런지 유감스럽게도 여학생들의 참여가 전혀 없었다.

그 시절에 나는 1학년 때부터 영어에 각별한 관심을 가지고 영어로 글을 쓰고 영어로 발표하는 'English Essay Contest'와 'English speech contest' 참가를 위해 나 혼자 영어에 매달려 고군분투하며 많은 시간을 보냈다. 게다가 우리가 배우는 교과서(Union English Reader)보다 훨씬 어려운 영어교과서인 Living High-school English Reader III과 National High-school English Reader III을 독학으로 공부하였는데 엄청나게 많은 시간을 소모하였다.

지금 생각하면, 나는 미련하게도 영어공부에 너무나 많은 시간을 투자했었다. 내가 독학으로 공부한 고등학교 영어교과서에 실린 글들은 영국의 수필가, 철학자, 평론가, 소설가들이 쓴 아주 어려운 글이란 것을 먼 훗날 대학에서 영어를 가르치면서 알았다. 내가 난해하게 생각하는 어려운 영어문장을 영어 선생님에게 물어보면 설명을 하지 못했다. 그렇게 난해한 고급영문을 공부하느라고 아까운 시간들을 엄청나게 할애했으니 내가 현명하지 못했던 것 같다.

내가 다닌 사범학교에는 다른 고등학교에서 볼 수 없는 '정서조 례'라는 특이한 조례가 있었는데 색다른 행사였다. 아침 조례시간 에 교장 선생님 훈화가 있기 전에 선발된 학생들이 독창, 합창, 2중 창, 4중창을 가창하거나 밴드부의 취주악 연주를 하였다. 가끔 피 아노 음률에 실어 아름다운 시를 낭송하여 학생들의 정서를 차분 하게 미화시킨 다음, 학교장의 훈화와 교무주임과 학생주임의 금주 의 주요 행사 등을 학생들에게 들려주는 특이한 주례 행사였다.

나는 이 정서조례에서 장인재 음악 담당 선생님의 천거로 여러 번 독창을 할 기회를 가졌다. 헨델 작곡의 '아베마리아', 나운영 작곡의 '달밤', 포스트 작곡의 '꿈길에서', 김성태 작곡의 '한 송이 흰백합화'를 불렀다. 가창(성악) 교육을 정식으로 받지 못했던 내가 이렇게 독창할 수 있었던 것은 맑고 고운 소리를 낼 수 있었기 때 문이었다. 중학교 시절 나는 맑고 아름다운 소리가 나오도록 성대 를 매일 아침마다 소금물로 단련하면서 상당한 효과를 보았고 영 어를 읽을 때에도 영어발음이 아주 유려하게 되어 영어 선생님들 이 나에게 영어 읽기를 자주 시키니 자연히 영어공부도 더 열심히 하게 되었고 나중에 영어과 교수의 길로 가게 된 것 같기도 하다.

사범학교에 입학하여 깊은 인상을 받은 것은, 정규수업이 시작되 는 9시까지는, 내가 소속된 1학년 2반 급우들 모두가 한결같이 조 용히 예습을 하거나 독서를 하는 분위기였다. 교실 안의 차분한 분위기는 도서관 열람실의 분위기처럼 정숙하기 짝이 없었다. 이러한 분위기는 여기에 있는 모든 급우들이 자기의 중학교 시절에 모범생이자 우등생이었음을 간접적으로 보여주는 것이라고 생각하였다. 이런 정숙한 분위기는 1학기 말 성적이 발표된 기간까지 계속되었다.

그러나 1학기 말 성적이 발표 된 후부터는 교실에서의 아침 자습 분위기는 전과 같지 않고 소란해져서 나는 매우 의아했다. 아마도 이제는 각자의 실력이 드러나고 학업 석차도 알게 되었으니 학급 내에서의 자기의 성적관리에 미련이나 관심을 두지 않고 자기가 좋아하는 취미나 공부를 하는 쪽으로 마음을 굳힌 것 같았다.

사범학교 시절에는 중학교 시절처럼 야구나 축구 같은 구기운동을 전혀 하지 않아 내가 이용할 수 있는 시간이 넉넉해서 자연히 교과서를 비롯한 여러 가지 책을 더 가까이하고 예습과 복습을 더 할 수 있어서 나의 1학년 1학기 말 성적이 무척 궁금하였다. 나의 바람은 반에서 3위 이내, 학년 전체에서 5위 이내를 하는 것인데, 학업에 뛰어난 수재들이 모인 학급이라서 이것은 지나친 욕심이라 생각하기도 하였다. 그랬는데, 1학기 말 성적은 입학할 때 바랐던 대로 학급에서는 3위, 학년 석차는 5위였다. 내가 생각하는 목표 내에 나의 성적이 도달할 수 있어서 무척 고무되었고 이를 계기로 계획하고 실천하는 장래의 모든 일에 자신감을 갖게 되었다. 중간고사와 기말고사를 친 후 각 과목 시간마다 수업이 시작되면 담당과목 선생님들이 시험성적이 10% 이내에 든 학생들의 이름을 불러주었다. 각 과목 시간마다 한 번도 빠지지 않고 나의 이름이 호명이 되는 것을 급우들이 듣고, 나의 성적이 아주 좋을 것이라고 예상하고 축하해 주었다.

2학기가 시작되자 반장 선거에서 급우들은 나를 2학기 급장으로 선출하였다. 급장 선출은 나에게는 일말의 자부심은 느끼게 하였지만 그렇게 기쁘지는 않았다. 그 당시에 나는 대중 앞에서는 언어 구사력이 부족하고 학급회의도 가끔 개최해야 하므로 급장이란 것이 큰 부담이 되었기 때문이었다.

면학에 노력을 기울였던 2학년 말의 나의 성적은 더욱 좋아져 학급에서는 2위, 학년 전체에서는 3위로 상승하였다. 2년 동안 학급의 수석은 함안중 출신의 걸출한 수재인 조○웅 군이 계속 차지하였다.

교내외 영어웅변대회는 1학년 때부터 적극적으로 참석하였다. 영어웅변대회에는 주로 2학년과 3학년 선배들이 참가하였고 1학년 학생 참가자는 나 혼자뿐이었다. 내가 틀림없이 입상을 할 수 있을 것이라고 나의 영어웅변 리허설을 들은 2, 3학년 선배들이 평가하였다. 그러나 내가 웅변원고를 반드시 지참하고 단상에 등단해야 하는데 나의 기억력을 과신하고, 원고를 전혀 보지 않고 하는 것이 더 자연스러운 영어 스피치을 하는 것처럼 보일 것 같아서, 경솔하게도 웅변원고를 지참하지 않고 단상에 올랐다. 영어연설을 하는 도중에 갑자기 연설할 내용들이 기억나지 않아 당황을 하고 말았다. 나의 기억력을 과신한 것이 큰 실수였다. 그 후 나는 교내 영어웅변대회에는 두 번을 참가하였는데 두 번 모두 2등을 하였고 내가 웅변원고를 써준 여학생들이 모두 두 번의 대회에서 각각 1등을 하였으나 나는 전혀 섭섭하지 않았다. 아마도 내가 써준 원고로 그 여학생들이 우승하였기 때문인 것 같았다.

영어웅변대회 심사위원장은 김용식 외무장관의 아우인 김용익 교수님(재미 영문소설가로서 대학 교수를 역임하고 부산대와 고려대에서 초빙 교수로 재직하였음)이 맡으셔서 영어웅변대회의 권위를 높여주었다. 그 후 나는 미국공보원에서 주최하는 영어웅변대회에 직접 원고를 쓰고 제출하여 영어 원고의 합격을 세 번이나 하였다. 강재호 교장께서는 부산일보에 미국공보원 주최 영어웅변원고 합격자 명단에 있는 부산사범학교와 나의 이름을 보시고는 친히 교장실로 불러 칭찬하고 격려하셨다. 그러나 그때 영어로 웅변하는 노하우를 전혀 몰라 입상은 못 하였다. 미국인이 영어로 연설하는 것을 한 번도 듣지 못한 상태에서 영어웅변대회에 참석했으니 정말 돈키호테식 당돌한 출전이었다. 인문고등학교 참석자들은 자기 학교에 재직하는 미국인 영어교사의 지도를 받은 후 출전하였다. 나의 학교에는 영어웅변의 노하우를 지도해 줄 미국인 교사가 없어서 안타까웠다. 내가 만약 미국인 교사의 지도를 받았다면 적어도 두 번은 3위 이상 입상할 자신감은 있었다.

4. 3학년 1학기 말의
   집단시위

　3학년 1학기 말 시험을 앞두고 3학년 일부 학생들이 강당에 모여서 일부 교사들의 자질과 실력을 성토하는 소요를 일으켰다. 대부분의 학생들이 기말 시험에 대해서 많은 심리적 부담을 갖게 되는데 학생들의 집단시위는 그 점도 이용한 것같이 보였다.

　학생들의 집단시위는 실력이 부족하다고 평가되는 교사들, 교사들 간에 파벌을 일으키는 교사들, 인성이 교사답지 못하다고 판단되는 교사들, 교감을 비호하는 파벌적 교사들을 추방하는 것을 목표로 하는 시위였지만, 내가 보기에는 기말 시험을 어떻게든 치지 않고 넘어가거나 기말 시험을 좀 더 수월하게 치루는 것을 바라는 학생들이 중심이 된 것같이 보이기도 하였다. 먼 훗날 내가 학생처장 직무대리로 있었던 대학에서도 데모나 소요를 일으킬 때에는 언제나 중간 시험이나 기말 시험을 앞둔 시점에 일어났었다.

　학교 당국은 학생들의 소요를 진정시키거나 수습하는 조치들 중의 하나로 시험기간도 별도로 정하지 않고 좌석을 번호순대로 지정하지도 않고 교사 임의대로 시간을 정하여 시험을 치도록 하였다. 학교 당국과 교사들은 엄정한 시험 감독과 관리를 하여야 하는데 학생들의 성토 대상의 빌미가 될까 봐 비굴하게 보일 정도로 소극적인 행동만을 취하는 서글픈 교사들로 변모하였다.

그렇게 되니 시험에 대한 기존의 엄정한 관리 감독이 해이해진 기회를 이용하여 부정행위를 하는 학생들이 많이 생겨났다. 나는 시험에 대한 학교 당국의 관리 감독이 느슨한 이런 분위기가 너무나 마음에 들지 않아 시험에 대한 최소한의 준비도 할 마음이 완전히 사라져 버려 시험에 대한 공부를 사범학교에 입학한 후 처음으로 하지 않았다. 학교의 기본적 기강이 이렇게 해이해진 분위기를 이용하여 마음이 약해진 각 과목 교사에게 가서 성적을 올려달라고 간청하는 학생들도 있었고 그런 학생들 중에는 우등상을 받는 학생들도 있었으나 그것을 전혀 부끄럽게 생각하지 않는 것 같았다.

실력이 정말 한심스러운 교사도 있었는데 그 교사는 사범학교 ○○○과목 수업시간에 대학에서 사용되는 ○○○교과서를 글자 한 자 빠트리지 않고 그대로 그 교사 특유의 굵은 목소리로 읽어나가는 식으로 강의를 했어도 학생들은 전혀 불평이 없었다. 정말 한심하기 짝이 없는 강의를 하는 사기성 교사였다. 그뿐만 아니라 수업시간에 배울 진도를 미리 정해주고 정해진 학생들에게 수업시간에 차례로 발표하게 하여 그것으로 강의를 대체하였는가 하면 그것을 평가하여 시험성적으로 처리하였으니 참으로 비굴하고 한심한 방식을 쓰는 교사였다. 이런 한심스러운 교사는 제1호로 성토의 대상이 되어 축출되어야 마땅한데도 전혀 성토 대상이 되지 않고 살아남았으니 교내 데모를 하는 학생들의 진의가 '기말 시험 보이콧'이 아니겠는가 하는 생각이 들었다.

학생들의 성토 대상이 된 교사들 중에는 정말 억울한 분도 계셨는데 그중에는 학교에 재직하지 못하게 되는 실업자 비슷하게 된 분들도 계셨고 중학교나 실업고등학교로 좌천되는 분들도 계셨다. 중학교로 좌천된 내가 존경하는 어떤 선생님은 부산 모 대학 전임이나 강사로 갈 예정이었으나 뜻대로 되지 않게 되자 실업자가 되어 제자들을 찾아다니며 책을 파는 신세로 전락하기도 하셨다.

3학년 2학기 때는 사범부속국민학교와 동광국민학교에서 그리고 지방의 국민학교에서 교육실습을 하였다. 그렇기 때문에 3학년 2학기에는 학기말 시험이 없어서 1학기 때의 성적으로 3학년 성적을 매김하였다. 1학기 시험 때의 성적을 2학기 시험에서 어느 정도 만회할 것이라고 기대하였는데 3학년 2학기에는 원래 시험이 없는데도 그러한 기대를 한 내가 잘못이었다.

즐겁고 아름다운 추억을 남기며 사범학교 3학년 학기를 보내야 할 아까운 세월이 시험을 앞두고 일어난 학생소요 때문에, 내가 사랑하던 사범학교에 대한 사랑이 사라지고 교육자답지 못한 일부 모교 교사들에게 환멸을 느꼈다. 사범학교에 대한 아름다운 모든 것이 구겨질 대로 구겨져 가장 아름답게 마무리 지어야 할 졸업 학년인 3학년 시절은 다시는 되돌아보고 싶지 않게 되었다.

5. 희망했던 부산 시내
   학교 발령

　1959년 3월에 졸업하자마자 남학생 졸업자의 경우, 소수의 동기들만 교사임용 발령장을 받았다. 3년간의 학업성적을 종합한 학업석차가 학년 전체 6위 이내의 급우들 6명과 군 복무 입대 적령자들이 인사발령을 먼저 받았다. 학년석차 1위에서 3위는 부산 시내에, 4위는 마산시에, 5위는 진해시에, 6위는 충무시에 소재하는 국민학교 발령을 받았다.

　나는 두 달 늦게 5월 31일자로 나머지 모든 급우들과 함께 발령을 받았다. 학업석차가 학년석차 7위에서 12위에 든 6명이 부산 시내 국민학교에 근무 발령을 받았다. 나는 3학년 1학기 말의 학생 데모로 인해서 생긴 어수선한 교내 분위기 때문에 학기말 시험을 준비할 의욕이 완전히 사라져 버려 3학년 1학기의 학업석차가 많이 떨어졌었다. 그러나, 다행히도 1학년과 2학년 때의 성적이 매우 좋았기 때문에 3개 학년의 성적을 합한 종합석차가 9위가 되어 내가 1학년 때 간절히 희망하였던 부산 시내 국민학교에 발령을 받을 수 있어서 참으로 다행이었다.

나는 서면 로타리에 버스를 내려 도보로 약 20분 걸리는 거리에 있는 성지국민학교에 발령을 받았다. 나는 '간절히 희망을 하면 그 희망이 이루어진다'라고 하는 속언과 '하늘은 스스로 돕는 자를 돕는다'라는 격언을 그때부터 믿게 되었고 내가 목표를 세우면 그 목표를 달성할 수 있다는 믿음과 자신감도 얻을 수 있었다.

그 학교에는 나의 동기생인 이○혜 선생님이 1차 발령을 받아 재임 중이었다. 10회 선배인 하○명 선생님, 11회 선배인 최○일 선생님도 있어서 마음이 든든하였고 두 선배님들은 나에게 고마운 조언과 함께 대학진학에 대한 권유를 자주 해주셨다. 이 학교는 그 당시 89학급의 대형 국민학교로 학교 바로 뒤에는 엄청나게 넓은 대지에 미군 하야리아 부대가 진을 치고 있었다. '살아 있는 미국영어도 배울 수도 있겠구나. 나는 운이 정말 좋아'라는 생각도 하였다.

미국 군인들이 가끔 학교에 들러 학교 안내와 수업참관 안내를 요청하기도 하는데 그들을 도와줄 통역자가 없어서 난처할 때가 많았다고 하면서 학교장과 교감은 나에게 통역자 역할을 해주기를 바랐다. 나는 그 당시에도 영어 공부를 계속하고 있었기 때문에 전혀 당황하지 않고 통역자 역할을 제대로 할 수 있었다. 추수감사절 파티에는 하야리아 부대 내 고급 식당에 학교장과 교감 선생님을 초빙하였는데 그때도 내가 통역자로 함께 초대를 받아 푸짐한 파티의 음식과 분위기를 즐길 수 있었다.

그로부터 3년 후엔 그곳 미군 자녀들의 야구팀 2팀(세인트루이스

팀과 인디아나 팀으로 명명)이 생겨 내가 지도하고 있는 성지국민학교 야구팀, 성북국민학교 야구팀과 봄, 여름, 가을에 청소년야구 리그전을 하였고 그 대회가 끝나는 무렵에는 성대한 파티를 하야리라 부대 내 식당이나 동광동 동화차이나 레스토랑에서 학교 당국자들과 미군장교들이 함께 즐겼다. 그때마다 나는 야구부 감독과 통역자로서 그 파티에 참석하였다.

학교에 부임하여 처음 2년 동안에는 1, 2학년을 계속 맡아 적응을 하기가 무척 힘들어 국민학교 교사가 된 것을 무척 후회하였다. 그래서 영어 학력은 상당히 갖추어져 있었던 나는 조금만 노력하면 내가 희망하는 거의 모든 직종의 공무원 시험에 어렵지 않게 합격할 수 있으리라 생각하였다. 아니면 중등학교 교원자격 검정고시를 거쳐 내가 좋아하는 중등학교 영어교사를 할까 하는 생각도 하였다.

부임 다음 해인 1960년에는 3·15 부정선거의 개입과 협조를 시사하는 요청이 있었지만 전혀 개입하지 않았다. 오히려 부정선거 무효화를 외치는 4·19 민주시민혁명에 적극 참여하기도 하였다.

1961년에는 5·16 군사혁명이 일어나 풍전등화 같은 우리나라를 제대로 일으켜 세우고자 하는 정치, 외교, 사회, 경제, 교육, 문화 등 모든 부면의 과감한 개혁을 시도하기에 나는 밝은 희망의 기대를 걸었고 그러한 군사정권의 애국애족 정신과 사회개혁 정신을 전폭적으로 신뢰하였다. 박정희 국가재건최고회의장이 주도하는 이 군사혁명이 우리나라 전체에 만연된 부정, 부조리 등 모든 구악을 일소하고 흐트러진 국가의 기강과 사회 질서를 확고하게 바로잡아 국가다운 국가를 건설하기를 진정으로 바랐다.

나는 그 당시 박정희 소장과 젊은 엘리트 장교그룹이 중심이 되어 국민들이 진심으로 바라는 그런 국가를 만들 것이라고 굳게 믿었다. 박정희 국가재건최고회의장이 그 당시 우리 국가와 사회의 실상을 보고 술회한 글은 우리 국민 모두에게 공감과 감동을 주었지만 나는 누구보다도 더 크게 감동을 받았다. 다음은 내가 마음속 깊이 감동을 받은 박정희 국가재건최고회의장이 술회한 담화의 일부이다.

"나는 한 번도 치우려 하지 않는 겹겹이 쌓여 있는 쓰레기더미 한가운데 서 있는 것 같았다. 나는 오염된 지역 전체를 삽으로 퍼내듯이 모든 사회악을 뿌리 뽑겠다고 결심했다. 우리는 과거의 행동을 겸허히 반성해야 할 것이다. 지나친 비능률을 민주주의라는 이름으로 정당화하지는 않았을까? 때때로 자유를 방종과 혼돈하지 않았을까? 질서와 기강을 확립하려는 노력을 독재라는 이름으로 비난하지 않았을까? 진정한 자유민주주의란 탄탄한 경제적 바탕이 없이는 성취할 수 없다. 민족우선주의 정책과 경제성장 제일주의 정책을 우리 국가사회의 새로운 국정의 핵심 정책으로 삼아야 한다. 혁명의 기본적 요소는 한국의 산업혁명을 단행하는 것이다. 나의 관심은 경제혁명이다. 이를 위해 나를 민족의 재단에 바친다."

6. 보람 있었던
   군대생활

  찜통 속 같은 6월과 7월 그리고 8월의 폭서가 맹위를 떨치는 논산 제2훈련소에 입소하여 고된 훈련을 받았다. 훈련장에는 마실 물이 전혀 준비가 되어 있지 않아 훈련장 근처의 논에 있는 농약이 녹아있는 물도 마시며 겨우겨우 갈증을 면하는 등 상상하기도 싫은 고생을 겪었다.

  우리들이 훈련장에서 훈련소 숙소로 돌아와도 훈련소의 기간 장교와 하사관들이 작당을 하여 물탱크에 연결된 수도를 고의적으로 잠가 버려 물을 마실 수도 없었다. 할 수 없이 주보(군의 PX상점)에서 사이다와 콜라를 억지로 사 먹으며 갈증을 겨우 달래곤 하였다. 아예 물탱크의 물을 잠가 버린 것은 사이다와 콜라를 훈련병들에게 팔아먹기 위한 수작이라는 것을 곧 알게 되었고 훈련병들이 감찰반에 집단으로 투서를 하여 그런 잘못을 시정하기도 하였다. 5·16 군사혁명 직후에도 이런 부정하고 부패한 수작들이 훈련소 군간부들 사이에 벌어졌으니 그 군사혁명 이전의 부패하고 부정한 수작들의 양상은 어느 정도인지 가히 상상하고도 남는다.

찜통 같은 더위가 연일 퍼붓는 6월과 7월의 전반기 훈련과정과 8월의 뜨거운 햇살을 받으며 후반기 과정의 고된 훈련을 논산훈련소에서 마친 후 10월 중순에 최전방인 강원도 인제군 사창리에 소재한 7사단 5연대 2대대 8중대 1소대에 배치되었다. 그 사단은 고 박정희 대통령이 현역 준장 때 지휘하던 사단이었다. 첩첩산중, 사면팔방이 높은 산으로 에워싸여 푸른 하늘을 보는 것도 낮 잠시 동안이어서 그야말로 갑갑하고 답답한 곳이었다.

이 좁은 산골짜기에서 지겨운 8개월을 보낼 생각을 하니 정말 답답하였다. 그런데 군대 운이 좋았던 것일까? 그해 10월 말에 내가 소속된 7사단 5연대가 경기도 파주군 탄현면 임진강 유역의 산자락으로 이동하여 미국 제1기갑사단의 지휘를 받는다는 반가운 소식을 들었다. 우리 모두는 갑갑한 강원도 산골에서 벗어나 광활한 평야가 펼쳐져 있고 경기도 임진강이 훤히 보이는 산허리에 위치한 부대로 가게 되어 쾌재를 불렀다.

지금 일산신도시 근처의 경기도 파주군 탄현면 우리 부대가 이동을 하고 야산을 넘으면 임진강과 휴전선을 훤히 바라볼 수 있는 산허리에 구축된 GP에서 근무하게 되었다. 놀랍게도 그 당시 GP 부대원 대부분이 국민학교도 졸업하지 못해 겨우 한글만을 읽을 수 있고 쓸 수 있는 병사들이었다. 논산훈련소에서 급히 만든 공민학교를 수료한 병사들이 대부분이었다.

훈련 일과를 마친 후 저녁에는 한글을 제대로 쓸 줄 모르는 병사들이 고향의 부모나 애인에게 보내는 편지를 대신 써달라는 간청을 많이 하였다. 그 간청을 들어주느라 반년간 고역을 치루기도 하였고, 내가 교사 출신이니 이야기를 해 달라는 요청도 만만찮아 저녁마다 이야기를 지어내느라 고역을 치루었지만, 답답한 그들을 도와주겠다는 자선적 마음을 갖게 되니 더 이상 고역이 아니었다. 내가 이들을 위해서 봉사하자는 마음을 먹고 편지도 열심히 대신 써주고 옛날이야기도 자주 해주었다. 그 덕에 군에서 배급해주는 건빵과 캐러멜을 답례로 그들로부터 많이 받았으나 거의 모두 돌려주었다. 그랬더니 내 마음이 한결 더 뿌듯하였다.

1월 중순부터 미국 제1기갑사단과 합동작전을 위한 예비적 기동훈련을 고되게 받았다. 미군들이 모는 기갑수송전차 APC(Armed Personnnel Carrier)를 난생 처음으로 미국군과 함께 타고 작전지역으로 기동하는 훈련을 받으니 제대로 된 군대생활을 하는 것 같았고 지루했던 군대생활에서 모처럼 군인답게 전투를 하는 듯한 스릴도 느껴졌다. 내가 근무하던 국민학교의 여선생님의 따님인, 나보다 나이가 1살 많은 S 누나에게 미군과 함께하는 기동훈련의 이모저모와 군대생활을 아주 긴 사연으로 표현하여 편지를 써 보내기도 하였다. 그랬더니 그 S 누나가 내가 보낸 편지의 글들이 영화의 주인공으로부터 받는 편지처럼 감동적인 글이었다는 칭찬을 담은 답장과 함께 시원한 여름에 시원한 원피스를 입고 찍은 여러 장의 멋진 사진도 보내왔다. 모든 막사 동료들의 부러움을 샀고 GP의 소대장은 아름다운 그 여인을 소개해달라고 간절히 요구하였다.

그 당시 나는 시사영어사에서 발행하는 시사영어 월간지를 꾸준히 2년 동안 공부하고 있는 중이어서 어려운 단어나 문장은 나에게 별로 문제가 되지 않았다. 그래서 미군들과 고급영어로 의사소통도 잘 할 수 있었기에 더욱 의기양양해지고 한미합동작전 기동훈련의 실감이 더욱 피부로 느껴졌다. 행주산성 부근 경기도에는 임진왜란과 삼국시대 신라가 고구려와의 전투 때 전공을 세운 장군들의 묘가 몇 기 있었고 묘비에는 그분들의 공적이 한자 혹은 한글로 잘 새겨져 있었다.

나는 묘비에 적힌 한자와 한글로 된 공적들을 알고 싶어 하는 미군들에게 영어로 풀어 설명을 해주니 그들은 내가 3개의 언어를 알고 있는 유식한 군인이라고 나를 치켜세웠다. 자기들은 나의 영어 통역 덕택에 묘비의 내용을 잘 이해하게 되었다며 고맙다고 하면서 "넌 영어 실력이 무척 뛰어난 한국군이다(You're a very good English-speaking Korean soldier)"라고 인사를 하였다. 미군과의 합동 기동훈련을 마친 후 자대에 돌아와 3개월 동안은 매일 반복되는 고된 훈련을 받으며 지루한 군대생활을 계속하면서 새해를 잘 넘겼는데 또 반가운 소식이 전해졌다. 2월 중순부터 6월 중순까지 7사단 산하 예하부대의 축구 배구 구기종목과 종목별 육상대회 중대대항별, 대대대항별, 연대대항별 예선 대회를 위한 훈련과 대회에 참가해야 한다는 소식이었다. 운동에 소질이 있거나 선수 경력이 있는 사병들은 훈련참가 의향서를 제출하게 되어 있었다. 그 당시에는 요즘과 달리 국민학교나 중고등학교를 다녀 본 부대원들이 부족하였기 때문에 출전 준비를 위한 선수 후보들의 숫자가 많지 않아 내가 여러 종목에 참여하여 훈련을 해야만 하였다.

나는 달리기, 축구, 배구 종목의 연습과 시합에 참가하였는데, 단거리 달리기는 중학교와 사범학교 때 체육회 때마다 학반대표 릴레이 선수로 뛸 정도여서 어느 정도 자신이 있었다. 묘하게도 우리 중대에는 단거리, 중거리, 중장거리 장거리 선수들이 많이 모여 있었다. 그래서 중대별 대항전에서는 다른 중대들보다 압도적 우위를 차지하였고, 연대별 대항전에서도 우리 중대 출신 선수들이 연대 대표 선수로 나가 압도적 우위를 차지하였는데 이렇게 육상부 선수들이 한 중대에 모여 있다는 자체가 믿어지지 않았다. 나중에 군단 마라톤대회에서는 우리 중대 출신의 강○민 선수가 5,000m, 1만m 장거리 달리기, 마라톤에서 우승을 차지하였다는 소식도 내가 제대한 후 나의 집을 방문하였던 선임하사로부터 들었다.

나는 유감스럽게도 신장이 크지 않아 배구의 기량이 뛰어나지 못해 기여도가 적었지만 배구는 유명한 고교 배구 코치이며 나중에 서독여지배구팀 코치 겸 감독도 하였던 박대희 코치 겸 선수의 효율적인 지도와 활동으로 우리 중대와 대대 그리고 연대가 넉넉히 우승을 하였다. 축구는 육군사관학교 시절 축구 선수였던 오중위의 지도로 나는 정확한 슈팅 기술(공의 타점을 정확하게 보고 미는 기분으로 차는 기술)을 터득하여 대대별 시합에서 귀중한 두 골을 넣기까지 하였다. 덕택에 축구는 우리 중대가 우승을 하였지만 대대별 대항 축구경기에서는 우리 2대대가 연승을 하다가 결승전에서 본부 대대에 석패하였다. 나는 이 축구경기를 끝으로 군대를 제대하고 꿈에도 그리던 귀향길에 올랐으니 학교 다닐 때 운동을 꾸준히 한 것이 군대 생활을 지루하지 않고 뜻있게 재미있게 보내는 데 큰 도움이 되었던 것이다.

7. 국민학교 야구부 감독:
4강 진출과 준우승

군 복무를 마치고 1년 만인 1962년 6월 중순에 재직하였던 그 학교에 복직을 하니 사범학교를 졸업하고 교사가 된지 어언간 3년이 흘렀다. 애초의 인생계획을 실행하지 않으면 허송세월하고 평범한 국민학교 교사로서 정년을 맞이하지 않을까 하는 다소 답답한 생각이 들어 조바심이 일어나기도 하였다.

그런 생각을 하고 있던 어느 날 부산시 교육위원회에서 긴급 공문이 하달되었다. 그 공문을 찬찬히 살펴보니 부산 시내 58개 모든 국민학교 야구팀을 만들어 9월 중순부터 지역별 리그전과 본선에서는 16팀이 겨루어, 우승을 가린다'라는 내용이었다. 군사정부의 행정방식이 그대로 공문에 반영되었다. 그 공문을 보니 내가 구상하고 있는 모든 인생계획은 일단 유보해야만 하겠구나 라고 생각하였다.

각 국민학교장에게 야구대회에 적극적 참가 협조를 부탁한 배경을 두고 여러 가지 추측이 있었다. 부산시 국민학교 야구대회를 갑자기 개최하게 된 것은 김현옥 시장이 외아들의 간곡한 요청(국민학교 야구대회개최)을 듣고 10월 중순경에 부산시 국민학교 야구대회를 개최할 것을 교육위원회에 지시하였다는 것이었다. 군사혁명 정부 시대이니 지시 명령을 각 학교장이 따르지 않을 수 없었다. 갑자기 국민학교 야구대회 개최가 그렇게 결정된 것이라는 소문이 근거 없는 것이 아니었음을 여러 가지 정황으로 알 수 있었다.

학교장과 교감은 평소에 운동에 관심이 없는 분들이었는데 교장 실 옆 회의실에 야구 장비 일체를 구입, 비치하게 한 후 체육 주임과 나를 불러 야구부 육성을 요청하고 나서 야구부 육성과 훈련에 대 한 체육 주임과 나의 의견에 경청하셨다. 그때는 군사혁명정부 시절 이라 교육위원회에서 교장과 교감에게 야구대회 참가에 대한 협조 를 단단히 요청하였고 이를 조금이라도 소홀히 하면 상부의 지시에 비협조적이라는 평가를 받아야 할 상황이었던 것 같았다.

내가 중학교 재학 중에 야구선수를 한 경험이 있다는 것을 알고 있었던 교장과 교감은 체육 주임에게 야구선수 육성에 관한 일체 를 나에게 일임하도록 하였다. 야구에 대해서는 기본적인 야구 룰 외에는 별로 아는 바가 없던 체육 주임은 선수 선발과 훈련일정 같 은 것을 나에게 전적으로 일임하였다.

나는 먼저 주력이 좋고 체격이 좋은 선수 후보자들을 50명을 선 발하고 매일 중장거리 달리기를 통해서 주력과 지구력을 키워나갔 다. 그리고 나서 공을 받는 캐치볼 요령, 공을 바르게 던지는 피칭 볼 요령, 배팅 스윙 요령, 번트 요령, 베이스 런닝 요령 등에 관한 야구의 기본기를 45일간 토요일과 일요일도, 비가 오는 날은 교실 과 복도에서 훈련을 하는 등, 쉬지 않고 착실하게 훈련을 시켜 실력을 키웠다. 그렇게 집중적으로 열심히 하니 학생들의 기본기가 생각보다 빠르게 제대로 갖추어지고 있다는 데 일종의 보람과 성취감을 느꼈다. 기본기가 제대로 갖추어졌다고 판단이 서자 약 30일 동안 청백 팀으로 나누어 하루 2번씩 연습 게임을 하고 나서 반성 및 평가 시간을 매일 가지면서 경기규칙에 대한 이해도도 높이고 경기력도 쌓아 올렸다. 배팅 스윙은 레벨 스윙을 처음에는 많이 하였지만 나중에는 체력과 팔의 근력이 약한 우리 선수들에게 적절하지 않아 배트를 아주 느슨하고 가볍게 그리고 짧게 잡고 레벨 스윙 대신에 10도 정도 상향시켜 치도록 지도하였더니 안타를 치는 확률이 훨씬 높아졌다.

번트를 치는 연습을 먼저 시켜 공을 끝까지 보는 집중력을 높이고 공을 두려워하지 않도록 하면서 투수가 던진 공의 스피드에 익숙하게 하였다. 번트는 매우 긴장되는 팽팽한 경기에서나 그런 순간에서는 그 활용도와 효용도가 매우 높다고 판단하여 번트 치는 능력을 높이는 데 노력을 많이 하였다. 인근 학교의 팀들과 연습게임을 자주 하여 경기력을 높이고 시합에 대한 긴장도를 완화 시켜 나갔다.

부산 시내 국교 58개팀을 8개 지역으로 나뉘어 예선 리그전을 치룬 후 각 지역에서 2개 팀이 16강전을 부산 공설운동장 야구장에서 치루었다. 내가 맡은 성지국민학교 야구팀은 상대팀에게 그의 모두 1점 차이로 신승을 거듭하며 준결승까지 진출하였다. 1점차로 신승을 자주 한 것은 많은 연습을 하였던 번트 작전의 성공으로 이긴 경기가 많았기 때문이다. 서면에 있는 야구의 불모지와 다름없는 성지국민학교가 본선 16강전에서 4강에 올라 마침내 대신동 야구장 이웃의 동신교와 결승진출을 놓고 준결승전을 겨루었다. 5회전까지 3:1로 이기고 있다가 7회말 마지막 수비에서 늘 잘하던 유격수의 에러로 3:4로 석패하고 말았다. 그러나 야구 불모지 학교가 첫 본선대회에서 준결승전까지 진출한 것과 나의 지도력에 대해서는 다들 높이 평가해주었고 인정을 해주었다.

그 다음 해에는 학교장이 선수들에게 정말 멋진 유니폼을 맞추어 주는 등 다들 기대를 많이 하였다. 자신감을 가지고 본선 16강전에 진출하였으나 우리 팀 선발 좌완투수의 컨디션 난조와 상대팀 영선교 감독의 우리 좌완 투수의 공에 대한 철저한 분석으로 초반에 대량 실점을 하였다. 뒤늦게 일본국민학교에서 야구를 하였던 우완투수로 교체하여 더 이상의 실점은 안 했으나 초반의 대량 실점을 만회하지 못하고 영선교에 석패하여 8강전 진출에 실패하여 면목이 없었다. 내가 투수 교체를 너무 늦게 하였던 것이다. 나는 야구감독으로서의 나의 프라이드에 적지 않은 상처를 입었다.

와신상담 1년 후에는 좌우 투수진을 강화시키고 수비와 타격 훈련과 주루 훈련을 철저하여 허점이 없는 팀으로 단련시켰다. 그리하여 자타가 인정하는 시내 강호들을 모두 물리치고 결승전에 진출하여 대망의 우승을 기대하였다. 기습 번트의 연습을 엄청나게 시켜 작전에 많이 이용한 것이 주효하였다. 번트는 큰 대회일수록 상대팀의 허를 찌를 수 있고 상대팀의 에러를 유발할 수 있는 공격 전술이란 점을 내가 이용하였다.

결승전 상대 팀은 우리와 연습게임을 6번 하여 우리가 6전 6승을 한 팀이라 그 팀의 강점과 약점을 너무나 잘 아는 성북국민학교였기에 나는 내심으로 우승을 확신하였고 우리 선수들도 그렇게 생각하였다. 물론 상대팀도 우리 팀의 강점과 약점을 잘 알고 있었다. 국민학교 야구 경기는 7회말까지 하는데 7회말 2아웃까지 잡아 놓은 상태라 제3회 야구대회의 우승을 잡은 듯하였다. 2아웃 상태에서 상대 팀의 타자가 친 볼을 투수가 아주 쉽게 잡아 가까이에 있는 1루수에게 던졌으나 그 공을 1루수가 그만 놓쳐 버려 동점이 허용되었다. 마음이 흔들린 우리 팀 투수가 아웃 코스로 던진 공을 상대 타자가 밀어쳐 우익수 앞 안타로 만들어 역전 우승을 허용하고 말았다. 내가 평소에 그 1루수에 대해서 늘 불안감을 느껴 우려를 했었는데 그런 일이 실제로 벌어지고 말았던 것이다.

　그러나 야구 불모지나 다름없는 성지교 야구팀이 시합운이 좋아 야구 명문고와 싸워 이겨 나가면서 훌륭한 경기 기록을 남겼다. 부산시의 58개 국민학교들 중에서 3년 동안 4강, 16강, 2강(결승진출)을 건었으니 야구지도를 잘하였다는 평가를 학교장과 많은 동료들로부터 들었다. 나는 그것으로 만족을 해야만 하였다. 학교장을 비롯하여 많은 남자 선생님들과 여자 선생님들이 적극적으로 후원해주고 용기를 북돋워 주었다. 남자 선생님들 중에 문○규, 정○식 선생이 응원을 리드해 주셨는데, 경기를 이길 때마다 선수들과 응원단이 서면 로터리를 한 바퀴 돌고 거기서 학교까지 30분 걸리는 큰 도로로 북치고 꽹과리 치며 행진하여 많은 서면 시민들의 주목을 끌기도 하였다.

8. 어느 여선생님의
고마운 격려와 후원

내가 16개 팀이 출전할 본선 야구대회를 이틀 앞두고 대신동 구덕 야구장에서 마지막 총연습을 시키고 있을 때였다. 우리 야구 선수들의 사기를 북돋우기 위해서 서면에서 대신동 구덕 야구장까지 1시간 반이 소요되는 먼 거리를 버스를 타고 음료수, 과일, 빵, 김밥을 가지고 오신, 나와 동갑인 미모의 여선생님 한 분이 계셨는데 그분이 그렇게 고마울 수가 없었다. 지금도 그 선생님의 고마운 마음과 뜻이 좀처럼 잊혀지지 않는다. 나의 야구에 대한 열정에 감동하여 그 먼 서면에서 구덕운동장까지 왔으리라고만 생각하였다.

그해 9월에 부산시 국민학교 야구대회에서 준우승의 성적을 거둔 후 그 여선생님의 고마운 배려와 후원에 답례를 하느라 자주 서면 로터리 근처의 두 사람이 좋아하는 식당에서 식사를 하면서 즐겁게 담소를 나누기도 하였다. 시내 극장에 재미있는 영화가 상영되면 함께 관람을 하였다. 이를 계기로 두 사람 사이는 예전보다 더욱 친근해졌다. 예전에는 피아노가 있는 음악실에서 피아노 반주에 맞추어 그 여선생님과 또 다른 여선생님과 힘께 우리나라 가곡들과 세계명가곡들을 부르곤 하는 그런 사이였다.

그 여선생님은 원래는 야구에 관심이 없었고 야구의 규칙을 거의 몰랐는데 근래 3년 동안 성지교에 근무하면서 성지교와 다른 학교와의 야구경기를 보며 응원하다가 야구경기에 흥미를 갖게 되었다고 하였다. 그리고 내가 야구 불모지인 이 학교에서 첫해에는 4강, 둘째 해에는 16강, 셋째 해에는 준우승의 성적을 거둔 나의 야구 지도능력을 높이 평가하게 되었다고도 하였다. 그래서 '부산일보사 화랑기 쟁탈 고교야구결승전'이나 한일고교야구전과 같은 큰 경기가 있으면 그 경기를 보러 야구장에 나와 함께 가서 야구경기를 보면서 흐뭇한 데이트 시간을 보내기도 하였다.

그 여선생님은 그레고리 팩, 몽고메리 크리프트, 아랑드롱이 주연하는 영화를 좋아하여 〈로마의 휴일〉, 〈나바론〉, 〈양지와 그늘〉, 〈지상에서 영원으로〉, 〈태양은 가득히〉 등의 영화를 함께 보았다. 내가 미국의 그레고리 팩, 몽고메리크리프트, 프랑스의 아랑드롱과도 모습이 많이 닮았다는 말을 그 여선생님은 자주 하였다. 그 여선생님과 마지막으로 본 영화는 그해 11월 말에 부산극장에서 상영된 〈에어 포트〉라는 미국 영화였다. 유부남 조종사와 미혼인 스튜데스 사이의 애틋한 사랑을 다룬 영화였다. 그 영화를 보고 밖에 나오니 비가 너무 많이 내려서, 식사와 차를 함께 나누며 아기자기한 시간을 가지려고 하였는데 그렇게 하지 못하고 아쉽게도 그 여선생님과 그냥 헤어지게 되었고 그 뒤로는 그런 기회를 한 번도 갖지 못하였다.

야구부 학생들이 소문을 내었는지 학교 선생님들 사이에 그 여선생님과 나 사이의 관계에 대한 뜬소문이 떠돌기도 하였다. 나이가 든 여선생님들은 나에게 그 여선생님과의 교제를 애써 만류하기도 하였다. 만류의 주된 이유는 '그 여선생님의 외모는 아름답지만 마음씨는 기대하는 만큼 곱지 않을 것이다'라는 것이었다. 나이가 든 여선생님들이 '괜히 질투가 나서 그러겠지'라고 생각하며 그분들의 말을 받아들이지 않았다.

국민학교 야구 시합도 준우승으로 끝나 집에서 조용히 휴식을 취하고 있는데, 그 여선생님은 어느 날 자기의 절친한 동료인 김○강이라는 선생님과 함께 우리 집을 예고 없이 방문하였다. 도저히 생각지도 못했던 두 여선생님의 방문에 나는 깜짝 놀라고 당황하였다. 그 당시는 나의 집에는 손님을 응접할 준비가 제대로 되어 있지 않아서 아무런 접대도 제대로 할 수 없어서 무척 부끄럽고 당황스러웠다. 그래서 겨우 생각한 것이 그냥 밖에 함께 나가서 근처 다방에서 차와 음료수를 대접할 수밖에 없었다. 그 순간은 나에게 평생 두고두고 송구스럽고 면목이 없었던 부끄러운 순간이었다. 왜 그 여선생이 방학 때 나의 집을 불쑥 방문하였는지 그 까닭을 알고 싶었지만 끝내 물어보지 못하였으나 그것을 여러 모로 추정해 보았다. '혹시 방학 중이니 함께 어디든 가서 데이트를 하고 싶어서 일까?', '약혼 같은 것을 앞두고 최종적으로 나의 마음을 알아보려고 했던 것일까?'

함께 왔던 동료인 김 선생님이 우리 둘을 다방에 남겨두고 먼저 집으로 간 후 그 여선생님과 나는 버스를 1시간이나 타고 구포역에 내려 낙동강 둑을 따라 강변의 시원한 바람을 쐬며 무작정 산책을 하였다. 그 당시 나는 3년간 야구부 훈련에 심혈을 기울여서 아무런 독서도 하지 않았기 때문에 다양하고 재미있는 대화를 할 수 없어 약간은 답답하기도 하였다. 대화의 내용들은 대체로 야구시합 준결승전과 결승전에 관한 알려지지 않았던 이야기, 야구시합 기간 중 그 여선생의 격려와 후원에 대한 고마움에 관한 이야기였다. 그 외에는 홍난파, 금수현, 김동진, 나운영이 작곡한 가곡과, 헨델, 쇼팽, 모차르트, 리스트의 아름다운 로맨스와 그들이 작곡한 피아노곡에 대한 이야기를 하였으나 그 외에는 흥미를 끌 만한 소재가 없었다.

우리는 그저 서로가 뭐라도 먼저 제의를 하면 그 제의에 적극적으로 호응하는 그런 사이였다. 그러나 그 여선생님도 나도 서로에게 열정적이거나 적극적이지 못하여 두 사람 사이의 관계가 더 이상 진전되지도 못하였으니 안타까웠다. 우리 사이의 관계는 산속의 맑은 호수처럼 별 파문이 없이 늘 잔잔하기만 하였다.

그 어느 해보다 크리스마스 캐롤들이 더 아름답고 더 성스럽게 들리는 그해의 성탄절 전야와 성탄절 날에 데이트할 사람도 없던 나는 아쉬움을 사무치게 느끼면서 이틀을 보냈다. 성탄절 다음 날인 일요일 낮에 나는 갑자기 내가 근무하는 학교로 가고 싶었다. 혹시나 그 여선생님을 만날 수 있을까 하는 간절한 마음에서 그랬는데 마침 그때 그 여선생님이 일직(당번)을 하고 있었다.

오랫동안 만나지 못했던 그동안에 일어났던 여러 가지 이야기를 엮어서 대화를 나누었다. 그러다가 약간의 틈을 타서 갑자기 그 여선생님은 정색을 하고 나에게 다음 달에 "자기가 약혼을 하게 되었다"라는 소식을 조용하고 담담하게 말해주었다. 그 말은 나의 호수같이 잔잔한 마음에 조용한 파문을 일으켰다. 그 순간 내가 그 여선생님에게 용기 없고 남자답지 못한 남자로 보였기에 실망을 했을지도 모른다고 생각하였다. 나는 "용기 없고 적극성이 보이지 않는 나에게 무슨 매력이 있었겠나?" 하는 자책도 하였다. 그 여선생님과 약혼할 사람은 레지던트 과정에 있는 의사라고 하였다. 나는 마음속으로 충격을 받았으나 그 여선생님은 부양해야 할 식구가 여럿인 장남인 나의 배우자가 될 사람이 아니라는 생각을 늘 하고 있었으므로 그 충격이 그렇게 오래 가지는 않았다. 그 당시 그 여선생님의 나이가 나와 같은 24살이었다. 그 당시는 결혼을 앞둔 여자들은 요즈음과는 달리 가능한 한 24살의 나이를 넘기지 않으려 하였고 25살이면 올드 미스로 매김이 되는 시대였다.

지난 여름방학 때 그 여선생님이 동료 여선생님과 함께 나의 집을 찾아온 것은 '자기에 대한 나의 마음을 최종적으로 알아보기 위한 것일지'도 모른다는 생각이 들었다. "용기 있는 남자만이 미인을 얻을 수 있다(None but the brave deserve the fair)"라는 속담의 깊은 뜻은 잘 알고 있었지만, 그 당시 나의 가정 사정과 처지에서는 용기를 발휘할 수가 없었다. 두 사람 사이엔 맺어질 인연이 아니었던 것 같았다.

9. 주경야독의
   보람과 결실

　나는 당분간 대학진학을 포기하고 사범학교를 졸업한 후 국민학교 교사를 하면서 돈을 저축한 후 대학을 들어가거나, 혹은 교사를 하면서 내가 원하는 영어영문학이나 정치외교학을 전공하기 위해서 야간대학을 다니기로 하였다.

　나는 사범학교를 졸업한 지 9년 만에 동아대학교 영어영문학과에 입학시험을 쳤다. 영어영문학과는 그 당시에도 인기가 높아 입학 정원 20명에 168명이 지원, 그 경쟁률은 매우 높은 8.4:1이었다. 그 당시는 낮에 근무하고 저녁에 공부하는 이른바 '주경야독'하려는 지원자들이 많았고 그런 지원자들은 영문학과에 대거 몰렸다. 영어영문과 응시자는 고등학교 졸업자들 외에 학구열이 대단한 중견공무원, 외환업무부서의 은행 직원, 재벌급 회사의 해외영업부 직원, 공무원, 목사, 수녀, 성직자 등이었다. 시험을 칠 때에는 나의 국민학교 제자들과도 만났다. 내가 사범학교를 졸업하고 9년이나 지난 때였기 때문이었다.

　사범학교를 졸업한 지 9년이 되었지만 수학을 제외하고는 다른 교과들의 문제를 푸는 데에는 어려움을 별로 느끼지 않았다. 입학 시험 같은 시험에는 가장 보편적이고 핵심적인 사항을 묻는 문제들만 나오기 때문이다. '아직 나의 머리가 녹이 슬지 않았어'라고 자위하며 시험을 쳤다. 나중에 면접시험 때 내가 최상위권 성적으로 합격하였다는 것을 면접관 교수를 통해서 알게 되어 '내가 시험에 관한 한 운도 따르고 있구나' 하는 생각을 하였다.

오후 6시부터 강의가 시작되어 오후 9시 50분에 강의가 끝나는 '주경야독'의 고단한 생활을 4년간 계속하였다. 야간 강의가 끝난 후 동료들과 함께 마시고 즐기던 시원한 막걸리와 빈대떡의 고소한 맛의 향수는 지금도 잊을 수 없다. 대학 강의를 들음으로써 차원 높은 영어영문학의 세계와 경험을 접하여 새로운 희열과 감동을 느꼈다. 대학 교양영어 강의 첫 시간에 류○달 교수께서 미국 영어발음으로 문장을 읽어나가는 유려한 발음과 해설에 기쁨과 감명을 느꼈고 매일 1교시에 100분간 지속되는 영어수업에 즐거운 마음으로 출석하였다. 류 교수님은 약관의 나이에 미군 고문관의 통역관 생활을 시작하여서 그런지 발음이 유려하여 그분이 영어책을 읽을 때에는 그것에 매료되지 않을 수 없었고 영어를 늦게 배우는 보람도 느끼게 하였다.

중학교에 다닐 때 나는 영어선생이 되겠다는 희망을 처음으로 가졌었다. 우리에게 영어를 재미있게 가르쳐 주셨던 동경외국어대학 출신인 차○수 선생님의 인품과 실력에 매료되어 그런 소박한 희망을 품었다. 내가 대학 2학년 1학기 때 중등교사 영어교사 자격

검정시험을 쳤는데 운이 아주 좋았는지 내가 준비한 예상 문제들이 많이 출제되었다. 전국에서 모인 190여 명 응시자들 중에서 최종적으로 17명이 합격을 하였다. 이 17명이 최종 면접시험을 서울대학교 사범대학에서 보았다. 그 당시 서울사범대학 영어교육과 주임이신 장왕록 교수께서 영어로 영어교사가 된 동기와 영어교육론의 중요한 문제를 물으셨다. 예상한 영어질문이라 나는 어렵지 않게 대답을 하였다.

부산, 경남, 제주도에서는 단 두 사람, 나와 박○외라는 동아대학교 영어영문학과 동기생이 합격하였다. 이 소식이 동아대 영어영문학과에 전해져 학과 내에서 화제가 되었다. 그 당시 '중등학교 영어과교사 검정시험'에 합격한 실적이 근래에 없었던 동아대 영문학과에서는 이 시험에 합격을 하였다는 것이 의미있게 평가되었고 박○외씨와 나에게 영어영문과 교수들께서도 강의시간에 우리 두 사람의 합격을 여러 차례 축하해 주셨다.

나는 연이어 부산시 영어교사 임용순위고사에 응시하여 136명중 전체 9등으로 합격하여 이 역시 영문학과 내에 또 화제가 되었다. 동아대 영문과 졸업생이나 졸업예정자 중에서 25위 이내에 합격한 사람이 최근 3년 동안 전혀 없었기 때문이었다.

묘하게도, '9'라는 숫자는 시험 결과에 관한 한 줄곧 나와 여러 번이나 연달아 인연이 있어서 묘했다. 결코 자랑할 만한 석차는 아니지만, 중학교 입학 때 나의 석차는 540명중 9위, 사범학교 졸업때 나의 학년 석차는 117명 중 9위, 부산시 중등학교영어교사 순위고사 석차는 126명 중 9위였다.

내가 다니는 동아대학교의 영어영문과에서는 나의 순위고사 성적이 좋은 성적이라고 하여 학과 내에서 화제가 되기도 하였다. 그당시는 동아대 영어영문학과 재학생이나 졸업예정자들은 다들 임용순위고사 시험에 대한 준비가 부족하였는지 그 성적이 좋은 편은 아니었다. 그래서 그런지 임용순위고사에 대한 질문과 요령을 영문과 졸업생과 재학 중인 학생들이 나에게 문의하였다. 나는 그때마다 그 질문에 성실히 답해주었다. 심지어 토요일과 일요일에도 기꺼이 시간을 내어 성심껏 도와주었다. 그 당시는 부산시 임용순위고사 성적이 30위 내에 들어가면 3개월 내에 부산 시내 중심지에 있는 중고등학교에 교사로 발령이 날 가능성이 매우 높았던 시기였다.

제
3
부

1. 즐거웠던 고등학교
   영어교사 시절

부산시 중등학교교사 임용순위고사에서 나의 성적은, 영어강사들에게 주어졌던 가산점(중등학교 강사로 재직하였던 분들에게 주어지는 가산점)을 받지 않고도, 상위권에 속하는 9등이었다. 나의 성적이 상위권에 속하는데도 부산의 변두리 중 변두리인 북구의 중학교에 발령을 받아 중등학교 교사 출발부터 크게 실망을 하였다. 근무하기를 가장 꺼려하는 지역인 북구의 여자중학교에 발령장을 받았기에 교육청 중등교육과 인사계장에게 문의를 하였더니 그는 임용고사 성적이 좋은 교사를 우선적으로 변두리 지역 학교로 배치한다는 인사원칙 때문이라는 궤변 같은 이유를 늘어놓는 것이었다.

그 말이 왜 궤변에 해당하는지의 이유는, 같은 해에 순위고사 2등으로 합격한 분이 국민인사계장의 인척으로 시내 부산여고에 발령이 난 엄연한 사실을 나는 알고 있기 때문이었다. 교육위원회 중등교육과 인사계장이 말한 그 인사원칙이 엉터리임을 알 수 있었다.

나는 그 당시 교육위원회 고위층에 있는 분과 친분이 있었는데도 나의 좋은 임용순위고사 성적만 믿고 친분이 있는 그분에게 부탁을 하지 않았던 게 잘못이었다. 나의 성적보다 낮은 다수의 임용고사 합격자들이 시내 중심학교에 발령을 받았었다. 세상 물정을 모르는 순진한 사람들은 간혹 그런 원칙을 수용하기도 한다는 것을 나중에 교육위원회 모 인사과장으로부터 알게 되었다.

그 당시는 만덕터널이 개통되지 않았던 시절이라 동래 명륜동에서 구포동으로 가는 데 소요되는 시간은 버스로 2시간 이상이었다. 동래구 명륜동의 나의 집에서 버스를 타고 아침 일찍 기분 좋게 출근하면 서면을 거쳐 주례, 사상, 모라, 구포에 있는 학교까지 걷는 시간을 포함하면 2시간 이상이 걸리니 출근 도중에 아침부터 기분과 의욕이 저하될 때가 많았다. 퇴근 시간은 그보다 많은 시간이 소요되니 집에 도착하면 지칠 때가 많아 중등학교 교사생활의 출발이 아주 좋지 않았던 것이다.

그러나 그 학교에서 여러 명의 훌륭한 동료 교사들을 만난 덕택으로 학교에서의 생활을 즐거웠던 것을 천만다행으로 여겼다. 변두리 학교에서 와신상담 2년을 보낸 후 새로 설립된 공립인문고등학교인 부산중앙여자고등학교로 전근 발령을 받았다. 부산 교육위원회의 유력인사에게 그동안 내가 겪은 고충을 털어 놓았더니 많이 참조하여 주었다.

대개 중학교 2년 근무 후 실업계 고등학교에서 최소 2년 근무를 거쳐 인문고등학교로 가는 것이 통례였는데 내가 그 통례를 깨트렸다. 내가 발령을 받은 학교의 교장은 영어를 아주 유창하게 구사하는 분으로 인품과 덕망을 갖춘 조○효 선생님이셨고 교감은 훌륭한 인품과 덕성에 예리한 판단력과 직관을 가지신 사범학교 선배이신 송○근 선생님이셨다. 교장 선생님은 교사들을 가족처럼 생각하였으며 학생들도 모두가 밝고 명랑하여 나의 마음에 쏙 들어 평생 동안 근무하고 싶던 학교에 온 것 같았다.

그 학교에서의 교사생활이 그때까지의 나의 교사생활 중 가장 즐겁고 행복하였다. 근무하는 매일매일이 그렇게 즐겁고 행복하여 평생 고등학교 영어교사를 하여도 지겹지 않을 것 같았다.

주임교사들도 젊어 교무실의 분위기는 밝고 화기애애한 분위기였다. 주임교사들과 평교사들은 교장과 교감이 정선하여 모셔온 분들인 것처럼 보였다. 평교사들도 인품들이 다들 원만하시어 같이 화기애애하게 지내며 테니스를 함께 치기도 하고 회식을 자주하는 등 교직생활이 즐거웠다. 특히 수학을 가르치는 강○환 선생님과 그 학교 재직 중에 쌓은 훈훈한 동료애와 우정은 잊을 수 없다. KBS 국장의 무남독녀 따님인 불어과 김○희 선생님은 기회가 있을 때마다 "이 선생님은 고등학교 교사보다는 대학 교수가 더 어울리니 유학을 가거나 대학원을 수료하시어 꼭 대학으로 가시라"라는 권유를 나에게 종종 하였다. 그런 권유가 내가 영미권 국가로 유학을 가게 된 하나의 동기가 되기도 하였던 것 같아 고맙게 여겨졌다.

영어과 선생님들 중에서 한 분은 서울대 사범대학 영어교육과 출신 황○석 선생님이었고 또 한 분은 부산대 사범대학 영어교육과 출신으로 졸업 당시 전체 수석으로 졸업하여 대통령상을 수상한 김○숙 선생이셨다. 황 선생님은, 고맙게도, 나에게 영미권 대학에서 실력을 연마할 기회가 반드시 올 것이라며 준비를 착실히 할 것을 기회 있을 때마다 자주 권유하셨고 학생들의 수업 집중도를 높이기 위한 자신만의 특이한 교수방법도 알려주시면서 나에게도 나 자신의 영어교수방법을 개발할 것을 적극 권고하셨다.

같은 과목을 가르치는 교사끼리는 자신이 가르치는 비결을 잘 알려주지 않는데 황 선생님은 자신의 오랜 경험에서 터득하신 교수 비결을 알려주시는 점에서 남다르셨다. 황 선생님은 쾌활한 성품을 지니신 분으로 50분 내내 학생들의 긴장의 끈을 놓지 못하게 하는 특이한 집중식 수업방식을 채택하셨다.

나는 영어교육기술을 더 쌓기 위하여 문교부나 과학기술처에서 제공하는 영미권 유학의 기회를 잘 이용해야겠다는 다짐을 하였고 이에 대한 준비를 하였다. 훌륭한 동료 교사를 만난다는 것은 자신의 발전에 큰 도움이 된다는 것을 깨닫게 되었다.

2. 빅토리아대학교 영어교육원
   유학 도전

　내가 영어교사로 근무했던 시절에는 해마다 5월 초순에는 뉴질
랜드 정부의 '콜롬보 플랜 영어교사훈련 선발시험'이라는 제목의
공문이 문교부로부터 중고등학교에 전달되었다. 이 공문은, 우리의
경제적 여건상 영미권으로 유학을 간다는 것이 극히 어려운 시절
에, 유학에 관심이 있는 영어교사들이나 영미권 국가에 유학을 가
고 싶은 교사들, 특히 지상의 천국이라고 불리우는 뉴질랜드에 유
학을 가고 싶은 교사들에게 희망의 꿈을 잔뜩 품게 해주었던 공문
인데 교사들이 서류를 준비할 시간적 여유를 전혀 주지 않는 것같
이 보였다. 왜 신청마감 기일이 그렇게 촉박한 공문인지 그 이유가
늘 궁금하였다. 담당 공무원의 농간이 있지 않나 하는 부질없는
의혹을 가져 보기도 하였다. 나는 신청 마감 기일을 지키지 못해
시험을 칠 기회를 두 번 놓쳤다. 그런 실수를 되풀이하지 않기 위
해서 그 공문이 오면 즉시 신청할 수 있도록 미리 필요한 서류를
준비해놓고 있었다.

　콜롬보 플랜 장학금 영어교사훈련 선발시험에 합격하여 초빙된

교사들에게는 왕복 항공료와 중간 기착지에서의 일류 호텔숙박비, 1년간 기숙사비, 학비, 교과서구입비, 생활비 등을 지불해주는 등 최고의 장학혜택이 주어지므로 그 선발시험에 합격하는 것이 그 당시 영어교사들의 큰 소망이 되어왔다. 나는 그 시험에 합격하여 영어권 대학에서 영어교사로서 갖추어야 할 영어 실력을 기르고 영어교수법과 기술도 함양하겠다는 목표를 이루겠다는 다짐을 하였다.

첫해에 합격할 생각을 하고 싶었지만 합격할 만한 실력을 갖추지 못하였으니 어떤 문제가 어떤 식으로 출제되는지를 알기 위해 시험을 쳤다. 전국의 응시자들 중에서 최종 10명을 선발하는데 전국 각 시도에서 120명 정도 응시하였으니 경쟁률이 12:1이었다. 첫해에는 시험의 출제경향을 알아보기 위해서 쳤는데, 착실히 시험 준비를 하면 그 시험에 합격할 수 있겠다는 자신감을 얻었기에 안정된 마음으로 준비를 잘 해나갈 수 있었다. 장문의 독해력, 자유영작문, 영어대화능력, 영어구조와 문법 등을 테스트하는 문제들이 출제되었다.

미국의 대학원 입학시험인 GRE 문제집을 중심으로 매일 학생들 정식수업을 마친 후 2~3시간 동안 유학시험을 위한 공부를 착실하게 하였다. 그러나 방과 후에 매일 공부한 GRE 문제집은 단지 영어 어휘력과 독해력 배양에 도움이 되었을 뿐이었다. 영어 에세이 (자유작문) 시험이 매우 중요하다는 정보를 들었기 때문에 매일 영어 에세이 쓰기를 꾸준히 하였다. 이런 종류의 시험을 치는 영어

교사들의 실력은 큰 차이가 없기 때문에 영어 에세이 쓰기에서 차이가 날 수 있다고 판단한 것이 효과를 거두었다.

나는 영미인이 에세이를 전개해 나가는 방식과 즐겨 사용하는 표현방식과 사용어휘에 유의하며 공부하였다. 어려운 복문과 중문으로 이루어진 단락을 전개하는 것보다는 단문으로 이루어진 단락을 전개하는 훈련을 하고 또 어려운 어휘를 사용하는 것보다는 짧고 평이한 어휘를 사용하는 훈련을 하였다.

시험을 친 후 3개월 동안 채점 결과가 궁금하여 조바심이 나서 퇴근할 때는 친한 동료들과 술을 거의 매일 마시곤 하였다. 어느날 저녁에는 동료들과 술이 취하도록 마시고 밖으로 나오니 시원하게 여름의 비가 많이 내려서 바로 집으로 가지 못하고 교무실에서 비가 그치기를 기다리고 있었다. 나는 시험을 치고 나서 결과를 기다리면서 술을 거나하게 마시고 집에 도착하면 합격의 소식을 접하는 징크스가 70년도에 두 번이나 있었다. 그날도 오던 비가 그치면 좋은 소식을 접할지도 모른다는 기대를 하면서 집으로 가려고 하였다.

그때 서무실에서 야간 경비를 하고 있는 전달부 김 씨로부터 나에게 외부 전화가 왔다고 하였다. 혹시 합격의 소식이 아닐까 생각하며 전화를 받았더니 교육청 황우석 장학관 사모님의 전화였다. 그날은 아침부터 좋은 소식이 올 것 같은 느낌이 들었었다. 내가 집에 가지 않고 학교에 남아있는 줄을 어떻게 알고 전화를 하였을까? 황 장학관 사모님의 직감력이 새삼 놀라웠다. 사모님의 전달

용건은 내가 궁금해 하던 '해외파견 유학시험에서 합격하였다'라는 반가운 소식과 나의 종합 점수가 전국의 합격자 10명 중 2위에 해당하는 득점을 받았다는 믿어지지 않는 소식이었다. 그 소식들은 그때까지의 나의 생애에서 가장 큰 기쁨을 안겨준 희소식들이었다. 황 장학관과 사모님이 그렇게 고마울 수가 없었다. 이런 소식을 전해준 황 장학사와 그분의 사모님이 나에겐 천사로 보였다. 감사하는 마음을 잊지 못해 그 후 자주 찾아뵙고 인사를 하였지만 늘 감사인사가 부족하다고 느꼈다. 나의 합격 소식이 교무실에 알려지자 거의 모든 선생님들과 학생들이 충심으로 축하해 주셨다. 그 후로 거의 3주일 동안 여러 선생님들과 학생들의 축하 인사와 축하 파티의 대접을 받게 되어 그 기간 동안에는 나는 밥을 별로 먹지 않아도 배고픈 것이 느껴지지 않을 정도로 늘 천국에 있는 듯한 행복감에 젖어 있었다.

3. 빅토리아대학교 영어교육원
유학의 여정

청년은 꿈속에 살고 노년은 추억 속에 산다고 했던가. 나는 요즈음도 공항의 국제선 대합실에 가면 공연히 마음이 설레고 아름다운 추억의 나래를 타고 저 푸른 창공으로 한없이 빠져든다. 감미로운 클래식 음악이 은은하게 흐르고 해외 각처의 여행객들이 여행용 가방을 끌고 대합실 여기저기로 서성거리는 것을 보게 되면 약 반세기 전 캐세이퍼시픽 항공사의 점보기를 타기 위해 김포국제공항 승강대에 오르던 감개무량한 순간이 떠오른다.

그때까지 나는 1970년대 초에 서울에서 각종 시험을 치르고 면접을 받기 위하여 서울-부산을 오가는 대한항공사의 프로펠라 쌍발기를 서너 번 탄 적은 있지만 제트엔진 여객기를 타본 적이 없는데다가 여객 좌석이 460여 석이나 되는 여객기를 타는 것은 처음이었다. 그 점보기의 출입구를 들어서자 실내에 은은하게 흐르는 감미로운 클래식 멜로디며 멋진 감색 제복을 산뜻하게 차려 입은 아리따운 승무원들이 미소를 띤 모습으로 친절하게 우리 일행들을 좌석으로 안내해주던 그 황홀하였던 순간은 기억에 오랫동안 남아있는 즐거운 순간이다. 그 당시는 그때가 나의 인생 중에서 가장 행복한 순간으로 느껴졌다. 그래서 그런지 그 일시는 지금도 잊혀지지 않는 1974년 11월 3일 오후 6시였다.

뉴질랜드 정부의 지원으로 유학의 장도에 오른 우리들 일행은 모두 10명(부산에서 1명, 서울에서 3명, 경남에서 2명, 충남에서 1명, 전북에서 1명, 전남에서 2명)이었다. 유학의 기회를 잡기 힘들었던 가난한 시대였기에 일행 모두는 설레는 마음으로 초대형 여객기의 좌석을 승무원의 안내를 받으며 찾아 앉았다. 자리를 잡자마자 기내 기장의 의례적인 환영 인사가 있은 후 기내 아나운서가 비행시간, 도착 예정시간 등을 유려한 영국식 영어로 알려준 후, 애피타이저로 몇 가지 음료와 주류 신청을 받겠다는 멘트가 감미로운 음악과 함께 흘러나왔다. 우리 일행 몇 분은 애피타이저로 오렌지 주스를, 몇몇은 술을 주문할 예정이었다. 술을 주문할 몇 분은 평소에 익히 듣던 '조니워커' 위스키를 할지, 무엇을 할지 망설이고 있었다.

나는 미국 영화에서 남자 주인공이 '마티니'란 양주를 주문하는 것을 기억하고는 '마티니'를 주문하자 술을 주문하려고 하던 우리 일행은 모두 나를 따라 마티니를 주문하는 것이었다. 사실 마티니는 드라이진에 드라이 베르무트를 섞은 칵테일로 향긋하지만 쓴맛이 강한 술이므로 처음 마시는 사람은 맛이 없는 술이라는 것을 몰랐다. 나는 마티니가 향기 있고 달콤한 맛이 있는 술인 줄 알았지만 쓴맛이 강해 우리 일행들을 실망시킨 것이 내내 미안하였다. 우리 일행은 내가 출국 전부터 문교부 담당공무원을 상대하며 여러 가지 섭외활동을 하였기 때문에 내가 하는 일에 신뢰를 하였다. 이어서 식사가 나왔는데 고급 비프스테이크 식사였다. 이런 융숭한 대접을 받으며 즐거운 여행을 하는 것도 난생 처음이니 한국의 영어교사가 된 내가 자랑스러웠고 귀빈이 된 기분이었다. 마치 꿈을 꾸고 있는 것 같았다. 이런 해외 유학제도의 혜택을 영어교사들에게 준 뉴질랜드 정부와 우리나라 정부 당국의 배려에 깊은 감사를 느꼈다.

김포공항을 이륙한 후 약 네 시간이 지나자 타이완의 타이베이 공항에 잠시 기착하였다. 손님들이 내리고 다른 손님들이 탄 후 다시 이륙하여 홍콩으로 계속 비행하였다. 홍콩 공항 가까이 도착하자 약간 불안이 느껴졌다. 섬을 매축하여 만든 홍콩 해안 공항이라는 것을 알고 있었기 때문이다. 그래서 그런지 착륙지 공항면적이 좁아 비행기가 착륙하는 데에 조종사가 애로를 느끼는 것 같았다. 비행기가 공항 주위를 세 바퀴 이상 돌고 있었기에 불안하였다. 혹시 이 대형 항공기가 추락할까 봐 비행 고소공포증이 있는 나는 긴장을 많이 하였다.

홍콩 국제공항에 도착한 후 출국 수속을 마친 후 밖으로 나가니 11월 초순인데도 밤의 기온이 매우 후덥지근하여 추동복 양복을 입은 나는 땀으로 범벅이 되어 몸과 마음이 불편하였다. 다인승 택시를 타고 홍콩의 최고 번화가에 자리 잡은 최고급 호텔인 그랜드 호텔에 도착하여 여장을 풀었다. 우리가 이런 고급 호텔에 숙박을 할 것이라고는 생각도 하지 않았는데 콜롬보 장학생으로 선발된 영어 선생들이지만 분수에 넘치는 과분한 대우를 받는 것 같았다.

어제 오후 6시에 한국에서 가족들의 전송을 받으며 김포공항을 이륙하여 14시간을 비행하여 이곳에 도착하였으니 피로가 한꺼번에 몰려 왔다. 그러나 호텔 객실이 그냥 잠만 자기에는 너무 호화롭고 고급스러워 시간과 돈이 아까운 생각이 들었다. 우리 일행들은 좀 더 늦게 자려고 객실 냉장고에 있는 음료수와 맥줏값이 얼마가 될지를 생각지도 않고 주머니에 달러도 충분히 있으니 마음대로 꺼내어 마시면서 즐겁게 대화를 나누었다.

홍콩은 밤의 경치가 아름다워 흔히들 동양의 진주라고도 불려 왔다. 밤의 홍콩은 그렇게 보였다. 그런 홍콩을 낮에도 보고 싶어 이곳저곳 명승지와 랜드마크들을 관광하고 뒷골목도 돌아다니며 홍콩의 민낯을 훑어 보았다. 홍콩 뒷골목의 모습들도 세계 많은 대도시들의 그것들처럼 누추해 극히 실망적이었다. 중국 특유의 무질서하고 지저분한 모습들이 홍콩의 매력을 잃게 하였다.

홍콩은 자유무역항이고 상품을 싸게 살 수도 있어 우리 일행 몇몇은 영어를 익히는 데 도움이 될 일제 라디오 카세트을 비롯하여 카메라, 1년 동안 사용할 유명한 던롭 테니스 라켓 두 자루, 던롭 테니스볼 10통, 흰색 테니스 상하의 2벌 등을 쇼핑하고 득의만만하게 그랜드호텔로 돌아왔다. 뉴질랜드에서 1년 동안 생활하는 데 기본적으로 필요하다고 생각되는 준비를 한 것이다. 영어공부와 방송청취를 위해 200불에 구입하였던 산요(Sanyo) 카세트는 1년을 사용한 후 나중에 호주에서 온 19세의 앳띤 부부에게 450불에 팔수 있을 정도로 뉴질랜드에서는 수입상품에 대한 관세가 매우 높았다.

호텔에서 제공하는 고급 저녁 식사를 한 후 밤 8시에 출발하는 호주 브리스베인으로 향하는 호주 항공사 소속 콴타스(Qantas)의 여객기를 탔다. 탑승 후 얼마 되지 않아 기내에서 각종 음료수와 주류, 선택해 먹을 수 있는 다양한 식사가 제공되었다. 기내에서 잘 마시고 먹고 나니 어제와는 달리 긴장이 풀려 그런지 졸음이 마구 쏟아졌다. 남태평양을 종단하는 비행기에서 얼마나 잤는지 모르지만 갑자기 기내의 소란스러운 소리에 잠이 깨어 보니 그곳 시간으로 오전 8시였다. 비행기의 둥근 창으로 밝은 햇빛이 스며드는 상쾌한 아침인 것 같았다. 창에서 내다본 이른 아침의 태양과 바다는 눈부시고 필설로 형언할 수 없을 정도로 아름다웠다.

승무원은 우리들에게 호주의 브리스베인까지에는 아직 3시간을 더 가야 한다고 하였다. 은퇴한 뉴질랜드 노인들이 은퇴연금으로 동남아 관광여행을 즐기고 돌아가는 중인데, 매일 아침 규칙적인 운동을 하느라고 가내의 복도에서 왕복 걷기와 도수체조를 하고 있었다. 참 부러운 남녀 노인들 같았다. 그 당시 우리나라는 노인을 위한 그런 복지 제도가 없었고 꿈도 꾸지 않았던 제도요 광경이었다. 우리나라도 경제개발개획을 잘 세워 경제개발을 잘하고 있으니 앞으로 20년이 지나면 경제적으로 선진국의 대열에 들어설 것이라 생각하였다. 경제적으로 넉넉한 국가로 성장하여 모든 국민들이 이런 노인복지제도의 혜택을 받는 나라가 되었으면 하는 소망을 잠시나마 가져보았다. 약 3시간 후 호주 항공교통의 요지 브리스베인에 착륙하여 우리는 에어 뉴질랜드 항공기로 갈아타기 위하여 거기서 2시간가량 기다렸다. 날씨가 온화하고 공기가 그지 없이 맑고 청량한 곳이라 후덥지근한 홍콩의 공기와는 판이하게 달라 기다리는 시간이 전혀 지겹지 않았다. 2시간 후 에어뉴질랜드(Air New Zealand) 소속의 항공기가 우리의 최종 목적지 웰링턴 공항으로 향하여 이륙하였다. 이륙 4시간 후 상공에서 보이는 뉴질랜드의 수도 웰링턴시는 아름다운 항구도시로 녹색, 빨강, 파랑, 흰색으로 모자이크한 한 폭의 아름다운 풍경화를 보는 것 같았다. 지붕이 모두가 빨간색으로 벽은 흰색으로 채색된 집들이 녹색의 수목 속에 박힌 듯 자리를 잡고 맑은 하늘이 파랑색으로 채색되어, 멋진 색상 조화를 이루고 있어 감탄을 저절로 자아내게 하였다. 잠시 지상의 천국으로 빨려들어 가는 듯한 감회에 빠지기도 하였다. 우리가 탄 여객기가 드디어 웰링턴 공항에 착륙하였고 각자의 수화물 검사는 물론 가방 속의 식품에 대한 검사도 철저히 받았는데, 그것은 나중에 알았지만, 마약의 소지 여부를 놓치지 않고 조사하기 위한 것이었다.

우리 일행은 청사 바깥에 세찬 바람이 불어오는 가운데 뉴질랜드 외무부 대외협력과 과장 직무대리인 비비안 여사의 따뜻한 영접을 받았다. 그녀는 짤막한 환영 인사와 오늘과 내일의 계획에 대해서 그 나라 특유의 조용하고 나지막하고 작은 소리로 영어를 3

분간 구사하였다. 나는 물론 우리 일행 대다수는 들릴 듯 말 듯한 그분의 영어가 무슨 말을 하고 있는지 인사말 외에는 알아들을 수 없어 당황하였다. 그러나 외무고시를 오랫동안이나 준비를 하고 AFKN을 매일 청취해온 우리 일행 중 한 분이 이해를 하고 우리에게 설명을 해주었다.

웰링턴은 종종 'Windy Wellington'(바람이 많은 웰링턴)으로 불릴 만큼 시도 때도 없이 바람이 불지만 필설로 표현하기가 어려울 정도로 아름다운 항구도시이자 공항도시였다. 바깥에 거센 바람이 불어 외무부 과장 직무대리의 말소리가 아무리 가냘프고 약하더라도 알아들을 수 없다니 한국 영어교사 각자의 체면이 말이 아니었다.

외무성 관용 소형 버스로 공항에서 30분 걸려 국회의사당을 지나 얼마를 가니 티나코리(Tinakolly) 44번지에 소재한 외양이 아주 말끔하고 호사스러운 호스텔 앞에 우리들을 내려줬다. 다음 날 우리들은 1년간 공부할 빅토리아 대학 부설 어학원(Victoria University English Language Institute)을 방문하고 '영어교육원'에 대한 자세한 소개와 안내를 받았다. 빅토리아(Victoria) 대학은 수도 웰링턴에 소재한 개교한 지 150년이 넘는 붉은 벽돌로 지어진 고색창연한 아름다운 고딕 양식 건물이었다.

4. 티나코리 44 호스텔에서의
   티타임

　우리 일행은 웰링턴시의 해안가에 자리 잡은 번화가에서 많이 떨어진 교외 국회의사당 근처의 티나코리 44번지 소재의 호스텔에 다른 아시아 여러 나라에서 온 교사 유학생들과 함께 기숙하게 되었다. 기숙사는 빅토리아 대학 캠퍼스에서 약 3km 떨어진 조용한 곳에 자리 잡고 있어서 도보로 학교까지는 대략 40분 남짓 걸렸다.

　호스텔은 일반적으로 대학의 기숙사를 지칭하기도 하지만 일반 투숙객들이 이용하는 숙박업소와 크게 다르지 않다. 호스텔 투숙객들은 잠은 각자의 방에서 혹은 함께 큰 방에서 자기도 하고 샤워시설과 주방은 공동으로 이용한다.

　우리가 머물 호스텔의 지배인은 영국 스코틀랜드 출신의 이민자로서 인상이 호방하고 체격이 당당하였다. 그의 스코틀랜드 영어 악센트가 독일어같이 딱딱하게 들렸으나 그의 영어를 이해하기는 어렵지 않았다. 'often'의 발음을 독일어식으로 글자 그대로 '옵튼'으로 발음하는 것이 조금 이상하게 들렸다. 'have'의 발음을 '하브'로 'today'를 '투다이'로 발음하는 것도 생소하였다. 'today'의 발음은 'to die'의 발음과 같기 때문이었다. 우리들은 호스텔 시설의 안팎을 둘러보았다. 아름답고 말쑥한 하얀 건물이 녹색의 숲속에 둘러싸여 있어서 잘 지어진 작은 규모의 아담한 호텔 같은 느낌이 들어 마음에 쏙 들었다. 지배인은 우리들에게 휴게실에서 잠깐 휴식을 취하게 한 후 각자의 방을 제비뽑기하여 공정하게 정해주겠다고 하였다. 모두가 양지바르고 통풍이 잘 되며 전망이 아름다운 방을 배정받기를 바랐다. 나는 운이 좋았는지 이 호스텔에서 가장 좋은 방인 7호실에 배정되었다. 북향 창문은 낮 동안 종일 찬란한 햇빛이 비치고 앞에는 푸른 잔디밭과 잎새 푸른 나무들이 그림처럼 펼쳐져 있고 밤에는 오렌지빛이 은은하게 비치는 아름다운 가로등이 비춰주는 고급 별장 같은 방이었다. 밤에 조용히 공부를 할 수 있겠구나 라고 생각하니 가슴이 뛸 정도로 기분이 좋았다. 침대는 쿠션이 너무 좋고 푹신하여 나의 숙소는 내가 바라는 꿈속에서 가질 수 있는 이상적인 별장의 방처럼 느껴졌다. 결혼을 한 직후인 1970년대에 들어와서는 행운을 만나게 해주는 아내의 덕택인지 계속 행운의 여신이 나에게 미소를 보내는 듯한 느낌이 들어 무엇을 하여도 잘 될 것 같았고 매일매일이 마냥 즐거웠다.

　나중에 알았지만 나의 방이 아무리 좋아도 바깥 공기가 더 상쾌하여 날씨가 화창한 날에는 바깥에서 책을 읽고 공부를 하는 것을 더 선호하게 되었다. 종일 책을 몇 시간을 읽어도 피로하거나 싫증이 나지 않을 정도로 집 바깥의 신선한 공기와 녹색의 자연환경은 필설로 표현할 수 없을 정도로 마음에 쏙 들었다. 그곳 시간으로 4시 반이 되자 종을 울리며 "tea-time(티타임)"이라고 외치며 모두들 아래층 식당홀로 내려오라고 하였다. '커피나 차를 마시는 시간인가 보다'라고 생각하며 내가 우리 일행을 독려하며 내려 갔더니 그게 아니었다.

영국인들이 실제로 갖는 티타임(teatime)은 3종류가 있는데, 오전 11시경에 갖는 일레븐시즈(elevenses), 오후 4시에서 6시 사이에 간식을 곁들여 마시는 애프터눈 티(afternoon tea), 노동자층들이 오후 5시에서 7시 사이에 저녁을 겸해서 먹는 하이 티(high tea)가 있다. 우리 일행들이 가졌던 티타임은 저녁식사를 겸하는 하이 티인 것 같았다. 쌀밥(긴 쌀을 롱 그레인(long grain), 짧은 쌀을 숏 그레인(short grain)이라 불렀다)과 식빵, 튀긴 닭고기, 햄, 비프 슬라이스, 삶은 계란, 우유, 치즈, 버터, 바나나, 레몬 등 여러 가지 열대 과일들이 진열된 테이블이 있었고 각자가 뷔페식으로 선택하여 먹도록 하는 식사시간이었다.

줄곧 고급 호텔 다이닝 홀과 점보 여객기를 타고 오면서 즐겼던 호화판 기내 음식과는 대조가 되었다. 양념이라고는 버터, 치즈, 토마토케첩, 후추, 소금, 설탕 이외에는 없는 순 영국식 음식이었다. 영국인들의 선조들은 원래 덴마크, 독일 북부 지역과 스칸디나비아 반도와 유틀란트 반도에 살고 있었던 앵그로색슨족과 바이킹족들이라 그들의 음식들은 담백하여 기본적인 양념이라고는 소금과 후추, 버터, 치즈, 토마토케첩 정도였을 것으로 추정된다. 그러니 이 호스텔에서 처음 접하는 영국식 음식들은 아시아인들의 구미에 맞지 않았고 별다른 양념들이 없었다. 밍밍하고 싱겁고 달짝지근한 음식들이 대부분이어서 시장은 하였지만 별로 구미가 당기지 않아 토스트, 바나나, 레몬 등 과일 등 몇 가지만 골라 먹고 커피에 우유와 설탕을 넣어 마시며 허기만 면했다.

벌써부터 맵거나 짭조름한 밑반찬과 시큼한 김치가 그리워졌다. 앞으로 이런 음식을 먹고 어떻게 건강을 유지할지 걱정이 되었고 일행 중 몇 사람들도 걱정하는 모양새였다. 위장이 다른 사람들처럼 건강하지 못해 유달리 식성이 까다로운 나는 불안감이 생기기 시작하였다. 다른 나라에서 교사들도 음식이 식성에 맞지 않는다고 걱정을 하였다. 호스텔에 몇 달을 보내다가 학교 근처에 자취를 할 수 있는 자취형 기숙사가 있다는 말을 듣고 6개월 후에 그곳으로 이사를 하였다.

5. 뉴질랜드 웰링턴에서의
   첫날밤

웰링턴에서 맞이하는 첫날밤인데 뜻이 있는 오늘 밤을 그냥 보낼 수 있냐며 아직 체력이 남아있는 일행 여섯 명이 몸이 피로한 네 사람은 제외하고 5시 반 이후 조용하기 그지없는 웰링턴 밤거리를 돌아보기로 하였다. 일반 주택지를 먼저 둘러보았다. 조용하고 아담한 이곳 주택지의 사람들이 거실에 다소곳이 모여앉아 TV를 시청하며 담소를 나누는 화목한 모습을 창문을 통해서 볼 수 있었는데 초저녁 밤 거실의 모습은 우리와 크게 다르지 않았다. 거의 모든 집에 자그마한 컬러 TV가 켜져 있었다.

주택지를 조금 벗어나니 태번(tavern; 맥주홀)이 있어 그 맛과 향기가 그저 그만이라는 그 나라의 '키위' 맥주를 마시기로 하고 맥주홀에 들어갔더니 양처럼 순박하고 어질게 생긴 백인 젊은이 여럿이 포켓볼을 치면서 간간이 맥주를 마시고 담소를 즐기고 있었다. 그들이 먼저 우리 일행을 보고 "Good Evening"이라고 인사를 하길래 우리도 음조만 약간 다르게 바꾸어 "Good Evening"이라고 인사하였다. 인종차별을 하는 나라로 알았는데 동양인인 우리들에게 인사를 먼저 해주니 친근감이 들고 기분이 좋았다. 처음 만나 정식으로 하는 의례적 인사는 "How do you do?"라고 배웠는데 그렇게도 인사를 할 수 있구나 하는 것을 처음 알았다.

향기와 맛이 좋은 맥주를 두서너 잔 마시고 나니 취기가 오르고 기분이 동해서 "이왕 여기에 나왔으니 시내 다운타운으로 한 번 나가 보자"라는 누군가의 제의에 모두가 응해서 택시를 잡아타고 다운-타운의 네온사인이 찬란한 고급 태번에 들어갔다. 손님이 떠드는 왁자지껄한 분위기가 한국에서도 흔히 볼 수 있는 술집 분위기였다. 백인은 물론 그 나라 원주민인 덩치가 엄청 큰 마오리족 몇몇이 크게 떠들며 술을 즐기고 있었다. 마오리족들은 우리들을 보고 일본인 원양선원인줄 알고 "Are you Japanese sailors?", "Are you Chinese sailors?"라고 묻기에 "No, we are not sailors. We are Korean English teachers"이라고 하니 그제서야 코리아가 어디에 있는 나라인가를 물었다. 나는 한국은 중국과 일본 사이에 있는 반만년 역사를 지닌 나라라고 간단히 설명하였다. 우리는 우리 국가의 국력과 국격을 높이는 데 엄청난 노력을 해야 되겠다는 것을 절실히 느꼈다. 그들은 중국에 대해서는 전혀 언급이 없고 일본과 일본 국민을 높이 평가하였다. 일본인은 겉으로는 예의가 바르고 정직하게 보이며 태평양전쟁 때 제국주의 영국과 미국을 상대로 전쟁을 한 용기 있는 유일한 동양의 국가라서 그런지 그들은 특히 일본과 일본 사람에게 우호적이었다.

내가 화장실을 갔다 오면서 한쪽 코너에서 벽이 쿵쿵거리는 소리가 나기에 자세히 보니 한 백인 남자가 덩치가 큰 마오리족에게 맞고 있는 것이었다. 미국이나 영국 같으면 도저히 볼 수 없는 사건인데 마오리족들의 텃세가 이 나라에서는 만만치 않다는 것을 느낄 수 있었다. 이 나라 정부도 마오리족을 함부로 하지 못하고 마오리족의 복지와 경제적·사회적 이익을 위해 마련된 정부 각료가 있을 정도로 특별한 예우를 하는 등 마오리족의 복지를 위해 신경을 많이 쓰고 있다고 하였다.

맥주를 마신 후 밤 11시가 되어 갈 무렵 우리 일행은 우리의 숙소인 호스텔로 가기 위해 그 술집을 나왔다. 그 시간엔 큰 도로에는 차량이 전혀 다니지 않았다. 그런데도 그 나라 사람들은 준법정신이 투철하여 횡단보도 신호가 녹색으로 바뀔 때까지 참을성 있게 기다리는 것을 보고 역시 선진국 국민답다는 것을 느꼈다.

호스텔에 도착하니 자정이 되었다. 나는 낮부터 은근히 기대하고 있었던 그 푹신한 침대에 몸을 뉘었다. 그런데 스프링이 오래된 것인지 늘어난 것이라 너무 푹신하여 자고 나니 아침부터 종일 허리가 영 편치 않아 침대를 사용하지 않고 그 다음 날 밤부터는 양탄자가 깔린 바닥에 담요를 깔고 자기로 하였으니 나의 기대는 '좋다가 말았던 것'이다. 이 나라에 등과 허리가 꾸부정한 백인 노인들이 많은 것도 이런 스프링 침대의 사용과 무관하지 않을 것이라 생각하였다.

6. 빅토리아 대학교
국제학생 친목의 밤

　개강이 시작된 후 3주일이 지난 어느 목요일 저녁에 대학의 메인 카페테리아 홀에서 웰링턴 빅토리아 대학의 국제학생친목회 주관으로 콜롬보장학금을 받고 유학 온 각국의 학생들 간의 상호 이해와 친목을 도모하기 위한 친목의 밤 축제가 개최되었다. 참가한 학생들의 국적을 보면, 중국, 베트남, 캄보디아, 라오스, 인도네시아, 필리핀, 타일랜드, 말레이시아, 미얀마, 파키스탄, 네팔, 부탄, 싱가폴, 홍콩, 방글라데시, 에티오피아, 그리스, 터키, 한국 등이었다. 중국 유학생들은 칙칙한 잿빛의 의복을 입고 있었고 항상 3인조로 다녔고 외부인과는 대화를 거의 하지 않아 답답하게 보였다. 일본은 그 당시에 이미 부유한 선진국으로 인정되어 콜롬보 장학재단의 혜택을 받을 대상에서 제외되었다. 일본의 유학 희망 학생은 자비로 유학하였다.

　아시아 각국에서 온 유학생들의 체격과 생김새가 각양각색이고 영어의 발음과 억양도 많이 달라 의사소통을 하기도 힘들 것 같고 가까이 지내기도 힘들 것 같은 생각이 들었다. 그러나 이날 저녁에 있었던 이런 국제학생회 친목의 밤과 같은 시간을 가짐으로써 서로가 느끼는 거리감, 어색한 분위기, 이질감도 많이 완화되리라 생각되었다.

테이블 위에는 각국이 자랑할 만한 고유의 음식이 차려지고 주요한 술은 와인과 맥주 종류였다. 뷔페식으로 차려진 음식들을 각자가 골라 먹고 담소를 나누며 즐기는 파티였다. 우리나라는 숯불에 구운 갈비와 잡채를 대표 음식으로 내놓았다. 다들 와인과 맥주 같은 술을 적당히 마셨고 식사도 하였기에 카페테리아 실내는 훈훈한 분위기가 감돌았다. 한국의 갈비구이와 잡채의 인기가 가장 좋았던 것 같았다.

어느 정도 식사가 끝날 무렵, 사회자가 지금부터 각국을 대표하는 연예 공연자가 나와서 자국의 지리, 역사, 문화 등을 영어로 간단히 소개하고 노래나 민속 무용을 공연하는 즐거운 시간을 갖겠다는 안내 인사말을 하였다.

베트남, 캄보디아, 라오스, 스리랑카, 인도네시아, 피지, 필리핀, 타일랜드, 말레이시아 등의 나라를 대표하는 공연자들은 관악기, 기타, 타악기를 비롯한 다양한 민속 악기를 동원하기도 하여 그동안 이 행사를 위하여 많은 준비를 한 것이 인상적이었고 그들의 열성적인 공연은 축제분위기를 한층 흥겹게 만들었다.

그들에 비해서 우리나라 영어교사들은 이렇다 할 준비도 전혀하지 않았다. 우리 영어교사들 중에는 대중들 앞에 나가 자신의 예능적 기예를 발휘할 분들이 없다고 보고 우리 일행들은 나에게 그 역할을 해줄 것을 기대하고 대표로 등단하도록 시그널을 계속 보내 왔다. 우리 일행들은 내가 '사범학교' 출신이니 맡기면 할 수 있을 것이라고 생각하였던 것 같았다. 다른 나라들과는 달리 연주할 악기도 없이 맨손으로 등단하게 된 나는 조금은 어색하고 송구스러웠고 사전에 준비된 레파토리도 없어서 당혹스러웠다.

나는 국제학생 친선행사가 열리기 며칠 전부터 혹시 내가 우리 일행들을 대표해서 무대에 설지도 모른다는 예상을 하고, 미리 준비하였던 우리나라의 긴 역사와 문화를 소개하고 1960년대 중후반부터 시작된 경제개발계획과 산업화 과정도 홍보한 후 내가 아는 노래를 영어로 부를 작정을 하였었다. 나는 캐주얼 옷차림의 다른 나라 대표들과는 달리 산뜻한 양복과 와이셔츠에 넥타이를 맨 정장을 하고 마이크 앞에 섰다.

준비한 대로 우리나라의 긴 역사와 문화를 차분하게 소개한 다음 우리나라가 1960년대 중후반부터 착수한 본격적인 경제개발을 토대로 1970년 중반까지 이루어진 산업화의 발전 현황도 잘 소개하여 한국과 한국민에 대한 이미지를 한층 더 높이고자 하였다. 그런 다음 내가 준비한 노래를 영어 가사로 불렀다. 준비한 노래는 한국에서 70년 초에 유행하였던 '엽서 한 장(Just a Post Card)'과 아일랜드의 세계적 가곡인 '아 목동아(O Danny Boy)'였는데, '엽서 한 장'은 친지나 연인에 대한 작별의 아쉬움과 애틋한 그리움을 읊은 노래이고 '아 목동아'는 자기 아들을 머나먼 타지에 보내면서 언제나 그리워하고 기다리겠다는 언약을 읊은 애틋한 모정이 담긴 애잔한 서정적인 가곡이라 그런지 우레와 같은 박수갈채를 받았다.

그 다음주에 강의실로 오가며 만나게 되는 아시아 각국 유학생들은 이전보다는 더 반갑게 나에게 인사하였고 나를 한국 대사(Korean ambassador)라는 별칭을 붙여 부르기도 하였다. 모든 동남아 유학생들은 노타이 스타일로 등교를 하는데, 대부분의 한국 유학생들과 나는 언제나 와이셔츠에 넥타이 차림을 하고 다니니 그렇게 부르기도 하였지만 페스티벌에서 내가 한국의 역사와 문화, 우리나라의 경제개발계획, 산업화 과정을 열심히 홍보한 것 때문에 한국대사라고 부른 것 같기도 하였다.

히말라야산맥 고원지대에 위치한 부탄 왕국에서 온 '슈미'라는 매우 예쁘게 생긴 여학생은, 내가 우리나라 대표로 노래를 부른 후부터는 나를 만날 때마다 '미스터 리'라고 더 크게 불러주어 이상하였다. '슈미'는 한국에서 온 여선생인 이○화 씨와 내가 함께 걸어갈 때에는 '미스터 리', '미세스 리'라고 연달아 큰 소리로 부르곤 했는데 그렇게 부르는 것이 재미있는지 이○화 선생님과 내가 함께 걸어가는 것을 볼 때마다 계속 그렇게 불렀다. 나는 그 여학생이 우리 둘을 그렇게 부르는 이유가 무엇인지 늘 궁금하였다. 아마 쉬는 시간에 많은 급우들과 그냥 앉아있기가 무료하고 심심하니 그렇게라도 하여 분위기를 전환하고 싶었던 것이 아닌가 생각하였다.

7. 부탄 왕국에서 온
'슈미'의 초대를 받다

국제학생회 주관의 친목 페스디벌이 끝난 지 한 주가 지난 어느 날 내가 기숙하고 있는 호스텔로 전화가 와서 받았더니 그 전화는 부탄 왕국에서 유학을 온 '슈미'라는 학생의 전화였다. 그녀에게서 전화가 오리라고는 전혀 생각하지 않았기에 그 전화의 용건이 무척 궁금하였다. 전화의 용건은 "돌아오는 금요일 저녁에 일본 유학생 다케다 씨와 나를 자기 집에 초대하여 저녁 식사를 함께하며 즐겁게 대화를 나누고자 하는데 꼭 시간을 내어주면 좋겠다"라는 것이었다.

다른 유학생들은 거의 모두가 뉴질랜드 정부에서 주는 학비와 생활비에 의존하고 있어 공동호스텔에서 평범한 생활을 하고 있었는데 '슈미'는 자기가 임차하고 있는 플랫(아파트)에서 우리 둘만을 대접한다고 하여 놀랍기도 하고 기쁘기도 하였다. 그녀를 바로 가까이에서 보고 대화하고 느껴보는 것 자체가 적잖은 기대와 설레임이 되었다. '슈미'의 나라 부탄은 히말라야 산맥 근처에 있는 농업, 임업, 축산업, 관광업을 주업으로 하는 입헌군주국가이며

1865년부터 1949년까지는 영국의 지배를 받았으나 그 이후로는 인도의 영향권에 있는 나라라고 하였다. 부탄은 영어, 미얀마어, 네팔어를 공용어로 사용하는 작은 나라로서 관광산업분야와 영어교육에도 많은 노력을 기울인다고 하였다.

'슈미'는 부탄 국가 귀족의 자녀로서 학생공동 기숙사인 호스텔에 기거하지 않고 개인 플랫(아파트)에서 따로 자취를 하고 있었다. 자취하는 플랫(아파트)은 귀족의 딸이 살 수 있을 만큼 멋지고 아담하였다. '슈미'는 깜찍하게 아름답고 귀족적인 멋을 지닌 여인의 모습을 하고 있었고 품위와 귀티가 용모와 몸매에 배어 있었다. 그래서 그런지 그녀는 애교도 넘치고 언제나 밝고 명랑하여 비교적 말이 적고 점잖은 각국 유학생들의 관심과 인기를 끌었던 학생이었다.

우리 셋은 시원하고 깔끔한 백포도주와 적포도주로 건배하고 맛있게 요리된 비프스테이크, 감자튀김, 샐러드, 과일류를 즐기며 자기 나라의 특이한 문화 의식, 음식, 미풍양속 등에 대해서 서로가 이해하기 쉬운 영어로 한 시간가량의 이야기꽃을 피웠다.

이야기의 끝에 가서 나는 슈미에게 학교에서 나만 만나면 왜 "Mr. Lee"를 외치고, 한국의 Lee씨 성을 가진 '이○화'라는 여선생과 같이 걸어가면 왜 "Mr. Lee", "Mrs. Lee"라고 큰소리로 부르는지를 물어보았다. '슈미'는 그렇게 크게 부르고 싶어서 불렀다(I just wanted to call you Mr. and Mrs Lee)고 대답을 하고는 잠자코 웃기만 하였다. 또 많은 남학생들 중에 하필 우리 둘만을 초대하였느냐를 물었더니 "우리 두 사람이 신사답고 마음에 들어서 함께 대화를 나누고 싶었다(Both of you are most handsome and gentle and I like, so I'd like to be with you and talk with you)"라고 하면서 웃었다.

'슈미'는 한 주일 전 페스티벌에서 내가 불렀던 '엽서 한 장'과 '아 목동아'가 very impressive songs(매우 감명이 깊었던 노래)라고 하면서 나에게 그 노래들을 한 번 더 불러 주기를 청했다. 그 다음에는 다케다 씨가 미국 민요 'Oh, My Darling Clementine'과 '콜로라도의 달(Moon of the Colorado)'을 영어로 불렀다. 그날 밤 창에 비친 밝은 달은 그 노래가 더욱 낭만적인 정취를 자아내게 하였다. 슈미는 영국의 영어 교사에게서 배운 적 있다는 'You are My Sunshine'을 부르겠다고 하면서도 자신이 없으니 함께 부르자고 제안하기에 세 사람이 연거푸 두 번을 불렀다. 그러고 나니 분위기가 조금 전까지와는 아주 다르게 부드러워지고 달아올랐다. 달아오른 분위기를 이어가기 위해서 'Oh, My Darling Clementine'을 셋이서 한 번 더 제창을 하고 즐거웠던 노래 시간을 끝냈다. 노래를 함께 부르는 것은 모임의 분위기를 더욱 화기애애하게 만드는 데 좋은 매개물이 되는 것임을 새삼 느꼈다. '슈미'는 매우 즐거웠다며 이런 기회를 또 한 번 더 가지자고 하였다. 그러나 서로의 일정이 어긋나고 바빠 그런 기회를 더 이상 갖지 못하였으니 매우 아쉬웠다.

그리고 슈미는 자신의 삼촌이 관광부 장관이니 우리 두 사람이 네팔이나 부탄에 올 기회가 있으면 오기만 하면 옛날 빅토리아 대학 E.L.I.(English Language Institute)의 동기생으로서 자기 집에서 대접은 물론 관광 안내를 정말 멋지게 하겠다는 약속을 하였다. 그러나 부탄이란 나라가 거리상으로 보나 교통편으로 보나 쉽사리 갈 수 있는 곳이 아니라서 그곳으로 여행을 할 기회가 없었고 그런 계기를 여태 만들지 못했다. '슈미'는 지금 나이가 아마도 일흔을 훨씬 넘었을 것이니 생존하고 있는지도 알 수 없다. 혹시 만난다고 하여도 46년 전의 우리들의 만남이나 자기의 언약을 기억하지 못할 지도 모른다. 46년 전의 아름다운 그 시절이 다시는 영원히 돌아올 수는 없다고 할지라도, 30대 초반 젊었을 때의 우리들의 아름답고 매력적인 멋진 모습에 설렜던 그 마음은 아직도 흐뭇한 추억으로 남아있다.

8. 세상은 넓고도
좁다더니

　대학 기숙사인 호스텔 식당 메뉴에 차츰 익숙해 갔지만 호스텔에서 자고 먹고 하는 유학생들은 영연방인 뉴질랜드의 식당 음식에 이렇다 할 양념이 전혀 없으니 그것이 큰 불만이었다. 양념이라고는 후추, 소금, 버터, 치즈, 케첩뿐이라 매일 대하는 메뉴에 질릴 정도로 싫증이 나기 시작하였다. 유학생이라면 어느 나라 유학생을 막론하고 고국에서 즐겨 먹던 고유한 전통 음식 생각이 나지만 그런 걸 먹을 수 없어서 대부분은 체중과 체력이 점차 빠지기 시작하였는데 한국 사람에게는 김치, 된장찌개, 고추장, 불고기, 생선구이, 생선회에 대한 그리움이 때때로 피어났지만 어쩔 수 없었다.

　그때 뉴질랜드 주재 강춘휘 대사님은 기회가 있을 때마다 우리 영어교사들을 공관에 초청하여 한국식 불고기와 김치를 실컷 먹을 수 있는 그런 파티를 열어주셨다. 대략 석 달에 한 번 정도로 베풀어 주시던 회식의 고마움이 지금도 잊혀지지 않는다. 강 대사님은 쾌활하시고 한국의 가곡을 좋아하여 나에게 좋아하는 한국의 가곡을 자주 부르기를 청했다. 나는 '꿈길밖에 길이 없어', '옛동

산에 올라', '제비', '엽서 한 장' '그네' 등을 자주 불렀다. 강 대사님은 '꿈길밖에 길이 없어'를 특히 좋아하셨고 나에게 그 가사를 적어 달라고 하시고는 회식을 하고 나면 그 노래를 내가 가창하는 것을 원하셨다. 한국 유학생 모두에게 한국 가곡 혹은 유행가를 부르게 하시면서 추억에 남는 한국인의 밤이 되도록 해주셨다. 그때마다 박연수 참사관 부부, 조원일 영사 부부도 함께 참석하셔서 함께 트로트 춤을 추기도 하고 즐겁게 담소도 나누며 추억에 영원히 남을 아름다운 밤을 만드는 데 많은 노력을 해주셨다.

박연수 참사관은 3년 후 인도주재 한국대사관에 근무하면서 반기문 대사를 도우며 열심히 근무하셨는데 과로로 50대 초반에 그만 타계하셨다는 비보를 나중에 듣게 되어 마음이 아팠다. 조원일 영사님은 나중에 베트남대사관에서 대사의 임무를 마치시고 외무부 기획처장이 되셨다. 조 대사 부부는 나와 가깝게 지냈고 그 따님의 이름을 지을 때에 우리 교사들에게 학교에 근무하고 계셨으니 아름다운 이름이 있으면 알려 달라 하기에 내가 '미나'라는 이름이 어떠냐고 하였더니 그 이름이 좋겠다고 하면서 따님의 이름을 '미나'로 정하게 되었다. 지상의 천국 같은 아름다운 나라에서 태어난 딸이란 의미를 내포한 불어이기도 하고, 듣기도 좋고 아름다운 이름이었다.

뉴질랜드 한국대사관 회식이 여러 번 있은 후 몇 달 동안은 즐거운 회식이 없었다. 우리나라 고유의 음식을 몹시 그리워하던 무렵인 8월 마지막 주말에 부산 출신 유조선 일등 항해사라며 "부산 사람을 바꾸어 달라"라는 전화가 부두에서 호스텔로 왔다고 하기에 내가 내려가서 그 전화를 받았다. 그 전화의 요지는 "자기들은 대부분 부산 출신 선원인데, 6개월간 원양유조선을 타고 동서반구 육대주와 오대양의 망망대해를 항해하며 때로는 거대한 산더미 같은 파도가 주는 죽음의 공포와 싸우며 생사의 고비를 넘기면 육지와 육지의 사람들이 그립고, 그중에서도 우리나라 사람들의 모습과 인정이, 특히 부산 사람들의 인정과 사투리가 사무치게 그리워진다"라고 하였다. 그러면서 부두에 정박해 놓은 배에 호스텔에 있는 모든 한국 사람들이 오서서 식사와 술과 담소를 함께 즐기는 시간을 가지면 좋겠다는 정이 철철 넘치는 말을 쏟았다.

나는 호스텔에 기숙하고 있는 일행 중에서 유일하게 부산 출신으로서 그들이 부산 사람을 찾는다기에 부산 사람으로서 은근한 긍지와 자부심이 일어났다. 나는 우리 일행에게 부산 출신 일등 항해사의 간곡한 요청을 말해주면서 모두들 부두에 정박해 놓은 유조선으로 가서 우리 선원들을 만나고 맛있는 음식과 담소를 나누며 향수도 풀어보자고 제의하였다. 그 당시 우리 일행들은 부산 사람인 나의 말을 잘 들었던 것 같다. 그 당시의 나는 남을 위해 수고하는 것을 미덕으로 삼았던 몸과 마음이 항상 건강하여 무슨 일에나 자신감이 충만하고 팔팔하였다.

선약이 있던 서울 출신 한 사람을 제외하고는 9명 모두가 나의 제의에 찬성하여 택시를 불러 타고 그곳으로 달려갔다. 원유와 가스를 실어 중동에서 세계 각지에 나르는 원양 유조선을 타고 망망한 대해를 항해 끝에 말과 정이 통하는 우리나라 사람들을 만나는 기대감에 한껏 부푼 그들을 부두에서 만났다. 유조선 안 홀에서 도열한 가운데 서로 포옹하고 악수를 나누며 만남의 반가움을 교환하였다. 그들이 동포애를 이렇게 진하게 느끼리라 상상하지 않았는데, 그들의 동포애가 우리의 상상 이상인 것을 그제야 처음 알게 되었다. 망망대해만 바라보며 수개월간 항해를 하다 보면 험악한 산 같은 무서운 파도를 만나는 공포의 시간을 자주 넘기기도 한다고 하였다. 그때마다 죽게 될지도 모르는 무시무시한 공포에 휩싸이고 그때는 한없이 육지가 그립고 사람이 그리워지고 한국 사람들의 모습과 훈훈한 인정이 더욱 절실히 그리워진다고 하였다.

선장은 우리들을 환영하는 인사를 정이 끌리는 부산 사투리 어투로 하였다. 어창 냉장고에는 많은 종류의 먹을 것이 있으나 오늘은 특별한 날이니 자기가 직접 바다에서 낚시를 한 생선을 재료로 요리를 하여 대접하겠다는 낭보도 알렸다. 모두가 환영의 뜻으로 박수를 쳤다.

우리 일행을 대표하여 내가 다음과 같이 인사말을 하였다. "세상은 넓고 할 일은 많은데 그 넓은 세상에서 하필이면 지구의 최후 남단인 뉴질랜드 웰링턴에서 우리들이 만나니 이런 인연은 하늘이 인도해 주시지 않으면 맺을 수 없는 귀중한 인연인 것 같습니다. 그러나 원양 유조선을 타고 세계를 순항하는 선장님 이하 여러 선원들께서 지니신 뜨거운 동포애가 우리들의 만남의 인연을 엮어준 계기라 생각합니다. 여러분들에게 더욱 깊은 감사의 인사를 드리고자 합니다." 나중에 인사말이 매우 훌륭하였다는 우리들 일행의 찬사를 듣고 나는 기분이 한결 좋아졌다.

우리 일행 모두는 선장과 몇몇 선원들이 낚싯대 몇 대를 배 위에서 던지는 것을 구경하였다. 미끼는 쇠고기 구운 것을 잘라 끼웠다고 하였다. 낚싯대를 던진 지 얼마 안 되어 각 낚싯대에 커다랗고 불그스름한 도미들과 가자미들이 여러 마리가 낚여 퍼드덕거리며 올라오는 것이 아닌가? 이 부두의 바닷물이 그야말로 청정 지역을 유지하게 되는 것은 담배꽁초나 기름 한 방울이라도 흘리면 엄청난 벌금을 내야 하는 엄정한 뉴질랜드 자연환경보호법 때문이라는 설명을 듣고서야 납득이 갔다. 이렇게 바다와 자연환경 관리를 빈틈 없이 하는 이 나라가 부러웠다. 또 이런 바다에서 고기를 낚는 것도 조건부 허락을 받아야 하기 때문에 민간인들이 쉽게 접근하지 않기에 물고기들이 낚시 미끼만 보면 쉽게 입질을 한다고 하니 시간이 나면 이 나라에서 낚시를 한 번 해봐야지 하는 욕심을 내어 보았다.

조리원들이 식품을 저장한 창고에 있는 생선들과 오늘 잡은 생선, 또 각종 해산물로 생선회 요리, 붉은 게, 바닷가재와 새우튀김 요리, 매운탕 요리를 하는 동안 우리 일행은 유조선의 시설을 둘러보는 안내를 받았다. 원유와 가스를 원산지에서 세계 각지로 운반하는 막중한 임무를 수행하는 대형 유조선이었다.

이윽고 푸짐한 식탁 앞에 모두 자리를 잡고 오랜만에 샴페인, 세계적 명품 양주들, 우리나라 진로 소주 등으로 건배를 하고 푸짐한 요리를 집어 들었다. 그 맛은 어떻다고 표현할 적당한 형용사를 찾을 수 없을 정도였다. 라면을 끓여 차갑게 식힌 다음 묵은 김치와 참기름을 넣어 만든 비빔 라면의 맛은 또한 기가 막힐 정도로 맛이 있었다.

유조선의 홀 안 스피커에서는 '돌아와요 부산항에', '목포의 눈물', '백마강 달밤', '비내리는 영동교', '삼각지 로타리에', '밤안개', '해운대 에러지' 등을 비롯한 흘러간 옛 노래 등이 계속 흘러나와 향수를 듬뿍 불러일으켰다. 그에 따라 술맛도 더욱 좋아져 갈수록 흥과 취기가 점증하였다. 그러자 남자들끼리 춤을 추거나 또는 용기있는 선원은 명문대 영문과 출신 여선생들께 점잖게 프로포즈하며 춤을 추는 간부 선원들도 있었다. 여선생들은 여기에 오기 전에 사교춤 레슨을 받은 적이 있어 선원들의 프로포즈에 잘 호응해 주니 더욱 화기애애해져 실내 분위기가 한층 더 고조되었다.

처음 대면하는 순간부터 안면이 있는 듯한 일등 항해사에 대한 궁금증이 안 풀려 계속 생각 중이었는데 술을 여러 잔 나눈 후 그 항해사가 나의 곁에 와서 "혹시 이 선생님은 서면에서 학교에 다닌 적이 있어요?" 하고 묻는 것이었다. 그제야 그 항해사가 내가 다닌 중학교 동창이라는 것을 어렴풋이 기억하게 되었다. "세상은 넓고 좁다"더니 이 경우를 두고 하는 말이구나를 다시 깨닫게 되는 순간이었다.

그 일등 항해사는 나와 같은 반에서 공부한 '김대일'이라는 급우로서 우리는 개성중학교 같은 반에 있었다는 것이 떠올랐다. 그 친구는 그 당시 얼굴이 나처럼 희고 순진하게 보여 일등 항해사와 같은 거친 바다를 헤쳐나갈 해양개척의 용사가 되리라는 생각을 아무도 하지 않을 정도로 얌전하고 순한 학생이었는데 어떻게 일등 항해사가 되었는지, 또 어떻게 간부 선원들 중에서도 리더 역할을 아주 잘하고 모든 선원들이 그를 일사분란하게 따르는지가 궁금하였다. 그는 서울 소재 J대학을 졸업하고 부산의 해양대학 간부 선원 양성과정의 모든 부문에서 발군의 성적으로 일등 항해사 자격을 취득하였다고 하였다.

고급 주류들, 각종 바다수산물 음식들, 몇 년간 잘 익혀 삭힌 김치류, 한국 라면 등으로 포식을 하고 나니 그토록 먹고 싶던 한국 음식에 대한 갈증이 많이 해소된 것 같았다. 이미 밤 10시가 되어 돌아갈 시간이 되었다. 초청해주고 푸짐한 음식을 대접해준 선장 이하 선원들에 대해서 감사의 인사를 드리고 나오려는데 묵은 김치 한 통을 나에게 건네주기에 그것을 보관하고 관리할 수 없다고 한사코 사양하였지만 그 성의가 고마워 비닐로 세 겹으로 냄새 나지 않게 잘 포장하여 호스텔로 가져왔다. 그러나 그 지독한 김치의 마늘과 양념 냄새가 조금씩 빠져나와 호스텔 전체의 실내외 공기를 밤새도록 망쳐 놓았으니 내가 무척 미련한 짓을 한 것이었다.

그다음 날 대학 강의를 수강하고 돌아오니 호스텔 지배인이 평소와는 다른 얼굴로 나에게 "Korean A-bomb(한국원자탄)을 당장 폐기처분하든지 내가 그것을 가지고 이 호스텔을 나갈 것"을 정중히게 요구하는 것이었다. 나는 이 귀한 김치를 어떻게 처리할까를 두고 골똘히 생각하다가 평소 나에게 여러모로 고맙게 해주신 한국대사관의 조원일 영사 부인께 이야기를 자세히 하였더니 그 김치를 무척 좋아하셨다. 한국의 원자폭탄은 의외로 수월하게 잘 처리하게 되어 나의 기분은 아주 가벼워졌다.

일등 항해사인 나의 친구는 그 후 두 번 웰링턴 항구에 왔는데, 그때마다 옛날 중학교 때의 천진난만했던 학창시절과 그 후 그의 모험과 스릴에 찬 선원생활을 안주 삼아 술을 즐기고 진한 우정을 나누었다. 참 인정 있고 마음 넉넉한 친구였다. 자기들은 한국에서 온 영어교사들과 몇 번 회식과 오락시간들을 가졌지만 우리 영어교사들과 함께 지냈던 때가 가장 즐거웠다고 하면서 나의 역할을 고마워하였다.

9. 시드니에서
옛 친구와의 만남

호주 시드니에는 1960년대에 한국에서 약 10년간 서면 가까이에 있는 연지동과 초읍동에서 재미있게 함께 지냈던 친구인 김○도가 이민을 와서 살고 있었다. 그는 대신중학교 야구 투수로 뛰어난 활약을 한 후 학업에 전념할 것이라며 부산상고에 장학생으로 입학한 후 야구를 하지 않고 면학에 매진하였다. 부산상고를 졸업한 후 대신중학교 이정구 야구감독의 소개장으로 동아대학교의 야구 선수로 상과대학에 입학하였다. 동아대학을 졸업하자마자 월남에서 한국군 용병으로 지원 근무를 하고 제대한 후 전자제품 관련 기술을 열심히 습득하고 연마한 후 호주에 이주하여 교포사업가가 되겠다는 꿈을 키우고 있었다.

호주 시드니에 이민 온 그에게 나는 그간의 소식과 고국과 친구에 대한 향수를 조금이라도 달랠 수 있는 기나긴 사연의 편지를 써 보냈다. 뉴질랜드에서의 나의 유학생활에 관한 이야기가 주류를 이루었다. 또 언젠가 연지 초읍 일대의 OK목장주가 되겠다는 꿈을 가진 멋쟁이 친구 찬우에 대한 이야기도 재미있게 양념으로 늘어놓았다.

그랬더니 11월 초에 내가 한국으로 귀국하기 전에 시드니에 중간 기착을 하여 자기를 꼭 만나기를 바란다는 짤막한 답장이 왔다. "뉴질랜드까지 와서 귀국할 때 자기를 만나지 않는다면 너는 의리가 없는 사람이다. 의리가 없는 무정한 사람이 되지 않기를 바란다"라는 경고성 글로 간단히 편지를 마무리 하였다. 무엇이 그렇게 바쁜지 그의 답장이 너무 짧아 섭섭했지만 그 이유를 알 것 같았다.

아마 1975년 그때는 그 친구가 호주에서 새로운 터전을 잡기 위해 돈을 벌기 위해 밤낮으로 뛰고 있는 때라서 매우 피로하거나 바쁠 것이라고 생각하였다. 그 친구는 두뇌가 명석하거니와 손재주도 있어 그림도 잘 그리고 글재주도 있어 글도 잘 썼다. 그 친구는 한때는 영화배우나 연극배우를 희망할 만큼 자신의 용모에도 자신감을 가진 다재다능한 친구였다. 몇 년 전 부산여고에 다니는 학생 간부들인 선배 누나들을 S누나로 삼아 외로움을 달래기도 하였던 다정다감하였던 친구였다. 그와 나는 그의 S누나 집에서 나누어 마신 술에 너무 취해 집에 가지 못하고 거기서 잤던 일도 있었다. 그는 늘 훈훈한 인간의 온정을 그리워하던 친구였다.

1년간 웰링턴에서 공부와 시험에 시달린 한국인 영어교사라면, "미안하다, 다음에 보자"라고 하고 그를 놔두고 그냥 홍콩, 동경, 서울을 거쳐 부산으로 가려고 할 것이다. 그러나 꼭 만나기를 바란다는 친구의 편지가 예사롭지 않았고 호주 가까이에 있는 뉴질랜드에 1년을 머물다가 그냥 한국으로 귀국해버린다면 내가 무척 무정한 인간으로 매김될 것이라 생각하니 그냥 갈 수 없었다. 시드니에 살고 있는 나의 친구도 자랑하고 싶어 뉴질랜드에 함께 유학을 온 진해가 고향인 경북사대 출신인 김○호 씨에게 함께 가자고 하니 호주에 가본 적이 없는 그는 나의 배려에 매우 고마워하였다. 그러나 그는 아쉽게도 한국에 와서는 아무런 안부 전화도 편지도 없었다.

1975년 11월 초순에 처음으로 시드니 공항에 내렸다. 친구는 직장의 근무시간 때문에 마중을 나오지 않았다. 며칠 전에 나에게 온 그의 편지에 공항에 내려서 택시를 타고 도착할 주소와 자기가 거주하는 2층의 현관을 열고 들어 갈 수 있도록 자세한 안내와 글이 적혀 있어서 큰 불편이 없었다. 그리스인이 집주인이어서 영어로 의사소통이 되지 않아 애를 태우다가 겨우 현관의 문을 열고 들어가니 어제 친구가 아침에 먹던 생선찌개와 쌀밥이 식탁에 있었다. 맵싸하고 짭쪼롬한 양념이 없는 뉴질랜드식 양식만 먹어오던 우리 두 사람은 생선찌개와 쌀밥을 전자레인지에 다시 데워 맛있게 먹고 오후 5시까지 친구가 오기를 기다렸다.

5시 정각이 되자 친구가 차를 타고 집 앞에 나타나 반갑게 재회의 악수와 포옹을 하였다. 친구는 우리를 시드니에 소재한 깨끗한 일본식 식당으로 안내하였다. 정종(사케)과 맥주, 스키야키라는 쇠고기, 잡채, 야채가 듬뿍 들어있는 맛있는 일본식 식사를 주문하여 배불리 먹으며 환담을 나누었다. 나와 친구만 있다면 좀 더 진한 이야기를 하면서 분위기가 더욱 재미있게 무르익을 터인데 초면인 김○호 선생 때문에 진한 이야기를 할 수 없어 뒤로 미루었다.

오랜만에 맛본 일본 정종 '사케'와 식사를 마치고 '영국의 왕이 70년 전에 도보로 한 번 건너갔다'고 해서 불린 킹스크로스(King's Cross)라는 환락가 거리를 쏘다니며 이른바 홍등가의 야릇하고 기이한 모습을 보기도 하였다. 호모나 레즈비언들 같은 동성애자들과 성을 파는 여인들이 우리들을 유혹하였지만 에이즈에 걸릴까봐 두려웠다. 뉴질랜드와 호주의 도시에는 동성애자들이 왜 그렇게 많은지 이해할 수가 없었다.

그 다음 날도 친구는 종일 우리와 함께 자신의 차로 시드니의 랜드마크인 오페라하우스, 골든 브릿지, 시드니의 부자들이 거주하는 유명한 고급주택지, 해안가의 멋진 별장 등으로 드라이브를 하고 난 후 잠시 보트를 타며 시드니 해안을 돌아보기도 하면서 즐거운 시간을 보냈다.

나의 이종육촌인 '박의영'의 집을 지도를 보고 정확하게 찾아갔다. 내가 국민학교 발령을 받기 전에 일광국민학교 교장 사택에서 두 달 동안 기숙하며 깊은 정이 들었던 이종육촌 형이었다. 친구와 함께 방문하고 그 가족들과 기념사진도 찍었다. 육촌 형인 박의영은 부산대 지질학과 출신으로서 원래의 꿈인 '광산개발 연구와 탐색'에 관련된 전문직에 종사하기를 바랐으나 꿈을 이루지 못하고, 그저 9시에 출근하고 5시에 퇴근하는 평범한 월급쟁이 생활을 하고 있었다. 보이지 않는 무정한 인종차별의 호주 사회가 정이 떨어지나 한국으로 다시 돌아갈 마음은 없다고 하였다.

그는 종종 시를 쓰고 그림을 그리며 고국에 대한 향수를 달랜다고 하였다. 그는 낯설고 물설은 이국 땅에 이민을 온 것을 후회하는 듯 하였다. 그는 호주에서 열심히 노력하는 만큼 한국에서 열심히 노력한다면 잘 살 수가 있을 텐데라는 부질없는 푸념도 하였다.

그의 아버님이신 박용학 교장은 정년하기 얼마 전에 나의 이모님이 별세하시자 정년 퇴임 후 아들 내외와 함께 살려고 호주로 이민을 왔으나 호주의 이국적인 낯선 환경, 관습과 이국적 문화에 전혀 적응하지 못해 이민 온 지 1년 후 고국의 정을 그리워하며 타계하시었다고 하였다. 가족 외에는 가까운 친구도 친지도 없으면 아무리 자연환경이 천국 같고 물질적으로 부족함이 없어도 물설고 낯선 이국 환경에서는 한국의 노인이 살아가는 것이 얼마나 어려운 것인지를 보여주었다.

비록 짧은 1박 2일 동안이지만 다정다감한 나의 친구와 보낸 시간과 대화가 추억에 오래 남아 있을 만큼 즐거웠고 의미가 있었다. 함께 귀국하는 동반자가 없었다면 3, 4일 함께 더 머물렀을 터인데 아쉬웠다. 그날 오후 4시쯤 시드니 공항에서 홍콩행 콴타스 여객기를 타고 자신의 야심 찬 꿈을 이루기에 여념이 없는 친구와 후일을 기약하며 아쉬운 작별을 하였다.

10. 오클랜드시 로타리클럽
오찬회에서의 영어 연설

관광하기 좋은 계절인 5월 중순에 접어들면 빅토리아 대학 영어교육원에서는 테슬 디플로마(TESL Diploma) 과정을 밟고 있는 각국 유학생들에게 4주 동안 각자가 희망하는 지역을 관광하고 그 지역 초중등학교에서 영어교육 현황을 직접 살펴보고 영어교육실습도 하게 하는 귀중한 교육견학실습의 기회를 준다.

나는 5월 중순에 웰링턴에서 아침 일찍 출발하는 은빛 특급열차 'silver express' 기차를 타고 북섬을 종단하는 코스를 따라 그 나라에서 가장 큰 도시인 오클랜드(Auckland)시로 가게 되었다. 북섬에는 산악지대도 많아 가는 도중 뉴질랜드 북섬의 수목이 우거진 녹음이 수려한 풍경과 한 폭의 그림 같은 아름다운 양과 젖소 목장들을 차창으로 관광하였다.

오클랜드시는 북섬의 거점 도시로 교역, 교육, 문화의 중심지로서 그 나라 인구의 1/4이 살고 있으며 주변의 폴리네시안 국가들인 피지, 사모아, 타히티와 왕래하는 교통과 무역의 중심지인 데다가 사시장철 기후가 온화한 살기 좋은 대도시다. 태평양의 많은 섬에 거주하는 덩치가 엄청나게 큰 남녀 폴리네시안족들을 만날 수 있어 그들의 의식구조는 물론 다양한 사고방식과 문화를 이해하는 데에도 큰 도움이 되었다.

첫날 도착하자마자 오클랜드시에서 역사가 깊고 교통이 편리한 호텔인 4성급의 유서 깊은 레일로드 호텔에 숙소를 정해주어 아주 만족스러웠다. 이 나라가 우리 영어선생님들을 이렇게 잘 대우해 줄 만큼 마음이 넉넉하고 부유한 나라인 줄은 몰랐다. 저녁 식사는 물론 아침 식사 시간에도 웨이트리스가 친절하고 정중하게 시중을 들어주어 너무 과분한 대우를 받는다는 생각이 들었다. 웨이트리스는 관광실습을 위해서 호주에서 건너온 전문대학 관광학과 학생들이어서 특색 있는 호주 영어를 익힐 수도 있었다. 웨이트리스에게 우리가 데이트 프로포즈를 하면 그들이 정말 순수해서 그런지, 친절해서 그런지, 언제든지 기꺼이 응해주기도 하여 가끔 데이트를 하였다. 밤에 만나게 되니 함께 극장에 가서 인기 있는 영화들을 관람하면서 즐거운 시간을 가졌다.

매일매일이 즐겁고 꿈같은 나날이었고 스릴도 있었지만 길거리에는 젊은 남자가 여성으로 치장한 동성애자가 많아서 놀랍고 의아스러웠다. 왜 이 나라에는 동성애자들이 많을까? 젊은 동양인이 혼자 먼 길을 걸어가노라면 이 나라의 동성애자의 차가 멈추고 아주 친절하게 집까지 태워다 주는 일이 빈번한데 이런 사람들은 대부분 동성애자들이다. 일본이나 한국 사람들이 가끔 이들의 친절에 꾀이거나 감동(?)되어 함께 같은 집에서 생활하면서 동성애자가 되는 경우가 있다는 이야기를 많이 들었다. 동성애자들은 얼굴의 표정이나 복장이 그렇지 않은 사람들과는 어딘가 모르게 다른 점이 있어서 나는 동성애자들은 거의 식별할 수 있었다.

이곳에서 최상의 대접을 받으면서 더 보람 있는 일이 없을까를 생각하고 있었는데 여기 온 지 3주가 지난 어느 금요일 저녁에 나의 방으로 Auckland Rotary Club의 수석총무이며 Western Auckland College 교장이신 Dr. Wells로부터 긴급 전화가 왔다. 전화의 용건은 다음 주 목요일 로타리클럽 오찬회에서 로타리클럽 회원들에게 '북한의 남침 가능성과 적화에 대비한 대한민국의 국방력과 국민의 반공정신'에 대해 연설을 해줄 수 있는지에 대해서 나에게 문의하는 전화였다. 나는 영어 원어민들에게 영어로 연설을 할 기회를 고대하고 있었기에 연설을 하겠다고 흔쾌히 응답하였다.

그 당시 뉴질랜드 국민들은 공산국가인 중국이 베트남, 캄보디아, 라오스 각국을 공산화 시킨 후 뉴질랜드와 호주도 공산화의 영향을 받을까 하는 우려와 불안감을 느끼고 있었다. 미국의 대외 국방 정책이 미국 국민의 반전여론에 밀리고 있었고 새로운 미군의 해외 분쟁 개입을 반대하는 Nixon Doctrine을 선언하는 등 미국의 대외 국방 정책이 일관성이 없어서 뉴질랜드와 호주 국민들은 미국의 대외 정책에 대하여 절대적인 신뢰는 두지 않았던 시기였기 때문이었다.

나는 그 당시 그곳에서 발행되는 신문과 시사주간지 TIME에서 베트남의 불리한 전황과 패망 일보 직전의 기사란을 열심히 읽고 있었기 때문에 연설할 내용을 작성하는 데 큰 부담을 느끼지 않았다. 토요일과 일요일 주말을 이용하여 연설 내용을 구상하고 정리하였다.

그 원고를 여러 번 충분히 읽고 나니 자신감이 생겨 키워드(핵심단어)만 메모하여 연단에 섰다. 원고를 단순히 읽어 나가는 식의 수동적인 무미건조한 연설을 하지 않고, 키워드만 간혹 보면서 하는 생동감이 있는 연설을 하였다. 이러한 식의 연설이 청중들의 주목과 관심을 더 끌기 때문이다. 내가 연설한 스피치에는 다음과 같은 내용들이 담겨 있었다.

"오랜 세월 동안 프랑스 등 외세의 통치를 받아왔던 베트남 국민들은 그 나라 특유의 민족주의와 외세저항주의에 물들어 있어서 미국의 천문학적인 군사원조와 최첨단 무기의 힘으로 월맹과 베트콩의 상대로 전쟁을 하는 것을 베트남 국민들 다수가 달가워하지 않았거니와 베트남 국민 전체의 월맹과의 전쟁에 대한 여론이 일치하지 않았고 국론 통합이 제대로 이루어질 수 없었으니 베트남 전쟁은 결코 이길 수 없는 전쟁이었다. 그러나 막강한 미국의 무력에 월맹이 결국은 항복을 할 것이라고 존슨 대통령을 위시한 역대 미국 대통령들, 맥나라마 국방장관, 러스크 국무장관 등이 굳게 믿었으나 그것은 큰 오산이었다. 더욱이 베트남 국민은 우리 한국 국민과 달리 공산주의자들과 맞서 싸우려는 강력한 반공의식이나 반공 전투정신이 없었고 월남 정부 고위층과 종교인과 각계각층의 다수의 인사들이 월맹과 베트콩에 포섭되어 대공전선이 거의 와해된 상태라 베트남 전쟁은 결코 이길 수 없는 전쟁이었다.

이와는 대조적으로 한국 국민은 투철한 반공애국정신으로 유엔군의 막강한 군사적 지원을 받으며 1950년대에 북한과 중국의 동맹군의 침략을 격퇴한 역사가 있다. 베트남이 지난 4월30일에 패망한 현재, 한국민은 박정희 대통령의 영도하에 투철한 반공애국정신과 전투정신으로 일체단합하여 북한의 남침에 대비하고 있으므로 한국에서는 베트남 패망과 같은 비극은 결코 일어나지 않을 것"이라고 강하고 소신이 있는 어조로 피력하였더니 경청하고 있던 좌중의 청중으로부터 우뢰와 같은 박수가 터져 나왔다.

나는 연설을 7분 정도로 끝내려고 하였으나 간간이 터져 나오는 로타리 클럽회원과 청중들의 박수에 고무되어 한국의 철저한 반공교육과 국민의 국가안보에 대한 태세를 상세히 피력하느라 예정보다 9분이나 더 늦게 연설을 끝게 되었다. 오찬 시간을 지연시킨 데 대하여 연설의 끝에 가서는 정중한 사과를 하였다.

영어연수를 받으러 온 한국의 영어교사가 원고를 거의 보지 않고 청중들을 바라보고 다양한 제스처를 취하며 그렇게 훌륭한 영어연설을 할 수 있다는 것에 대해 참석한 모두가 놀라워하였다. 나는 고등학교 재학 시에 미국공보원(USIS) 주관 영어웅변대회에 두 번이나 출전한 경험이 있었기 때문에 그날의 영어연설은 상당히 자신감을 가지고 차분하게 할 수 있었다.

그날 그 자리에 함께 참석하였던 동남아 국가와 폴리네시안 국가들에서 온 연수생들은 나를 평소처럼 Mr. Lee라고 부르지 않고 Korean Ambassador(한국대사)이라고 다시 부르기도 하였지만 나의 기분은 아주 좋았다.

제
4
부

1. 인척 국민학교장의
   영향력

    내가 국민학교 교사가 되고 싶다는 그저 막연한 희망을 품은 시절은 국민학교 3학년 때였던 것 같다. 일본에서 귀환동포로 한국에 귀환한 지 3년쯤 되던 그때는 우리나라 국민의 8~9할은 일상의 삶이 무척 고달프고 어려웠던 때였다. 또 우리 식구들은 일본에서 귀환한 지 얼마 안 되어 한국에서의 모든 것이 낯설고 어색하고 서먹서먹한 시기였다. 우리 식구들을 특별히 초대하여 대접하는 그런 사람이 그렇게 많이 없었던 막막한 시절이었다.

    지주 집안에서 태어나셨던 이모님(어머님의 사촌언니)께서는 우리 가족들을 보고 싶다고 하면서 어느 날 우리들을 부산대신국민학교 교감 사택으로 초대하셨다. 그 이모님은 당시 대신국민학교 교감의 부인으로서 일본식으로 잘 지은 교감 사택에 살고 있었다. 우리는 초대를 받아 토요일 오전에 설레이는 마음으로 범일동에서 전차를 타고 동대신동으로 가게 되었다. 나에게 이모가 되는 그분과 이모부가 되는 박용학 교감선생님께서 우리들을 아주 반갑게 맞이하시는 것 같아 어린 나의 마음도 흐뭇하였다.

아마도 일요일 오전 11시경 되었던 것 같다. 대신동 공설운동장 부근의 대신국민학교 사택의 대문을 들어서자 마당 한가운데에 정원수 몇 그루가 자리 잡고 우리들을 맞이하였다. 그 옆에는 멋진 분수대가 수초에 물을 뿜고 있었는데 고급 일본식 집의 분위기를 자아냈다. 우리 가족이 거주하는 공동주택과는 분위기가 너무 대조적이었다. 대신동 구덕운동장 부근의 주택들은 거의 모두가 단장이 잘 되고 세련되게 보여 범일동에서 온 우리 가족들을 약간 주눅 들게 하였다.

일본식 다다미가 깔린 응접실에서 나의 부모님과 이모부님 내외는 그동안의 안부를 서로 교환하였다. 그때는 우리 식구들이 일본에서 아주 오랫동안 살다가 돌아온 지 얼마 되지 않는 시기였다. 이모와 이모부께서는 일본에서 한국에 온지 얼마 안 되는데 그동안 우리가 어떻게 지냈으며 이제부터는 자주 놀러 오라고 하시는 등 인정이 넘치는 말씀과 분위기에 어린 나도 반가웠다.

일제가 우리나라를 지배하였던 시기에 어머니의 외가 친척 가운데 잘사는 분들이 많아 우리 가족이 고베에 살 때에 우리집에 종종 오셨는데, 그 당시 일본에 유학하신 분들 대부분이 어머니 외가의 친척 분이었다는 이야기를 들었다. 그래서 나는 "이런 분들이 옛날에 우리 집에 오셨구나" 생각해보니 나의 친척에도 이런 분들이 있어서 어쩐지 흐뭇하고 든든한 기분이 들었다. 얼마 안 있어 점심식사 시간이 되었다. 내가 보기에 정갈하고 먹음직하게 차려진 점심을 맛있게 먹었고 이모부 내외의 따뜻한 환대를 받아 더욱 흐뭇하였다. 나도 선생님이 되어 이런 집에서 손님들에게 이렇게 점심식사를 대접하면서 안정적으로 살면 얼마나 좋을까 하는 어른스러운 마음이 갑자기 나도 모르게 일어나기 시작하였다.

그후 이모부 되시는 박용학 교감선생님께서는 종종 토요일에 퇴근하시는 길에 범일동 우리 집으로 오셨다. 나는 어린 나이지만 박 교감께서 나의 아버님을 만나기 위해서 우리 집에 자주 오시는 것이 고맙고 정겹게 느껴졌다. 오실 때마다 우리 집에는 적당한 안주가 준비되지 않은 것을 아시고는 나의 아버님을 위해 먹음직한 안주가 있는 술집에 가끔 초대하시는 배려를 하셨다. 나는 이모부께서 돈에 여유가 없으신 아버님을 자주 찾아오는 것이 부담스럽기도 하면서도 한편으로는 고마웠다. 아버님은 그때마다 "사람은 술과 안주를 대접할 수 있는 여유가 있어야 한다"라는 말씀을 안타까운 듯 조용히 하시곤 하였다. 아버님은 옛날에 잘 나가던 시절을 회상하시고는 한숨을 쉬셨다. 그렇게 말씀하시던 나의 아버님의 아쉬운 표정과 음성을 잊을 수 없다. 아버님은 박 교감님의 인정과 배려에 늘 고마워하셨다.

그날 이모부님 학교사택 방문을 마치고 오후에 우리가 집으로 오는 도중 부모님과 가족들은 야구규칙을 잘 모르면서도 처음으로 경남고(당시는 경남중) 야구부들이 구덕운동장 야구장에서 열심히 연습하는 장면도 함께 구경하는 푸근한 여유도 가졌다. 내가 야구를 좋아하게 된 것도 이것이 계기가 된 것 같기도 하다. 부모님은 은근히 내가 "장차 교사가 되어 안정된 삶을 살아갔으면 좋겠다"라는 소박한 생각을 하고 있는 것을 어린 마음이지만 알 수 있었다.

내가 교사직을 조용히 희망한 계기는 아마도 그날 점심시간 이모부님 사택에서의 이모부님 내외와 우리 부모님 내외의 정겹고 우애 넘치는 분위기와 인정이 넘치는 만남이었던 것 같다. 만약 이모부님이 그 당시 검사, 변호사, 혹은 의사였다면 내가 검사, 변호사, 혹은 의사를 목표로 열심히 공부하여 그 길을 갔을지도 모른다. 고등학교 학생 시절에는 무엇이라도 마음만 먹으면 할 수 있고 될 수 있으리라는 자신감이 충만했었다.

2. 영어교사 시절의
   나의 영어교육관

　내가 대학과 대학원에서 영어학과 영어교육이론을 가르치기 전에는 중학교에서 2년간, 인문고등학교에서 7년간 재직하였다. 대학입시가 중고등학교 교육의 최종 목표였던 그 시기에 영어교육은 문법지식을 주입시키고 영문의 구조를 분석하여 우리말로 번역하는 식의 단조롭고 재미없는 문법-번역식 수업방식을 채택하였다. 고등학교 영어교사로서 나의 관심은 기본적인 영문법은 빠트리지 않고 가르치지만 상세한 문법지식을 가르치는 것보다는 영문의 패턴과 문맥상황을 더 중요하게 다루며 속독속해의 능력을 증진시키는 것에 주력하였다. 속독속해가 이루어지지 않으면 영어를 듣고 이해하는 능력의 습득이 불가능하기 때문이다. 속독속해 능력과 듣기의 능력은 영어를 배우고 익힐 때 가장 중요한 능력이지만 내가 중등학교 영어교사로 재직하고 있을 동안에는 거의 모든 교사들은 문법지식과 문장의 구조를 꼼꼼하게 따지는 수업을 중시하였다.

　모든 학생들은 영어문법을 아주 상세하게 이해하는 것을 선호하였지만 나는 문맥 속에서 영어문법을 이해시키는 것을 선호하니 많은 학생들은 나의 영어교육 방식에 대해서 다소 불만이 있었다. 나는 학생들이 기본 문법에 대한 이해를 하고 나면 문법에 관한 설명을 문맥과 상황 속에서 설명하고 이해시키려고 하였지만 학생들은 텍스트의 이해보다는 문법적 지식 자체만을 더 자세히 이해시키고 주입시켜 주기를 바라고 있었다. 나는 학생들이 영어 텍스트를 원어민처럼 빠른 속도로 유창하게 읽으면서 텍스트의 의미를 이해하도록 지도하는 것을 강조하고 선호하였다.

그리고 학생들은 교과서에 등장한 핵심단어들의 많은 동의어와 반의어를 자기들이 모두 소화시킬 수 없음에도 불구하고 교사가 동의어와 반의어들을 칠판에 많이 나열해주기를 바라고 있었다. 나는 특히 중요한 동의어와 반의어에 대해서는 칠판에 필기를 하지만 교과서에 등장한 단어들만이라도 확실히 자기 것으로 소화하기를 더 바랐다. 그런 나를 성의가 부족하고 어휘실력이 없는 것이 아닌가 하고 학생들은 의심도 하였으나 나는 학생들이 나중에 언젠가 나의 영어교육관의 진가를 반드시 알게 되리라는 믿음을 굳게 지니고 있었다.

사실 그 당시 영국이나 미국의 영어교육이나 외국어 교육방식의 주류는 학생들에게 문법적 지식을 먼저 주입하는 것이 아니고 상황과 맥락 속에서 영문의 구조와 문법에 익숙하도록 하는 것이었다. 나는 웰링턴 빅토리아대학에서 터득하였던 나의 영어교육 방식이 옳다고 생각하며 일관성 있게 계속 밀고 나갔다.

학생들의 나에 대한 이러한 불평불만은 부산시 교육청이 주관하는 부산 시내 인문고등학교 학년별 영어고사가 실시되어 그 결과가 나오기 전까지 계속되었지만 나는 계속 나의 주관을 유지하였다. 몇 년간 5월 중순에는 부산 시내 인문고등학교 학년별 영어고사가 실시되어 각 학교의 영어학력의 실태를 알아보는 교육청 평가원의 연례행사가 있었다. 학교별, 학년별 영어평균점수, 중앙값, 성적분포도 등이 발표되었다. 가르치는 영어담당 교사들의 능력도 자연스럽게 공개될 수밖에 없으니 각 고등학교에서는 그 시험의 결과에 많은 신경을 썼다.

그 시험의 결과는 내가 가르친 학년과 학반의 평균점수가 100점 만점에 거의 80점인 79.8이 나와서 영어과 동료교사와 영어과 주임교사들, 그리고 나의 학교의 모든 교사들을 깜짝 놀라게 하였다. 내가 담임한 다섯 개 반들의 영어평균점수가 거의 80점에 가까운 79.9점이였으니 모두들 그 결과에 놀라지 않을 수 없었던 것이다. 공식적 영어학력 평가에서 여러 학급의 평균점수가 그토록 높았던 적이 없었기 때문에 시험문제가 사전에 누설되지 않았는지 채점에 대한 의심을 받기도 하였다.

이 영어학력평가시험에서 여고부 2위를 하였던 다른 인문고등학교(E여고)의 평균점수(57.1) 보다 22점을 앞서는 평균 점수였기 때문에 도저히 믿어지지 않는 높은 성적이었다. 나는 정말 흐믓하고 통쾌하였다. 나의 영어교육방법이 옳았음을 재인식, 재확인하게 되었고 영어지도에 자신감을 확실히 갖게 해주었기 때문이었다.

나는 그동안 문법지식을 자세히 가르치지 않는다고 불평하는 학생들이 있다는 소문을 가끔 듣고 약간의 마음고생을 하였었다. 그렇지만, 이번 영어학력평가를 계기로 학생들의 나에 대한 불만에 우려하셨던 학교장과 교감, 연구주임과 영어과 주임으로부터 많은 칭찬을 받았고 주변 동료 교사들의 나의 영어교육방식에 대한 칭찬도 많이 듣게 되었다. 그때까지 있었던 나의 영어교육방식에 대한 학생들의 불평과 불만은 봄볕에 눈 녹듯이 사라지고 오랜만에 나는 나의 영어교육방식에 자신감을 확인할 수 있었다.

그 다음 해에 새로 부임하신 A 교장 선생님은 나의 영어교육관과 실적을 인정해주셨다. 이러한 에피소드는 내가 고등학교에 재직하는 오랫동안 회자되었고 새로 부임한 교장 선생님은 나의 능력을 인정하고 내가 대학으로 옮겨 가기 전까지 3학년의 영어 수업을 계속 맡게 하셨다. 또 평소에 내가 자신과 술자리를 함께하지 않는다고 하여 나를 부당하게 대하였던 교육자답지 못했던 교감은 누가 투서를 했는지 모르지만 무분별한 음주사건 때문에 문교부 감독관의 조사를 여러 번 받기도 하였다. 교감은 내가 투서를 하지 않았나 하는 의심을 하였다. 교감은 그동안 나에게 했던 자신의 경솔한 처사를 나에게 사과하면서 나에게 "전근을 희망하는 인문고등학교가 있다면 다음 교원 인사이동 때에는 힘써 주겠다"라고 하기에 나는 "감사합니다"라는 간단한 인사만 하였다.

3. 의과대학 영어과
전임교수 지망

　뉴질랜드 빅토리아대학 영어교육원에서 수여한 테슬 수료증 (Diploma of TESL)을 받고 귀국하니 부산의 P국립 대학에서 시간강사로서 영어강독과 영어회화 강의를 맡아달라는 요청이 있어서 갈등이 생겼다. 석사학위와 박사학위 과정을 수료하고 대학으로 가느냐 아니면 고등학교 교사로 계속 있을 것인가에 대한 갈등이 많아졌다. 고등학교 교사로 근무하면 영어문법과 영-한 번역 위주의 수업방식에서 벗어날 수 없기 때문에 보다 자유스러운 교수법이 가능한 대학 강의에 대한 매력과 유혹을 뿌리칠 수 없었다.

　나는 우선 부산대학교 교육대학원 영어교육전공 석사과정을 이수하고 기회를 기다렸다. 석사과정 이수를 할 동안 교육대학원우회의 수석부회장으로 피선되어 4학기 동안 학술대회와 체육대회를 비롯한 다양한 행사를 하면서 뜻 있고 보람 있는 봉사활동을 하였다. 그 당시는 전국에 교육대학원이 서울대, 연세대, 고려대, 부산대, 경북대, 전남대에만 교육대학원이 설치되어 있었다.

　나는 석사학위를 받은 그해 인제의과대학에서 영어과 전임교수를 구한다는 소식을 부산대학교 사범대학 교수이자 교육대학원에서 나의 지도교수였던 박근우 교수로부터 듣고 지원하였다. 박근우 지도교수님께서 바쁘신 가운데에도 고맙게도 긴 시간 동안 장문의 추천서를 써주셨다. 박근우 교수님의 추천서가 인제의과대학 영어과 전임이 되는 데 큰 도움이 되었다. 그해 부산대교육대학원 졸업자 8명 중 1명은 이미 동의전문대학 전임교수였는데 교육대학원을 수료한 후에 해양대학으로 영전을 하였다. 나머지 7명의 동기들 중에서 내가 가장 먼저 대학의 전임강사가 되었고 그 후 2명이 부경대학교, 1명이 부산외국어대학교 영어전임이 되었다가 몇 년후 부산대 독어독문학 박사과정을 마친 후 부산대학교 독어독문학과 교수가 되었다. 나머지 동기들 세 분은 고등학교 교사로 근무하다가 그중에 한 명은 미국으로 이민을 갔다.

인제의과대학 영어과 전임은 재단법인 인제학원 이사장께서 특별한 관심을 가지고 선발하겠다고 하였다. 백 이사장은 일본, 미국, 독일에서 수학하시고 독일에서 의학박사를 취득하신 분인데 영어와 독어에 능통하시고 영어교육에 대한 특별한 식견과 신념이 있었던 것 같았다. 면접후보자는 모두 15명이었고 나는 5번째로 면접을 하였다. 이사장님은 영어과 전임자는 영어회화(Spoken English)를 유창하게 할 수 있어야 한다는 점을 강조하셨고 내가 영어과 대학전임을 지원한 동기와 이유를 상세히 질문하였다. 그런 다음 시사주간지인 타임지 칼럼을 하나 골라주며 그것을 읽고 그 칼럼의 줄거리를 설명해 보라며 읽기를 통하여 영어 발음과 독해력을 테스트하셨다.

이사장께서는 뉴질랜드에서 TESL Diploma Course를 수료하면서 단련된 '나의 영어발음이 아주 유려하다'며 칭찬해주셨다. 타임지 칼럼의 내용은 내가 알 수 있는 것이라 그 칼럼을 자신감을 가지고 잘 읽고 그 내용을 설명하고 나니 이사장님께서 밝은 미소를 지으시고 몇 가지 질문을 하셨다. 15명의 후보자들 중에는 영어권에서 유학을 경험한 사람이 나 혼자뿐이라 내가 영어전임으로 선발되리라는 예감이 들었기 때문에 영어 읽기와 내용에 대한 설명을 더 자신있게 할 수 있었다.

내가 전임으로 가장 유력하다는 생각을 하게 되니 전임으로 선발이 되면 의과대학의 의예과 학생들에게 어떤 수준의 영어를 어떻게 가르칠까를 생각하니 막막하고 고민이 되어 대학 전임으로 갈지, 아니면 고등학교 영어교사로 마음 편하게 고등학교에 계속 있을지를 놓고 적지 않은 고민을 하였다.

며칠 후 인제의과대학 교무처에서 내가 전임으로 선발되었다는 등기서신과 전화 통보가 왔다. 기대를 가지고 가보니 대학부속병원 건물만 있고 의과대학 건물이 따로 없었다. 임시로 병원 10층에 나의 연구실과 중형 강의실이 배정되어 있어 대학다운 시설과 분위기가 전혀 아니어서 너무나 실망스러웠다.

그러나 내가 사용할 교수연구실의 실내 분위기와 모든 설비는 마음에 들었다. 내가 근무하는 고등학교 교무실에서 볼 수 없는 깨끗한 개인용 연구실, 고급 책걸상, 고급스런 책장, 소파, 완벽한

냉난방 시설, 거울, 세면대 등이 완비되어 있어 그 시설물에 내 마음이 끌리어 고등학교 교사직을 그만두고 교수직을 택하자는 결심을 하게 되었다.

내가 담당한 강의 시간은 한 주일에 4시간으로 의예과 1, 2학년을 1주에 각각 2시간을 강의하는 것이었다. 고등학교 재직 시에는 주당 23시간 이상을 강의하다가 대학에서는 주당 4시간만 강의하고 정식 봉급을 받으니 세상에 이런 직업도 있나 하는 생각이 일어나기도 하였다.

그러나 대학에 근무하면서 수업 시수가 적다고 꼭 좋은 것이 아니라는 것을 차츰 깨닫게 되었다. 연구할 수 있는 자료들을 쉽게 접할 수 있고 활용이 가능한 정보들이 풍부한 도서관이 있는 대학에 근무하는 것이 더 중요함을 나중에 깨닫게 되었다. 대학교수가 강의만 하고 논문을 내지 않는다면 세상에 이처럼 편한 직업은 없을 것이다. 대학교수는 강의도 중요하지만 연구논문을 위시한 연구실적이 그에 못지않게 중요하다는 것을 미처 몰랐다. 주당 강의 담당 시수가 아주 적은 이 기간을 잘 활용하여 연구실적을 쌓기 위한 열정적인 노력을 해야 했는데 예과 교수들의 분위기는 그렇지 못했다. 그 해는 5·18 광주사태가 벌어져 전국의 모든 대학들은 휴교 상태였기 때문에 그랬던 것 같다. 이 대학에는 연구에 도움이 될 만한 아무런 참고도서나 자료를 지닌 도서관도 도서실도 없어 연구논문을 쓰기에 애로가 많아서 난감하고 답답하였다. 근무하기에 매우 편한 것이 우선은 좋기는 하였지만 뭔가 불안하였다. 시간이 많았던 이 시기에 영어학에 관한 학문적 기초를 야무지게 다지지 못한 것이 두고두고 후회되었다.

4. 영문학 박사학위 과정의
   이수와 학위취득

1980년 3월 1일자로 대학의 전임강사라는 오르기 힘든 고개를 겨우 올라오니 박사 과정이라는 더 높고 더 험한 고개가 저 멀리에 보였다. 내가 근무하는 대학 대부분의 교수들이 서울과 부산에 있는 대학원에서 실력을 쌓으며 많은 연구를 하고 학위논문을 쓰느라 매우 바빴는데 나는 그들의 좌표가 매우 부러웠고 나에게는 아득하게만 느껴졌다.

늦었지만 1982학년도에, 과거에는 영어영문학 박사과정이라는 명칭만 들어도 아득하기만 하였던 부산대학교 대학원 박사과정(영어영문학 전공)에 42세의 나이로 높은 경쟁률을 뚫고 입학하여 주경야독의 어려운 과정을 또 다시 겪게 되었다. 영어학 박사학위 전공자가 세 명, 영문학 박사학위 전공자 세 명이 합격하였다. 그 당시는 박사과정에 등록만 하여도 대학전임강사로 채용될 수 있는 확률이 높았기 때문에 박사과정에 입학하려는 많은 석사과정 수료자들이 지원하여 대학원 박사과정 입학경쟁률이 매우 높았다.

영어학 전공 박사과정의 수업 과정은 고난 그 자체였다. 나는 영어학 분야보다는 영문학 분야(소설론, 시론, 희곡론, 비평론 등)에 더 매력을 느끼고 있었는데 부산대 교육대학원 석사과정에서 초대 교육대학원장인 정명우 박사의 방침으로 영문학 분야보다는 영어학 분야를 주로 이수하게 하였기 때문에 나는 박사과정에서 영어학 분야를 택하였다.

20세기에 와서 더욱 발달한 통사론, 의미론, 음운론, 화용론, 음성학, 문체론 등의 영어학의 분야의 이론은 과학적인 접근방식과 이론을 토대로 하기 때문에 이해하기 힘든 분야들이 많았다. 그 당시 박사과정 영어학 과목들을 담당하신 교수들께서도 우리들과 함께 공부하고 연구하면서 우리들을 지도하시는 것 같았다. 그래서 그런지 그분들의 강의의 요점들이 이해가 잘 되지 않을 때가 많았고 강의를 들어도 늘 아쉬움을 느끼게 하였다.

대학원 박사과정 강의의 첫 시간은 담당 교수께서 교재의 첫 단원의 개요를 설명하면서 '오리엔테이션'을 하지만 그 다음 시간부터는 대학원생들이 차례로 배당된 단원들을 일주일 동안 연구하고 정리하여 발표하는 식으로 진행되었다.

강의내용이나 교재의 모르는 부분은 주위에 물어볼 사람도 없으니 나는 이 험난한 박사과정에 입학한 것을 몹시 후회하였다. 2년 반 동안의 고생은 다시 되돌아보기 싫을 정도로 지긋지긋하였다. 그러나 영어학의 여러 분야(통사론, 음운론, 의미론, 화용론) 보다는 영문학 분야인 소설론, 시론, 희곡론, 비평론은 내가 이해하기도 쉬웠다. 재미없고 무미건조한 영어학을 전공한 것을 많이 후회하

기도 하였다. 1984학년도에 영어영문학 박사과정 전 과정을 3년
만에 수료하고 수료자격시험(불어시험을 포함한)의 어려운 과정을 거
쳐 통과하였다.

국내에는 학위논문에 참고가 될 자료가 부족하기 때문에 부산
대학교 대학원 당국과 지도교수는 논문을 쓸 대학원 수료자들을
하여금 학위논문을 쓸 자료들을 미국이나 영국 등 영미권 대학에
가서 찾아 참고하도록 적극 권장하였다. 나는 2월 중순부터 도서
관 규모가 가장 큰 대학에 속하는 미국 오스틴시에 소재한 텍사스
주립대학교 도서관에서 박사학위논문 자료들을 찾아서 참고할 것
은 참고하고 정리하여 그야말로 천신만고 끝에 10월 초에 박사학
위논문의 골격을 겨우 완성한 후 귀국하였다. 귀국 후 그것을 주
야로 다시 다듬고 잘 정리하여 부산대학교 대학원에 1989년 12월
초까지 제출하였다.

그동안의 피로와 스트레스 때문에 나는 논문을 발표하고 심사
를 받기 1주일 전에 입이 옆으로 돌아가는 와사풍에 걸려 절망적
인 상태에 이르렀으나 기적적으로 저명한 한의사를 만나 그의 침
술로 돌아간 입이 제자리로 돌아와 논문을 발표하고 심사를 받을
수 있었다. 1989년 12월 말에, 장장 6년에 걸쳐 완성된 나의 박사
학위논문의 인준을 거쳐 그 다음 해 2월에 영문학 박사학위를 받
았다. 학부시절부터 영어학이나 영문학 박사학위를 취득한 분들을
존경의 마음으로 우러러 보아왔기 때문인지 나 자신이 영어학 박
사학위를 받았을 때 그 순간의 감회는 필설로 형언키 어려울 정도

로 감개무량하였다.

　지도교수의 아무런 조언이나 도움 없이 박사학위 과정 수료자가 자신의 박사학위 논문을 작성하여 심사위원들로부터 인준을 받는 것이 얼마나 지난한 과업인지를 체험하였다. 학위논문을 쓰다가 또는 학위논문을 통과시킨 후 타계한 분들이 가끔 있었는데 논문을 쓰는 과정에서 아마도 그동안 쌓이고 쌓인 스트레스가 원인이 되어 생긴 병으로 타계하였으리라.

5. 호사다마 (1)

경사스러운 일에는 마(devil)가 끼어든다는 속말이 있다. 경사로운 일에는 좋지 못한 일이 일어날 수 있으니 항상 조심하고 겸허한 마음과 자세를 취해야 한다는 뜻이 담겨 있는 사자성어로 생각된다. 대학에 전임교수로 부임한 이래 처음으로 미국 텍사스 오스틴에 소재한 텍사스주립대학교의 객원 교수 자격으로 연구년(안식년) 허락을 받은 나의 마음은 날아갈 듯 가벼워지고 홀가분해졌다.

학장으로부터 연구년 허락을 받은 그날 밤에는 비가 소록소록 아름답게 내리고 있었지만 매우 기쁘고 흥분된 날이라 연구실에서 늦게까지 교재 연구와 논문 연구를 한 후 경영학과의 조○복 교수와 함께 기분 좋게 퇴근하였다. 광활한 김해평야를 가로지르는 도로와 낙동강대교를 거친 후 제1만덕터널을 지나 상당히 경사진 도로를 조심조심 내려오는데 운전석 앞 윈도우에 살아있는 동물같은 물체가 별안간 나타나기에 핸들을 옆으로 꺾었으나 그 물체가 나의 차 앞바퀴에 크게 부딪힌 것 같았다. 비가 제법 많이 오고 있었고 또 뒤의 차들이 계속 따라오고 있었으므로 내 차를 정차시킬 수도 없어서 그냥 차를 몰고 나의 집으로 왔으나 그 순간의 꺼림직한 느낌은 계속 나의 머릿속에 남아 있었다. 그 동물이 다쳤다면 병원에 싣고 가서 치료를 했어야 했는데 그렇게 하지 못한 죄책감이 나의 마음을 계속 괴롭혔다. 그 꺼림직한 느낌은 자꾸만 이상한 예감으로 진전될 것 같았다.

그 다음 날은 나의 테니스 클럽인 일삼회 회원들의 월례대회가 있는 날이었다. 연구년 문제로 늘 마음이 무거웠는데 그 문제가 해결되고 나니 몸과 마음이 새의 깃털처럼 가벼워져 테니스 게임도 연전연승하고 그 월례대회에서 우승을 하였다. 그러나 경기 도중 우리 테니스 클럽의 제일 연장자 되시는 박○우 회원이 네트 앞에서 나의 공을 받아쳐 공격 포인트를 얻고자 하고 있었는데 나의 백핸드 드라이브로 친 공이 너무 잘 맞고 빨라서 그분의 안경을 깨트리고 눈까지 약간의 상처를 입히는 사고(?)를 일으켰다. 연신 사과를 드렸어도 내 마음이 편치 않고 안경도 배상해드렸으나 나의 마음이 여전히 편하지 않았다. 그분의 눈이 크게 다치지 않아 천만다행으로 여기고 호사다마를 생각하며 나는 마음의 수양을 하였다.

그 다음 주에는 일요일을 맞이하여 한 학기 동안 헤어져 있어야 하는 아내와 세 아들과 함께 언양 석남사 계곡 근처 산을 오르내리며 잠깐 관광을 하고 석남사 대웅전 불상을 향해서 "제가 앞으로 6개월간 외지에 나가 있을 동안 제가 바라는 모든 일이 성사되도록 하여 주시고 저의 가족들이 모두 무사하고 건강하게 지낼 수 있도록 도와주십사"라는 기도를 드린 후 하산하였다.

점심시간이 다 되어 석남사 부근의 유명한 불고기 집의 고기보다는 아내가 조리한 훨씬 맛있는 양념 불고기를 야외에서 구워 먹을 생각을 하였다. 그러나 아내는 나중에 소문난 언양 갈빗집에 가서 식구들을 먹여도 될 터인데 내가 야외에서 구워 먹을 생각을 하는 것에 대해서 약간은 못마땅하게 생각하였다. 나는 그 당시 돈을 절약하려고 한 것이 절대 아니고 아내가 절인 양념 쇠고기를 야외에서 구워 먹으면 그 맛이 훨씬 좋기 때문에 그렇게 했는데도 아내가 그렇게 생각을 하여 약간 섭섭하였다.

평소에 기발한 생각을 잘하고 장난을 잘하는 장남이 마른 풀이 불쏘시개의 기능을 제대로 하는지를 알기 위해서 마른 풀에 성냥불을 대는 순간 갑자기 돌풍이 5~6분간 불어닥쳐 하마터면 근처의 바짝 마른 풀들을 모두 태우고 바로 이웃한 몇천 평의 소나무 숲까지 덮칠 순간이 되어 나는 물론이고 우리 가족들 모두가 각자의 잠바 혹은 토파로 불을 진압하려고 어찌할 바를 모르며 우왕좌왕하는데, 갑자기 돌풍이 딱 멈추고 아까와는 반대방향으로 약한 바람이 불어 소나무 숲 전체에 화재가 날 엄청난 재난을 면하게 되었다.

하느님 덕택인지, 우리 가족 모두가 기도한 덕택인지, 조상님의 돌보심 덕택인지, 산신령님의 도움 덕택인지, 산불이 나지 않게 도와주신 모든 분에게 깊은 감사를 드리고 가끔 엉뚱한 장난끼가 있는 아들이 다시는 그런 실수를 하지 않도록 주의를 주었다.

하마터면 몇천 평의 국유림에 대형화재를 일으켜 내가 엄청난 벌

금형이나 징역형을 받았을 것이다. 그렇게 되면 내가 그토록 학수
고대하였던 미국의 대학에 객원교수로 갈 수 있는 연구년 기회도
놓쳤을 것이다. 그리고 그 당시 가장 중요한 것으로 생각한 나의
학위논문을 쓸 기회도 놓쳤을 것이고 아마도 영문학 박사 학위가
없어 고민과 자책감 속에서 재임 기간을 다 채우지 못하고 중도에
교수직을 사임하였거나 쓸쓸히 정년을 맞이하였을지도 모른다.

6. 호사다마 (2)

오랜만에 나의 사범학교 동기이며 횃불회원인 정환술 교장과 김준호 교장 등 테니스를 좋아하는 친구들이 구서여중 테니스장에 모여 테니스를 재미있게 친 후 시원한 맥주와 함께 저녁식사를 하며 나의 연구년을 위해 가게 된 도미 체류 여행을 축하해 주었다. 즐거운 운동을 한 후라 그런지 여러 잔의 맥주가 짜릿하고 시원한 맛이 좋아 계속 마셨다. 맥주를 몇 잔 마신 후라 음주 운전 단속에 걸릴까 무척 염려가 되었다.

그렇게 되면 그토록 학수고대하던 나의 미국대학 객원교수로 가게 된 계획이 수포로 돌아갈 것이므로 친구들과 목욕탕에 가서 피로도 풀고 냉수를 몇 잔 더 마시는 등 혈중 알콜도수를 낮추는 시도를 하였다. 혈중 알콜도수가 경찰의 단속에 안전하리라 확신이 설 때까지 목욕탕에서 냉수를 몇 잔 더 마시고 시간을 충분히 보낸 후 차를 몰고 집으로 왔다.

집에서 잠깐 휴식을 취한 후 도미 체류의 목적을 설명하고 인사를 드리기 위해서 사직동 모 아파트에 살고 있는 부산대 대학원 A 교수를 찾아뵙고 나서 차를 몰고 귀가 하면서, "이제 내일이면 미국행 비행기를 타고 연구년을 보내기 위해서 미국의 명문 대학인 텍사스 오스틴 대학으로 가게 되는구나. 얼마나 오랫동안 갈망하던 바람이었던가?"를 생각하며 상상의 나래를 타고 언덕 위의 오르막길을 차를 몰고 가는데 길 반대편에서 내리막길을 술에 취한 취객 두 사람이 오토바이를 타고 맹렬한 굉음을 내며 과속으로 나의 차 쪽으로 달려오고 있어서 깜짝 놀라며 충돌을 피하기 위해서 나는 나의 차를 도로의 오른쪽으로 핸들을 획 꺾었다. 그 순간 그 두 사람이 탄 오토바이가 나의 차 좌측 헤드라이트를 들이받으며 휑 날라서 도로의 가로수 둥치 밑으로 나가 떨어졌다. 그 운전자와 동승자는 의식을 잃은 듯 한참동안 꼼짝도 하지 않아 그들이 혹시 죽었거나 머리 부분에 중상인 뇌진탕을 당한 것이 아닌가 나는 무척 당황하여 공황에 빠졌다.

나는 그들의 생사 여부도 염려가 되었지만 내일 출발할 도미여행에 당장 지장이 있을 것 같아 엄청나게 걱정이 되었다. 다 된 일에 코빠진 격이 되어버리지 않을까 하는 불안감도 컸다. 더욱이 가로수는 수양버들나무였기 때문에 많은 가느다란 나무줄기들이 달빛에 비쳐 만들어진 그늘들은 마치 많은 피가 머리에서 흘러내리고 있는 가느다란 핏줄처럼 보였다. 머리에서 저렇게 피가 흘러내리고 있으니 그들이 뇌진탕을 입은 것 같다는 생각을 하게 되면서 그 당시 나의 염려와 불안은 극도에 달하였다.

나는 차를 그대로 사고현장에 두고 그 근처의 파출소에 달려가서 방금 일어난 교통사고의 경위를 설명하고 교통경찰의 입회조사를 의뢰하였다. 파출소 안은 난로의 열로 매우 더웠고 목욕을 한 후의 나의 얼굴은 더욱 붉어져 있어서 금방이라도 교통경찰이 혈중 알콜도수를 측정하면 음주운전으로 걸려들 것 같아 조마조마 하였다. 5분 후에는 오토바이 운전자와 동승자의 전남 지역 가족과 친척들 30여 명이 왁자지껄 떠들며 벌떼같이 모여들고 교통경찰관도 도착하였다. 그 가족들은 나의 얼굴색을 보고 내가 틀림없이 음주운전을 한 것으로 생각한 것 같았다. 그들은 한 마리의 큰 봉을 잡은 것 같이 생각하는 것 같았다.

그러나 교통사고에 대한 나의 설명을 듣고 경찰이 나의 혈중 알콜도수를 측정하고 아무런 이상이 없다고 선언하고 나니 그렇게 왁자지껄하던 그들의 소리는 그만 잠잠해졌다. 놀랍게도 그 시점에서 나의 혈중 알콜도수는 교통법규상 전혀 문제가 되지 않을 정도로 낮아져 천지신명과 조상님께 감사를 드렸다.

그 오토바이 사고자의 가족들은 나의 혈중 알콜도수가 자기들 예상보다 낮았음인지 사고에 대한 보상의 가능성이 없자 실망의 빛을 보이며 그 교통경찰관에게 나의 혈중 알콜 측정치를 의심하여 재측정을 요구하기도 하였다. 그 교통경찰관은 다시 나의 혈중 알콜도수를 다시 측정하여 그들에게 보여주었다. 그 경관은 그날 오토바이 운전자의 과실을 59%로, 나의 과실은 41%로 판정하고 그 사고를 마무리 지었다.

만약 내가 맥주와 저녁을 즐긴 후 목욕탕에서 찬물을 여러 잔 계속 마시고 혈중 알콜도수가 충분히 낮아지도록 사우나실을 드나들며 땀을 빼는 노력을 하지 아니했더라면 그토록 학수고대하던 연구년을 보내기 위한 그 다음 날의 도미여행은 수포로 돌아 갔을 것이다. 큰일을 시작할 때마다 호사다마를 늘 의식하며 살아야 하겠다는 것을 재차 다짐하였다.

7. 절망적인 순간,
어머님의 직감력

    42살의 늦은 나이에 시작한 영어영문학 박사과정 전 과정을 3년 만에 수료하고 영어학과 영문학에 관련된 과목들의 최종 대학원 박사과정 수료시험을 통과하였다. 사범학교나 대학에서 한번도 배워보지 못한 제2외국어인 불어와 독어를 독학으로 공부하였다가 입학시험은 독어시험을, 졸업시험은 불어시험을 쳐서 합격하는 등 모든 학위과정 과목들의 수료 자격시험을 통과하였다. 그 순간의 기분은 마치 박사학위를 거의 취득한 기분이었고 오랫동안 갇힌 새장에서 탈출하여 푸른 하늘을 시원스럽게 날아가는 새처럼 마음과 몸이 홀가분하였다.

    대학원 박사과정에 등록한 시점부터 수료한 시점까지 3년 동안 박사학위논문을 구상하려고 많은 노력을 하였으나 마음에 드는 논문의 구상이나 윤곽이 잡히지 않아 무척이나 안타까웠다. 논문의 방향이나 구상에 대한 자문도 해줄 사람이 없어서 달이 가고 해가 갈수록 불안과 조바심이 더해 갔다.

    논문자료를 구하고 논문을 구상할 수 있는 연구년을 보낼 수 있는 기회를 학교에 요청하기에는 학교 사정이 어려운 상태였다. 의예과장과 학생처장 직무대리라는 보직을 맡아 그 직무를 성공적으로 해내는 등 2년간의 힘들고 끈질긴 노력 끝에 간신히 연구년 기회를 얻어 도서관에 논문자료와 논문연구 자료가 많기로 유명한 오스틴 소재 텍사스주립대학교로 간 것이 1989년 2월 초순이었다.

그때부터 그해 4월 중순까지 하루도 쉬지 않고 그 대학 도서관에 비치된 내가 쓰려고 하는 많은 논문과 관련된 학위논문 자료들을 읽고 검토하였으나 논문작성에 참고가 되거나 도움이 되는 자료를 제대로 찾지 못해 실망하였고 점점 초조해졌다. 실망을 하게 되니 마음이 더욱 조급해져 나중에는 논문작성을 포기하고 귀국할 생각까지 두서너 번 하였으나 여태까지의 쏟아부은 나의 노력과 쌓아 놓은 공을 생각해 보니 도저히 논문을 포기할 수도 없었다. 논문을 포기하고 귀국한다면 나의 꼼꼼한 성격과 자존심 때문에 남은 인생을 살아갈 수가 없을 것 같았다.

논문연구를 포기할까 하는 생각이 날 때마다 다시 용기를 내어 포기하지 않고 최선을 다했더니 하늘이 나를 도운 것인지 4월 중순부터 참고가 되는 논문자료들을 찾을 수 있었다. 다시 힘을 내어 논문작성에 불철주야 전심전력을 다하였더니 내가 바라던 학위논문의 큰 틀의 윤곽이 잡히기 시작하였다.

그때는 나도 놀랄 정도로 말보로 담배를 많이 피웠다. 맛있게 피우던 담배가 떨어지면 새벽 1시, 2시를 개의치 않고 흑인 노상강도가 곳곳에 있을 수 있는 흑인 빈민가 도로를 20분 정도 자전거를 타고 가서 철야-편의점에서 말보로 담배를 여섯 갑을 사 오곤 하였다. 그때는 혈관에 쌓일 니꼬틴이 염려되었지만 담배를 피워야만 신경이 안정되어 논문을 구상하고 정리할 수 있었기 때문에 어쩔수 없었다. 담배를 너무 많이 피우게 되니 잠이 오지 않아 그날 밤은 뜬 눈으로 보내게 되니 이른 아침에 밝게 비치는 햇빛이 전혀 반갑지 않았다. 그 다음 날 낮에 도서관에서 책을 읽고 자료를 찾으면 눈이 따갑고 두통도 생겨 책을 읽기도 자료를 찾기도 힘들어 엄청난 마음고생을 겪기 때문이었다.

중고등학교 교사로 재직하면서 내가 좋아하는 취미생활을 하고 영어를 즐겁게 기르치고 있으면 편안했을 터인데, 뭐 한다고 대학의 전임 교수를 택하여 박사학위를 획득하느라 이런 생고생을 하고 있나? 무척이나 후회하였고 명예욕에 들뜬 나 자신이 원망스럽기까지 하였다.

많은 고생과 시행착오를 겪은 후 텍사스주립대학 도서관과 기숙사에서 논문의 큰 틀을 엮었다. 이를 토대로 수집된 자료들을 다시 최종 정리하여 작성한 심사용 학위 논문을 부산대학교 대학원에 1989년 12월 초까지 제출하였다. 심사용 학위논문을 제출하고 나니 10년 묵은 체증을 드디어 해결한 것 같은 기분이 들어 통쾌하였다. 하지만 그동안에 쌓였던 피로가 한꺼번에 엄습하였는지 나의 몸에서 느껴지는 피로의 열기가 나를 더 피로하게 하였고 아스피린을 복용하고 휴식을 하여도 피로의 열기는 전혀 가시지 않았다.

나는 콩코드 차를 타고 드라이브를 하면서 기분전환을 하는 것이 좋지 않을까 하는 생각을 하였다. 차를 몰고 신나게 약 1시간 반 동안 부산-경주 간 고속도로를 달렸다. 시원한 바람이 열어놓은 왼쪽 차창을 통해서 나의 왼쪽 뺨을 스칠수록 상쾌해지는 기분을 느꼈고 그동안 쌓인 피로도, 열기도 창밖으로 씻겨 나가는 듯하였다. 그 다음 날 일어나니 입 모양과 입의 동작이 영 부자연스러웠다. 나중에 알았지만 그것은 와사풍에 걸린 증상인데 어리석게도 그걸 알지 못하고 5~6일을 그냥 지냈던 것이다.

저녁 식사를 한 후 나의 아내가 아무리 보아도 나의 입 모양이나 말씨가 이상하다며 늦은 밤이지만 집에서 가까운 진주한의원에 가보자고 하였다. 한의사는 간단한 침을 놓아주며 제일 좋은 청심환을 사서 먹으면 많이 좋아질 것이라는 처방책을 알려주고는 나의 병을 심각하게 생각하지 않은 듯하였다. 그래서 나도 그 병이 그렇게 심각하다고는 생각하지 않았다. 나는 며칠 동안 매일 온천욕을 하고 얼굴 마사지를 열심히 하면 낫겠지 하며 조금 안이하게 생각했다.

내가 재직하는 대학교 의과대학의 신경외과 교수이며 사범학교 선배인 S 박사는 한의원 침을 맞는 것을 극구 반대하고 얼굴 마사지 치료를 하라며 물리치료실장에게 직접 전화를 해주었다. 2주일이 지나도 전혀 차도가 없어 차츰 당황해지고 두려워지기 시작하였다. 내가 재직하고 있는 대학의 병원 총무부장인 L씨가 "이 교수님, 그 병은 마사지와 같은 그런 처방으로는 결코 낫지 않을 것입니다. 유명한 한의사를 찾아 침술치료를 하셔야 할 것입니다"라는 고마운 충고를 해주셨다.

친지의 소개를 받아 찾아간 영주동의 Y 한의사는 일주일간 침 치료를 해주었으나 전혀 차도가 없어 나는 실망을 넘어 절망 상태에 빠지게 되었다. 이제부터 평생을 비정상적인 얼굴 모습으로는 교직 생활을 할 수도 없다는 생각을 하니 정말 미칠 것 같았고 도저히 살아갈 수 없을 것 같았다.

엄청난 걱정을 하시던 어머님께서 여기저기 수소문하여 알아낸 한의원이 부산대 정문 근처에 소재한 광동한의원이었다. 내가 그 한의원에 갔더니 의사는 "치료 기간이 많이 경과하여 치료가 잘 될는지 모르겠지만" 하면서도 "최선을 다해 봅시다"라고 하면서 큰 침을 안면에 대여섯 군데 찔렀다. 그런데 신기하게도 바로 그 자리에서 큰 차도를 느꼈다. 깜깜한 긴 터널에서 헤매다가 저 멀리에서 희망의 빛을 발견한 듯한 느낌이었다. 그 순간 어둔하였던 입술의 움직임이 보다 원활해지고 말씨도 한층 더 명료해졌다. 내가 절망에 빠져 허우적거리고 있는 찰나에 어머님의 거룩한 모성애와 그 한의사의 침술이 나를 구원해주신 것이니 나는 그것을 하늘의 뜻이라고 느꼈다.

그 한의원에서 3일 동안 침 치료를 받은 후부터 부산대 대학원 박사학위논문 심사위원들의 나의 학위논문에 대한 많은 질문을 제대로 답할 수 있어서 논문의 심사를 정상적으로 받을 수 있었다. 그 한의사의 신묘한 침술 치료로 나의 입술이 제대로 움직일 수 있었기 때문에 심사위원들의 답하기 어려운 질문에 제대로 답변을 할 수 있었다.

그 순간은 하늘이 나를 도운 것같이 생각되었다. 하늘이 7년이라는 긴 세월 동안 내가 쏟아부었던 엄청난 노력에 대한 보상을 해주는 것 같았다. 다음 해인 1990년 2월 20일에 대학원 학위수여식에서 영문학 박사학위증을 수여받았다. 다섯 명의 심사위원들 전원이 인준한 영문학 박사학위였다. 그 순간은 그토록 긴 세월 동안에 쏟은 나의 노력에 대한 인정을 받는 순간이어서 그야말로 참으로 감개무량하였다. 특히 영어영문학과 안동환 교수님의 지도와 격려 말씀이 고마웠다.

만약 내가 심사용 학위논문을 부산대학교 대학원에 1989년 12월 초까지 제출하고, 해묵은 숙제를 해결한 것 같은 기분에 내가 차를 몰아 차창문을 열어둔 채로 시원하게 느껴지는 찬 공기를 쐬며 고속도로 드라이브를 하지 않았더라면, 그 무서운 와사풍에 시달리지 않았을 것이고 그 절망의 나락으로 빠져 자포자기할 뻔한 그 끔찍한 고생도 하지 않았을 것이다.

제
5
부

1. 토론토대학 언어학과장의
   반가운 회신

　내가 재직하는 대학의 교수들은 정년까지 학교로부터 허용되는 안식년(연구년)이 대체로 평균 3번(3년)인데, 나는 학교에서 임명하는 주요한 보직을 계속 맡게 되고 또 학교의 교내사정을 고려하여 기회가 몇 번 있었으나 계속 양보만 하다가 보니 정년을 2년 앞둔 시점까지 내가 받은 안식년은 한 번밖에 되지 않았다. 그래서 정년을 2년 앞두고 권위 있는 학술학회지에 논문 2편을 싣기로 약속하고 6개월 기간의 안식년을 신청하였다.

　안식년 동안 권위 있는 학술학회지에 실을 논문 2편을 완성해야 하니 그것이 그렇게 쉬운 과제가 아니지만 나의 연구 역량을 총동원하면 가능하리라 생각하였다. 이번에는 아내도 함께 동행을 하니 생활에 여유도 있을 것 같아 그런 생각을 하게 되었다.

　그런데 연구년을 보낼 영미권 대학들 중에서 미국의 대학들은 초청 비자를 받기가 아주 어려웠다. 내가 쓸 논문의 주제에 관한 자료가 자기 대학에 없다는 이유를 대며 정중하게 거부하기도 하고, 또 그런 주제에 관해서 내가 도움을 받을 수 있거나 논의할 교수가 자기 대학에 없다는 등 여러 가지 적당한 이유를 대기도 하였다.

그래서 평소 가고 싶었던 캐나다의 명문대학 언어학과장에게 초청비자를 보내줄 것을 의뢰하는 서신을 정성껏 써서 우송하였다. 그랬더니 캐나다의 수도인 오타와 소재 오타와대학교에서 나의 방문을 환영한다는 서신을 즉시에 보내왔다. 단 겨울에는 그 지역의 기온이 영하 42도까지 강하하니 그 점을 꼭 유의하기 바란다는 무서운 단서가 붙었다. 추위를 몹시 두려워하는 나는 그 대학을 포기하고 캐나다에서 제일 큰 국립대학인 토론토대학교의 언어학과장에게 서신을 보냈더니 즉시 반가운 회신이 왔다. 대학 사정상 연구실은 제공할 수 없는데, 괜찮다면 초청 비자를 즉시 보내겠다는 소식이이메일로 왔다. 나는 즉시 이메일로 감사하다는 인사말을 전송하고 그날부터 필요한 것을 아내와 함께 점검하고 준비하여 출국 준비를 열심히 하였다. 토론토대학 학과장에게 보내는 이메일에는 나의 이름의 철자가 Jung Soo Li로 되어 있고 나의 여권에는 Jung Soo Lee로 되어 있어 토론토 공항에서 입국 서류심사 때 입국 거부를 당할까봐 출국 전 일주일 동안 무척 많은 고심을 하였다(입국심사 때 캐나다 입국심사관이 나의 이메일과 여권에 적힌 이름을 대조하면 이의를 걸어올 수 있기 때문에). 그동안 입국심사 때 이름을 대조하는 절차 때문에 초조한 나머지 줄담배를 피워 위와 기관지가 따갑게 느껴졌고 위와 기관지의 건강이 심히 염려되었다. 아마도 위와 기관지에 이상이 생긴 것 같기도 하여 걱정과 불안을 느껴

출국을 하는 그날부터 완전히 금연을 하기로 결심하였다. 김해 공항에서 오전 7시에 JAL기를 타기 위해서 공항에 일찍이 도착하였다. 도착하니 두 아들 내외와 처남 내외들이 전송하기 위해 나와 있었다. 나의 둘째 처남이 담배를 선물로 사왔다. 나는 처남에게 "이 기회에 내가 금연하고자 하니 나의 결심을 잘 이해하고 이 담배를 처남이 가져가면 정말 고맙겠다" 하면서 그 담배를 처남에게 주었다. 그것이 24살 때부터 약 40년간 피워왔던 담배를 금연하는 첫 번째 계기가 되었다. 캐나다에 체류하고 있을 때에 흡연의 욕구가 생기면 그 유혹을 뿌리치기 위해서 그때마다 캐나다의 박하 맛이 나는 껌을 계속 씹어 흡연의 유혹에서 겨우 벗어나곤 하였다. 고맙게도 우리 대학의 사회체육학과에 재직 중인 고재식 교수가 우리들을 전송하기 위해서 공항에 나오신 것이다. 고재식 교수님의 막내 처제와 동서가 토론토에 터전을 잡고 살고 있으니 내가 토론토에 가게 되면 여러모로 도움이 될 것이라며 미리 처제와 동서에게 부탁을 해 놓은 상태였다. 출국 두 달 전부터 엄청 고맙게 생각하였는데 공항까지 직접 나오셨으니 뭐라고 표현할지 모를 정도로 고마웠다. 김해공항에서 출발하는 JAL기는 일본 나리타 공항, 알래스카 앵커리지 공항, LA 공항, 시카고 공항을 경유, 디트로이트 공항에 기착한 후 이 공항에서 캐나다 비행기로 토론토로 향하였다. 미국의 공항에서는 개인화물과 소지품에 대한 검색이 너무 엄격하여 많은 불편을 겪기도 하였으나 캐나다에서는 그런 큰 불편이 없었다.

다만 캐나다행 여객기에는 중국인 승객들이 많이 승선하였다. 공중도덕심과 타인에 대한 배려나 매너가 부족한 그들 때문에 기내가 계속 소란해져 비행기 여행의 분위기가 썩 좋지 않은 것이 유감스러웠다. 공중도덕에 대한 중국인의 평판이 좋지 않은 것은 내가 여행을 하였던 세계 어디서나 있었다. 나중에 경험하였지만 중국인들의 오만불손한 행동은 도서관 열람실에서도, 대학 행정실에 근무하는 일부 중국인들의 불친절한 매너에서도 볼 수 있었다. 서양인들에게 심한 인종차별의 쓰라림을 백여 년 동안 계속 당해서 그런지 앙갚음을 하려고 그러는지 그들은 특히 같은 동양인들에게는 무례하고 불손하여 심한 혐오감마저 느꼈다.

2. 교민들과 즐거웠던
  토론토 생활

2004년 이른 봄의 차가운 밤공기가 감도는 캐나다의 토론토 공항에 도착한 시간은 그곳 시간으로 밤 9시경이었다. 이 차가운 밤중에 만약 나의 대학에 재직 중이신 사회체육과 고재식 교수의 처제님과 동서인 최 사장님이 마중을 나오지 않으면 이 낯선 곳에서 우리 부부는 어디서 어떻게 밤을 보내게 될까 생각하니 갑자기 불안해지기 시작하였다. 그러나 그것은 부질없는 걱정이고 불안감이었다. 9시 30분경 공항청사 출구로 나오니 고 교수님의 처제와 동서인 최 사장님이 그 밤중에 우리를 반갑게 맞이하였다. 얼마나 반가웠던지 그 만남의 순간은 지금도 눈에 선하다.

비행기 안에서 기내식으로 저녁 식사를 한 후라서 시장하지 않은데 최 사장님 부부는 근처 한인 식당으로 우리 내외를 인도하였다. 매콤한 한국식 해장국 맛을 보여주기를 원했던 것이리라. 그 해장국으로 저녁 요기를 한 후 최 사장이 운영하는 슈퍼마켓을 구경하였다. 그 슈퍼마켓은 생각보다 큰 규모는 아니었지만 매출 규모가 생각보다 컸는데 그것은 주로 유색인종과 흑인들이 구매하는 담배 판매 수익이 상상 외로 크기 때문이라고 하였다. 여기서는 건강에 백해무익하고 담뱃값이 매우 비싸서 백인들은 거의 피우지 않고 스트레스가 많은 유색인종과 흑인들이 많이 피운다고 하였다. 밤에는 이 흑인들이 담배를 사러 왔다가 종종 강도로 변모할 수도 있어 슈퍼마켓 주인은 밤에는 안전요원을 두기도 하면서 각별히 경계 태세를 갖추고 있어야 한다고 하였다.

최 사장의 저택으로 가서 그날 밤을 한국과 캐나다에 관한 이런저런 궁금한 소식과 이야기를 주고받은 후 잠자리에 누웠으나 오랜 비행을 하였기 때문에 피로한데도 잠자리가 바뀌어서 그런지 시차 때문인지 깊은 잠은 오지 않았지만 편히 쉬었다.

아침 식사는 한식이 아니고 의외로 토스트, 햄소시지, 우유, 커피, 양배추, 과일 등 양식으로 하는 것이었다. 그 주택은 캐나다 백인들에게 팔 예정이기 때문에 한식은 요리해 먹지 않는다고 하였다. 그렇게 하면 실내 구석 여기저기에 특이한 한국 음식 냄새인 마늘, 고추장, 된장국, 청국장, 김치 냄새가 배어 가옥의 상품가치가 떨어진다는 것이었다. 호주 등 다른 나라뿐만 아니라 캐나다에서도 가장 큰 재테크 방법의 하나로 가옥을 잘 수리하고 보완과 장식을 잘해서 판매하는 것이라고 하였다. 그 후 그곳에 체류할 동안, 친절하고 자상한 최 사장 부부의 안내를 받아 여기저기 토론토의 여러 유명한 랜드마크를 방문하기도 하고 진기하고 푸짐한 중화식 요리도 자주 대접을 받기도 하였다. 궁금한 것이 있으면 두 분께 자주 문의하여 어려움을 해결하는 데 큰 도움이 되어 그때마다 최 사장 부부와 멀리 한국에 있는 고재식 교수 부부에게 감사의 정을 깊이 느꼈다.

가도 가도 산 하나 언덕 하나 보이지 않고 지평선만 보이는 대평원의 나라 캐나다가 자유롭고 풍요로운 나라처럼 보였으나 이민자들에게는 낯설고 물설은 이국 땅에서의 삶이어서 늘 불안하고 긴장의 끈을 놓지 말아야 할 것같이 보였다. 그러니 재테크도 잘하고 슈퍼마켓 운영을 잘하여 풍요롭고 아기자기하게 잘 사는 최 사장 내외를 보니 그분들이 가상하게 느껴졌고 우리 내외의 마음을 아주 푸근하게 하였다.

그 다음 날 토론토대학교 언어학과장에게 입국방문 인사를 하러 토론토대학교에 갔다. 편리한 전철을 타고 세인트 조지역에 하차하여 그 대학에 도착하였다. 캠퍼스와 건물의 규모가 나의 상상을 초월할 정도로 크고 웅장하였다. 교내에 게시된 안내판을 보고 언어학과를 방문하였다.

언어학과장인 마쌈 교수의 인상은 부드럽고 훈훈한 미인 교수였다. 내가 머무는 기간 동안 수행할 논문 개요를 대략 설명하였더니 잘되기를 바란다는 뜻에서 "Good luck wlth you"라고 하였다. 학과 도서실이나 학교 도서관을 자유자재로 이용할 수 있으니 많이 이용하고 학과의 학술 세미나가 열리면 참석하고 자문이 필요하면 언제든지 오라고 하였다.

언어학과라는 하나의 학과의 공간적 규모가 한국 대학 언어학과의 20배 이상 되는 것 같았다. 학과 도서실과 서가도 우리나라의 대학교 학부도서실보다 컸다. 한 주일에 1~2번은 학과 도서실이나 학교 도서관을 이용하고 다른 요일은 North York 시립도서관과 시내 Bloor에 있는 시립도서관을 이용하고 논문 자료를 정리하고 논문을 썼다. 이들 시립도서관들은 시설과 소장된 도서나 자료들이 대학도서관에 손색이 없을 정도로 잘 갖추어져 있어 몹시 부러울 정도였다.

오후 4시경 아내와 나는 도서관 근처에 있는 헬스클럽인 피지컬 익스트림-스포츠센터에서 체력 증진과 건강 유지를 위해 런닝과 웨이트 트레이닝을 하였다. 그것을 마친 후 아내와 나는 그곳의 멋진 풀장에서 수영을 하고 수영장 옆에 위치한 근사한 사우나탕에서 온몸의 근육과 심신의 피로를 말끔하게 풀었다. 녹색의 가로수가 아름답게 늘어서 있는 조용한 길을 따라 맑고 상쾌한 공기를 마시며 집으로 걸어서 돌아오는 날이 많았지만 한 번도 피로를 느끼지 않았다. 지상의 천국이 따로 없는 것같이 느껴졌다. 나는 오랜만에 아내에게 생활의 여유와 안식을 준 것 같아 기뻤다. 매일 나와 아내가 이런 규칙적인 생활을 실천하니 두 사람의 건강이 아주 눈에 띌 정도로 좋아져 아무리 생각해도 미국 대학에서가 아니라 캐나다 토론토대학에서 연구년을 보내기로 결정한 것이 참 잘한 것으로 느껴졌다. 주로 일요일에는 내가 열두 명의 테니스 동호인 교포들과 테니스게임을 즐기고 맥주를 마시며 더욱 친숙한 관계를 유지하며 친목을 도모하였다. 아내는 테니스 기술 수준이 초보라서 같이 합류하지 못하고 주로 우리들의 경기를 구경하는 것으로 만족하였다. 테니스 동호인들은 모두가 한국인이라는 데 긍지를 지니고 단합도 아주 잘 되어 늘 화기애애한 분위기 속에서 경기를 즐기곤 하였다.

테니스 동호인 중에는 자영업 사장인 유영재란 분이 계셨는데, 유 사장님은 포항제철과 광양제철에서 근무하다가 캐나다 이민 붐을 타고 토론토에 온 분으로 내가 거주하는 주택 근처에 살았는데 토요일에는 오전에 열심히 자기 사업장에서 자영업을 하고 오후에는 자동차로 캐나다의 이곳저곳 랜드마크가 될 만한 명승지를 자가용 드라이브도 하며 즐기곤 하였는데 고맙게도 그때마다 우리 부부를 자기 차에 태워 함께 드라이빙과 트래킹의 재미를 함께하였다. 저녁 늦게 집 근처에 오게 되면 한식 식당인 '토담집'에 가서 각자가 좋아하는 한식 메뉴를 주문하여 즐겁게 식사를 하였다.

내가 거동이 자유로울 만큼 건강해지면 그분의 가족들을 초빙하여 그때의 호의와 은혜를 갚고 싶지만 나이도 그렇고 건강도 여의치 못하여 그렇게 할 수 없으니 그저 안타까울 뿐이다.

3. 토론토 교포 테니스대회에서의 우승과 해프닝

캐나다에 있는 교포들은 사회복지체육시설이 잘 갖추어진 스포츠파크에서 테니스, 배드민턴, 탁구, 농구, 게이트볼을 즐기며 이민자들끼리 친목을 도모하며 이민의 고달픔도 달래며 즐겁게 지내고 있었다.

나는 그때까지만 하여도 테니스 운동에 매료되어 주말에는 만사를 제쳐놓고 테니스를 쳤다. 12명의 교포 테니스 동호인들은 화합이 잘 되어 테니스 게임을 한 후 맥주잔을 주고받고 환담을 나누는 즐거운 시간을 가졌기에 캐나다에서 보낸 날들이 늘 즐겁고 행복하기만 하였다.

테니스 동호인 교포로 교회의 집사인 김영재란 분이 있었는데 테니스 기량이 뛰어나고 기독교인으로서 타인을 이해하고 사랑하는 마음이 깊고 넓어 자주 만나 주말은 물론 주중에도 테니스를 함께 즐겼던 정말 잊을 수 없는 멋진 분이었다.

김 집사는 주중에라도 테니스를 치고 싶을 때에는 언제라도 내가 책을 읽고 있는 도서관 열람실까지 찾아와 "책은 그만 읽고 테니스를 칩시다"라고 할 정도로 열성적인 테니스 광이었다. 그분은 과거 대학시절에는 전국 기독교학생회장도 역임할 정도로 활동력과 포용력이 뛰어났던 분이셨다. 부인과 이혼을 하고 아들과 함께 살고 있었다. 나는 김 집사와 자주 만나 나의 테니스 기술을 더 보완하고 연마하였다.

내가 이분과 함께 테니스 복식조를 이루어 '캐나다 오픈 교포 테니스대회'에 참가하여 우승을 한 적이 있었다. 이 대회에는 가까이에 있는 다른 도시에 거주하는 캐나다 교포 테니스동호인들 다수도 참가하였다. 김 집사와 나는 60대 선수로 출전하였는데 60대 노인층 선수가 많지 않아 30대 이상 여성 선수들과 함께 복식조에 편성되었다. 여성 선수는 여성 선수 혹은 젊은 남자 선수를 파트너로 할 수 있었다.

10개 팀이 A조와 B조로 나뉘어 리그전을 먼저 치루고 거기서 4강으로 결정된 4팀이 겨루는 토너먼트전에 출전하여 우승을 가리는 방식의 게임이었다. 30대 여성 선수들 중에는 이 대회에서 2년 동안 계속 우승을 해온 G라는 선수가 있었는데, 그 여성 선수는 젊은 남자테니스 선수 파트너와 출전하여 올해도 자기들이 우승할수 있을 것으로 보고 있었다. 대회 진행자 측은 G선수 조가 우승을 하기에 유리하게 대진표도 만들어 놓았다. G는 이 대회를 주최한 이 도시의 H일보 토론토 지부장의 부인으로서 학생시절에 테니스 선수였다고 하였다. 테니스를 치고 있는 것을 보니 선수 출신답게 드라이브, 슬라이스, 스매싱, 발리를 치는 기량 등이 아주 능숙해 보였다. 그 선수의 파트너인 남자 선수는 40대로 그의 드라이브, 슬라이스, 스매싱, 발리 기술이 능숙해 보였다. 모든 팀이 그 혼성팀이 거의 확실히 우승할 것이라는 예상을 하고 있었다.

10개 팀이 A, B 두 그룹으로 나누어 리그전을 치루어 A조와 B조의 1, 2위팀을 정한 후 이 4강팀이 다시 크로스 토너먼트 경기를 하도록 하였다. 김 집사와 나는 오전과 오후에 각각 2게임씩 모두 4게임을 하였는데 4전 4승을 하였다.

오후에 우리 팀은 A조 1위로 진출하여 B조 2위와 붙은 준결승전을 이긴 후, 오후 5시쯤 대망의 결승전에서 G선수 팀을 6:3으로 격파하여 우승컵을 차지하였다. 우리 팀은 60대 노인 선수라 오전부터 리그전 게임을 하고 나면 체력이 바닥나 오후 토너먼트 경기를 하기가 어렵게 되도록 대진표를 주최 측이 그렇게 짰으나 우리 둘은 나이의 핸디캡을 극복하고 이겨 나갔던 것이다.

그날 시합에 참가한 모든 선수들은 우리 두 사람의 체력과 기량에 많은 칭찬의 박수를 보내왔다. 시상식이 끝난 후 그날의 우승을 축하하는 의미에서 김 집사와 그의 아들, 나의 아내와 나는 차이나 레스토랑에서 축하의 건배를 나누고 푸짐한 식사를 함께하였다.

지극히 불미스러운 것은 그 다음 날에 배포된 H신문의 스포츠 기사란에 우승은 G여성 혼성팀이 한 것으로 크게 보도하였던 것이다. 세상에 그런 엉터리 보도가 어엿한 H신문에 보도되다니 기가 찬 일이다. 그 다음 날 김 집사와 나는 그 대회를 주최한 신문사로 찾아가 이 기사의 고의적 오보를 강력하게 비난하고 기사의 정정을 요구하였다. 그 다음 날 정정보도가 나왔으나 독자들이 잘 볼 수 없는 신문의 코너에 정정기사를 실었기에 더 불쾌하였고 한국 언론인들이 그런 치사한 짓을 하고 있다는 사실 때문에 그 찝찝한 기분은 오랫동안 사라지지 않았다.

4. 캐나다 국립공원에서의
   캠핑

 나는 가끔 대학도서관에 갔지만, 나의 아내와 함께 거의 매일 집에서 가까운 토론토의 노스요크(North York) 시립도서관이나 번화가에 있는 블로와 시립도서관에 갔다. 나는 논문자료를 찾거나 정리하고 나의 처는 자신이 관심이 있는 우리 글 도서들을 찾아 읽으며 시간을 보내는 날이 많았다. 점심시간에는 집에서 준비해 간 도시락을 야외 벤치에서 먹거나 종종 햄버거나 근처 피자가게에서 피자를 사서 먹기도 하였다.

 그 도서관에는 거의 하루도 빠짐없이 출석하여 주로 켈트족과 스코틀랜드 역사를 공부하고 책을 집필하고 있는 분이 계셨는데 그분은 캐나다 교포이신 박○호 씨였다. 그분과는 한 달 전에 우리들이 미국 동부 5개 도시를 관광하는 관광버스 안에서 각자가 자기소개를 하면서 알게 되었다. 그 후부터 자주 도서관 열람실에서 매일 대면하면서 아주 가까이 사귀게 되었다.

 그분은 서울대 수학과 출신의 재원으로 리비아의 카다피가 야심적으로 시작한 리비아 대수로 공사를 하는 동아건설회사의 경리 부장으로서 10년 동안 런던에서 근무한 후 은퇴한 뒤에 답답한 한국을 벗어나고 싶어 캐나다 이민 붐을 타고 보다 자유로운 캐나다로 이주하였다. 그러나 캐나다의 이민생활이 애초의 기대에 미치지 못하다고 하였다. 다시 고국으로 돌아갈 수도 없어 그냥 한가하고 무료하게 지낸다고 하면서 후회하는 듯하였다. 그래서 심심풀이로 도서관에서 스코틀랜드의 주민인 켈트족에 관한 책을 집필할 자료를 찾고 정리하는 데 집중하면서 나하고는 종종 커피를 마시며 이런저런 고국과 이민생활의 애환에 관한 이야기를 자주 나누는 사이가 되었고 정말 마음에 드는 분이었다.

그는 건강을 위하여 또 당뇨병 예방을 위하여 다이어트를 한다고 점심을 먹지 않고 점심시간엔 커피만 마셨다. 동아건설회사에서 받은 퇴직금을 은행에 맡기고 주로 그 이자로 생활을 한다고 하였다.

어느 날 박 국장은 커피 라운지에서 나와 함께 커피를 마시다가 '우리 두 집 내외가 함께 대략 1,200km나 떨어진 Bear Killer Camping Park에 가서 2박 3일의 캠핑을 할 마음이 있는지'를 나에게 타진해 왔다. 그 제안이 주중에 늘 도서관과 체육관에서 일률적인 시간을 보내던 우리 부부에게 그렇게 반가울 수가 없었다. 말로만 듣던 캐나다의 광대무변한 대평원과 바다같이 망망한 호수 너머에 있는 Bear Killer Camping Park의 자연림 캠핑장에서 캠핑하면서 아름답고 뜻있는 추억을 남기고 싶었다.

아내는 자신의 솜씨를 발휘하여 이미 이웃 교포들 몇 분에게 맛있기로 소문난 김밥과 통닭을 정성껏 준비하였다. 여행하면서 잠깐 휴식하는 도중 휴게소에서 박 부장은 김밥과 통닭이 너무 맛이 좋다며 과식하는 바람에 배탈이 나기도 하였다. 다행히 아내가 이를 예상이라도 한 듯 약효가 좋은 소화제를 미리 준비해놓았기 때문에 그 후는 큰 문제가 없었다. 박 부장의 부인이 영어도 잘 할뿐만 아니라 운전 기술도 뛰어나 몸소 운전하여 우리들이 안전하고 편안하게 여행을 즐기도록 해주었다. 가는 도중 바다처럼 망망한 호수를 건너야 할 때에는 대형 페리보트에 차를 실었다.

신문이나 책에서만 보아왔던 그 캠핑공원에는 수도시설과 음식을 잘 만들어 먹을 수 있는 모든 시설이 완벽하게 갖추어져 있어서 우리들의 캠핑 생활에 전혀 불편이 없었다. 주말이라 많은 캐나다인 가족들이 모여 아름답고 경쾌한 음악을 들으며 캠핑을 즐기고 있었다.

우리는 밤에 캠핑 모닥불을 훤하게 피워 놓고 카세트에서 아름답게 울려 나오는 캠핑송을 들으며 서로가 좋아하는 술과 숯불갈비 안주를 즐겼다. 그날 밤에 들었던 가장 경쾌하고 아름다운 캠핑송 중에는 박 부장의 부인이 선창하며 모두가 따라 여러 번 불렀던 '조개껍질 묶어'와 '모닥불'이 있었다. '모닥불'과 '조개껍질 묶어'의 가사와 멜로디는 언제 들어도 불러도 아름답고 즐거운 노래인지라 지금도 귀에 생생하다. 그 노래들의 가사는 대략 다음과 같다. '모닥불 피워놓고 마주 앉아서/우리들의 이야기는 끝이 없어라/인생은 연기 속에 재를 남기고/말없이 사라지는 모닥불 같은 것 / 타다가 꺼지는 그 순간까지 / 우리들의 이야기는 끝이 없어라', '조개껍질 묶어 그녀의 목에 걸고 / 물가에 마주앉아 밤새 속삭이네 / 저 멀리 달그림자 시원한 파도소리 / 여름밤은 깊어만 가고 잠은 오질 않네 / 랄라랄라라라 랄라라라라라 / 아침이 늦어져서 모두가 배고파도 / 모두가 웃으면서 식사를 기다리네 / 반찬은 한두 가지 / 집 생각 나지만 시큼한 김치만 있어줘도 내게는 진수성찬 / 랄라랄라라라 랄라라라라라' 그때를 생각하며 우리 부부는 요즈음도 가끔 피아노 반주에 맞추어 그 노래들을 함께 부른다. 나는 나의 애창곡인 'Oh Danny boy'를 영어로 불러 즐겁고 아름다운 캠핑 분위기를 이어나갔다.

그동안 이야기하지 못한 2002년 한일 월드컵에서 한국 축구팀이 선전한 이야기, 한국민의 거국적인 응원 열기, 국내의 정치와 부동산 투자 붐 이야기, 이민생활 중 박 부장 내외분이 유색인종으로서 겪은 여러 가지 어려운 고비와 애로 등을 주제로 이야기꽃을 피우며 추억에 길이 남는 시간을 가졌다.

모든 국민들이 즐겁고 행복한 삶을 살아갈 수 있도록 여기저기에 멋진 캠핑장을 만들어 놓는 등 많은 배려를 하는 캐나다 위정자들과 그런 혜택을 누리는 국민들이 부러웠다. 이틀 후 우리는 귀중한 산림장 캠핑을 체험한 후 토론토에 무사히 돌아왔다. 헤어지기 전 귀중한 캠핑 여행의 경험을 즐겁게 해준 박 부장 내외에게 감사의 뜻으로 우리 부부는 차이나 레스토랑에서 요리와 식사를 대접하며 2박 3일의 캠핑여행을 마무리하였다.

5. 잊을 수 없는
고마운 배려와 은혜

　나의 짧지 않았던 인생을 살아가는 도중에 잊을 수 없는 고마운 은혜를 입은 일들이 일일이 열거할 수 없을 정도로 많았다. 나 혼자의 힘으로 도저히 극복하기 어렵게 보이는 난관에 부딪힐 때마다 예상하지 못한 분들의 잊을 수 없는 고마운 도움을 받아왔다. 그럴 때마다 내게도 인덕이 있고 내가 운이 참 좋은 사람이라고 생각하였다.

　나의 심중에 가장 깊이 남아 있는 고마웠던 기억은 아버님께서 뇌경색으로 일 년간 병석에서 투병하시다가 쉰 살의 연세로 별세하시어 어머님과 내가 당황하여 어찌할 바를 모를 때에 우리를 도와준 분들에 대한 기억이다. 그때 나의 나이는 불과 21세로 국민학교 교사로 근무한 지 2년째로 막 접어드는 때였다. 나의 집안은 어른들께서 불운하게도 일찍 돌아가셔서 친가에는 생존해 계신 인척 어른들이 드물었다. 그렇지만 외가에는 몇 분의 인척 어른들이 생존해 계셨다. 이런 딱한 상황에서 대소사 경험이 없는 어머님과 상주인 내가 장례를 치러 나가야 했으니 그 당시의 막막하였던 나의 심정은 60년이 지난 지금에도 그때를 회고하면 혈압이 오르고 심장이 뛴다.

친인척으로 고모님, 고모할머니, 아버님의 삼촌과 육촌 아우님이, 외가 쪽으로는 이모님 두 분, 어머님의 외사촌 오라버님과 외사촌 여동생과 남편 되시는 안 교장 선생님, 이종 사촌 누님들과 매형 두 분이 조문을 해주시고 우리 유족들을 따뜻이 위로해 주셨다. 내가 근무하는 학교의 동료들께서 나의 외롭고 어려운 처지를 생각하시어 친히 조문을 해주시고 선배 동료 세 분은 밤샘도 해주셨기에 두고두고 그 고마운 조문과 위로를 잊을 수가 없다. 그래서인지 내가 대학의 주요한 보직을 맡고 있을 동안 나의 도움이 절실히 필요한 분들 모두에게 최선을 다해서 잘 도와드릴 수 있었고 그때마다 매우 기뻤고 흡족하였다.

최근에 나는 동래의 D병원 방사선과에서 촬영한 사진에 나와있는 췌장의 증상에 대해 좀 더 상세히 알아보기 위해 부산의 백병원에서 하는 검사를 받았다. 오전 8시 30분부터 1시간 20분 동안 아침 식사 이전 공복 상태로 받아야 하는 PET 검사였다.

어제 저녁 식사를 한 후 아무것도 먹지 않아서 걱정을 하며 아침 6시에 조마조마한 마음으로 식전 혈당을 측정하니 아주 낮은 혈당 수치인 56이어서 매우 당황하였다. 집에서 개금동 P병원까지 가는 데 30분이 소요되는데 택시를 타고 가서 검사하기에는 그 혈당 수치가 너무 위험해 검사를 뒷날로 미룰까 망설였다. 아내는 위험을 무릅쓰고라도 가보자고 주장하고 나는 검사를 포기하자고 주장하며 서로의 의견이 일치하지 않고 한참동안 엇갈렸다. 전적으로 신뢰하는 아내지만 극도로 낮은 혈당임을 뻔히 알고 있는 상태에서 검사를 받으러 갈 수도 안 갈 수도 없는 진퇴양난에 빠져 있었다. 나의 생명을 하늘에 맡기고 아내의 말대로 P병원으로 가기로 결정하였다. 아내의 말과 직감을 믿고 택시를 타고 구서동에서 P병원까지 평소에 35분 정도 걸리는 거리를, 운이 좋았던지 교통신호가 우리에게 아주 유리하게 작동하여 18분 만에 검사실이 있는 P병원에 도달하였다.

그때 어떤 할머니와 그분의 따님처럼 보이는 두 여인이 검사실이 있는 건물을 찾고 있었다. 우리도 그 건물을 찾고 있어서 우연히 그 건물 입구에서 만나게 되었다. 알고보니 그 할머니도 PET 검사를 8시에 받기로 되어있는 분이었다. 그 시간에 간호사가 측정한 나의 혈당은 여전히 56이었다. 약 30분 전에 측정한 혈당 수치와 같은 수치였다. 우리가 검사실 간호원에게 지금 나의 혈당이 아주 위험한 수치인 56인데 좀 더 빨리 검사를 받을 수 없겠는지를 타진하니 8시에 검사를 받는 분에게 양해를 구하여 양보를 받는 수밖에 없다고 하였다. 도대체 그런 양보를 할 수 있는 분을 어떻게 구할 수 있을까? 무척 막막하게 생각을 하면서 체념 상태로 있었다. 우리가 걱정을 태산같이 하고 있을 때 마침 옆에 있던 그 할머니와 따님 두 분이 우리가 걱정하는 소리를 엿듣고는 자기들이 PET 검사 순서를 바꾸어 주겠다는 것이었다.

그분들은 밀양에 있는 자택에서 하루 전 충청도에서 오신 시어머니(할머니)를 모시고 그 검사를 받으러 꼭두새벽에 왔지만 우리의 처지가 하도 다급하니 양보하겠다는 것이었다. 이 분들의 시어머님도 빨리 검사를 받아야 할 분이었는데 양보를 해주시다니 마치 거룩한 천사의 마음을 지닌 분들 같아 깊은 감사의 인사를 몇 번이나 드리고 나는 그 검사를 무사히 마쳤다. 그 고마움을 잊을 수 없다. 절실한 도움을 필요로 하는 사람들에게 그런 도움을 주는 것이 얼마나 값진 것인지를 그 할머니와 따님들께서 나와 아내에게 다시 한번 일깨워주었다. 아내와 나는 이제부터라도 비록 모르는 사람에게라도 그분들이 다급한 어려움에 처한다면 우리도 고마운 일을 그분들에게 기꺼이 해줄 기회가 오기를 고대하고 있다.

6. 사랑과 배려가
부족했던 가장

　나는 장남으로 자라나면서 "동생들을 돌보며 집안을 보살펴야 한다"라는 말을 부모님과 주변 친인척 어른들에게서 자주 들어 왔다. 청운의 뜻을 품고 대학 진학을 위해 인문고등학교를 가야 하는데, 가정사정 때문에 졸업하면 교사자격증이 주어지고 교사라는 직업이 보장되는 사범학교로 진학하였다. 그렇게 되니 나의 인생행로의 방향도 나의 성격도 많은 영향을 받을 수밖에 없었던 것 같다.

　나의 아버님은 당신께서 17세 때 그 당시 창궐하였던 콜레라 전염병에 평소에 아주 건강하셨던 양친(나의 조부모님)을 한 해에 갑자기 여읜 불운을 당했다고 하셨다. 세상에 그런 불행한 일이 나의 아버님께 닥쳤다니 나는 그 말을 듣고 큰 충격을 받았다. 아버님과 가까운 인척으로 아버님의 누님, 고모님 한 분과 숙부님 두 분이 계셨지만 그 당시는 아버님은 사촌도 전혀 없는 외로운 환경 속에서 고군분투 열심히 살았다고 하셨다. 그간 오랫동안 고군분투 힘겹게 살아오면서 쌓인 스트레스와 긴장된 삶이 너무 가혹하였던지 천수를 누리시지 못하고 안타깝게도 50세 때 뇌경색으로 타계하셨다.

집안의 어른들께서 천수를 누리지 못하고 일찍 타계하시니 남은 자식들과 후손들이 험난한 세파를 이겨나가면서 자립하기가 여간 어렵지 않다는 것을 온몸으로 통감하며 자란 나는 아버님께서 타계하시자 한없는 외로움과 당혹감을 느꼈다. 그때 나의 나이는 불과 21세였고 어린 동생들이 넷이나 되었다. 나는 국민학교 교사로 발령을 받은 지 2년밖에 안 되는 초임 교사였다.

그때부터 나의 고된 삶이 시작되었고 모든 것을 내가 앞장 서서 개척해 나가야 했다. 그 당시 내가 받았던 봉급은 수입과 지출을 근근이 맞추어 나갈 정도의 박봉이었다. 그러니 동생들에게 적절한 액수의 용돈을 줄 수도 없었기에 동생들이 적은 용돈 때문에 또래 친구들과의 사교에서 소외되지 않을까, 기가 죽지 않을까 하는 염려도 하였지만 동생들은 나의 그 마음을 짐작하지 못했을 것이다.

아버님이 타계하신 그때부터 나는 장남으로서 어머님을 모시고 아우 셋과 누이동생 하나 도합 여섯 식구의 생계를 대부분 책임지는 가장과 같은 역할을 하게 되었으니 이십대 초반 나의 처지는 다소 답답하였으나 '개천에서 용이 날 수 있는 자유민주주의 사회'임을 굳게 믿고 희망의 끈을 놓지 않았다. 나는 장남으로서 역할과 운명을 순순히 받아들이고 꿋꿋하게 열심히 살아왔다. 조상님의 DNA를 유전받은 덕인지, 행운의 여신이 나의 가족들을 도운 덕인지, 부모님이 덕을 베푼 덕인지 모르지만 나의 아우들이나 나는 지망하는 모든 학교의 입학시험이나 각종 국가고시 자격시험에 응시하면 무난히 합격할 수 있어서 우리 형제들 모두는 도전하고 끈기있게 노력하면 만사형통할 수 있다는 자신감을 갖게 되었다.

그 당시의 삶이 다소 빡빡하였지만 내가 계획한 것들이 제대로 잘 이루어 나가게 되니 어려운 여건에서도 도전하며 살아가는 것이 힘들지 않고 해가 갈수록 자신감이 생겨났다. 나는 20대 후반에 낮에는 국민학교의 교사로 열심히 근무하고 저녁에는 대학을 다니며 면학에 힘쓰는 주경야독의 빈틈없는 바쁜 생활을 하면서도 밝은 희망을 품고 즐겁게 하루하루를 살아갔기 때문에 나의 표정은 늘 맑고 밝아서 그런지 주변 사람들에게 호감을 주며 생활하였다.

내가 국민학교 교사로 재직할 때, 훗날 나의 장모님이 되신 자모님이 아들의 담임선생인 나를 뵈러 학교에 오신 그 시간은 체육시간이었다. 내가 그 체육시간에 나에게 잘 어울리는 하얀 체육복을 입고 학생들을 지도하고 있는 밝고 자신감이 넘치는 모습을 보시고는 나를 사위로 삼고 싶어 하셨다는 말을 주변의 자모님들로부터 나중에 들은 적이 있었다. 출가시킬 딸을 둔 어머니들은 마음에 드는 총각들을 그냥 지나치지 않는다는 말은 맞는 말인 것 같았다. 그 무렵에는 내가 비록 국민학교 교사이지만 혼기가 되었는지 나도 알게 모르게 선 보러 오는 분들이 대략 네댓 분이 될 정도였다. 그 당시 교실 복도 창문으로 나를 보러 오는 분들이 있는 것 같아 이상하게 느꼈다.

며칠 후 내가 학년 초 가정방문을 하게 되어 나중에 처가가 된 가정을 방문하였다. 장모님은 내가 마음에 들었는지 나에게 현재 나의 처가 된 따님의 멋진 사진을 여러 장 준비하셨다가 보여주며 따님 자랑을 많이 하셨다. 따님의 자랑을 듣고 나니 장모님이 보여주신 사진에 나타난 아내의 모습이 더욱 마음에 들었다. 그때 사진에서 본 아름답고 청순한 마음이 담긴 첫 인상이 인연이 되어서 그런지, 아내가 다녔던 여고 교정의 느티나무 아래서 찍은 사진에서 아내의 아름답고 순수한 마음이 담긴 모습이 더욱 나를 매혹시켰다. 지금 생각하면 하늘이 맺어준 인연인 것 같았다. 그 당시 나는 교제하는 몇 분의 국민학교 여교사들이 있었다. 그중에서 두 분이 결혼의 대상으로 나를 생각하고 있었던 같았지만, 이상하게도 인연이 아닌지, 마음이 그렇게 끌리지 않았다. 또 한 분은 같은 학교에 근무하면서 데이트를 자주 하였지만 내가 내성적이고 그 여선생님도 내성적이어서 서로가 서로를 정말 좋아하는지 사랑하는지 물어볼 수도 확인도 할 수 없었던 숙맥이었다. 세월이 지난 먼 훗날 주변의 나이가 많은 선생님들이 나를 만나면, "그 여선생님이 이 선생님에 대한 관심이 아주 많았는데 왜 그냥 두었지요?"라는 말들을 하였는데 그 말을 유추해보면 그 여선생님이 나에게 적지 않은 호감을 가졌다는 것을 알 수 있었지만 모든 것이 인연이 아니니 맺어지지 않았다고 생각하였다.

장인어른께서 운수업으로 큰 수익을 보신 후 주유소를 경영할 만큼 경제적 여유가 있던 원만한 가정에서 밝게 자라난 아내는 우리 집에 시집을 와서도 언제나 예의가 바르고 품위를 지킨 며느리이자 아내였다. 아내는 가정에 부족한 것이 많이 있어도 아무런 불평 없이 미소를 잃지 않고 가정을 잘 이끌어 나갔고 어머님에게는 착한 며느리로서의 도리를, 아우들에게는 형수로서의 도리를 잘해서 나는 아내에게 한없는 고마움을 느끼면서도 그 수고에 대해서 고맙다는 인사말을 애정을 담아 적극적으로 하지 않았던 것이 후회스럽다. 아우들은 숫기가 없고 내성적이어서 그런지 형수님의 수고에 대해 감사하다는 인사를 한 번도 하지 않아 내가 섭섭하였지만, 속으로는 감사하게 생각하였을 것이다. 시어머니 모시는 일만 하여도 엄청난 부담인데 시동생들의 뒷바라지까지 아무런 언짢은 기색 없이 잘 해내었던 아내의 수고에 대해 남편으로서 감사와 격려를 자주 표명했어야 했는데 그렇게 하지 못하고 살았으니 나는 다정다감하지 못하고 포근한 정이 부족했던 남편이었던 같았다.

나는 살아오면서 자식 자랑하는 팔불출이 되어본 적은 없다. 그러나 나이가 들어보니 지나치게 겸손할 필요가 있겠는가 하는 생각도 든다. 아들 셋은 모두가 나보다는 체격이 더 좋고 두뇌도 더 명석한 편이고 용모도 나보다 훨씬 단정하고 사고방식도 현명하며 나보다는 잘하는 것이 더 많았다. 모두들 자기 어머니를 닮아 차분하고 착실한 성품을 지녔고 정말 착하게 성장하였다. 다들 특별히 과외수업을 많이 받지 아니했어도 열심히 공부하여 부산에 있는 국립대학에 갈 정도의 성적은 되었다. 만약 아들들이 자신들의 공부방이 있고 우리 내외가 그들에게 꼭 필요한 과외수업을 받을 수 있도록 적절한 뒷바라지를 해주었더라면 아들들은 서울 소재 일류대학에도 갈 수도 있었을 것이다. 아들들이 모두 수학과 과학을 좋아하였지만 자기들이 원하는 대학과 학과를 지원하도록 하지 않고 내가 권하는 학과에 지원하도록 강요한 것이 너무나 후회가 된다. 차남은 기계공학과나 자동차 공학과를, 스포츠를 좋아하는 삼남은 일류대학교의 체육대학이나 사범대학 체육과를 마치고 미국에 유학을 가는 것을 바랐던 것 같다. 나는 아버지로서 교육에 대한 보다 보편적인 상식과 깊은 배려가 부족하였던 것이다. 아들들이 자라는 동안 공부에 뒷바라지를 충분히 못했던 것과 애정 어린 격려와 칭찬을 자주 하지 못했던 것이 무척 후회가 된다.

7. 그리운 친구들과
동료들

인생을 살다 보면 많은 사람들과 친구의 인연을 맺게 된다. 어릴 적 동네에서 만나 사귀는 친구들부터 중고등학교, 대학교, 대학원을 거쳐 직장에 이르기까지 다양한 사람들과 사귀게 된다. 친구들이 있었기 때문에 새로운 삶의 의미를 발견하기도 하고 서로 긍정적인 자극을 받아 분발하기도 하고 선의의 경쟁도 하면서 서로가 많은 발전을 하게 된다. 아주 어릴 때 친구들에 대해서는, 안타깝게도 그의 기억에 없다. 내가 일본에서 유년기 시절을 보낸 후 귀환동포로 귀국하여 살게 된 곳은 산과 들이 펼쳐진 아름답고 정서가 흐르는 농어촌도 아니었다. 귀환동포들이 많이 거주하는 '철도사택' 동네였기 때문에 기억에 남을 만한 이렇다 할 추억이 없다. 그러니 다른 친구들보다 삭막한 어린 시절을 보낸 것이다.

유년시절이 끝나고 중학생이 되면서 다니는 중학교의 레벨에 따라서 어울리는 친구 그룹이 자연히 형성되는 시기를 보내게 되었다. 내가 살던 동네에는 적산가옥들이 많아서 6·25 전쟁으로 피난을 온 서울 피난민들과 학생들이 유달리 많이 살았다. 피난한 식구들이 방 한 칸씩을 빌려 비좁게 살던 어려운 피난시대였다. 나는 서울중, 경복중, 용산중, 중동중, 중앙중, 중앙여고, 이화여고에 다니는 총명하고 세련된 학생들과 종종 어울려 그들의 수준 높은 학교생활이나 학업에 대한 차원 높은 의식과 장래의 희망과 목표에 대한 이야기들을 자주 듣고 내 나름대로의 삶의 지혜를 더 깨달을 수 있었다.

나와 같이 부산의 중학에 다니는 동네 친구들은 서울에서 피난을 온 친구들과는 달리 탁구와 축구 등 구기운동을 하거나 구슬치기, 제기차기 등 소소한 놀이에 더 관심을 가졌기에 나와는 잠깐 소원한 사이가 되었다. 공부에 비교적 많은 관심을 가진 나에게 그들은 '충신'이라는 별명을 붙였다. 그 당시 잠깐 유행하였던 '충신'이라는 용어는 공부를 열심히 친구를 가르키는 말이었지만 자기들과 어울리지 않는 친구를 약간 비꼬는 단어이기도 하였다.

서울에서 피난을 온 친구들이 아쉽게도 서울로 모두 환도한 후부터는 공부와는 다소 거리감이 있는 동네 친구들과 집 주변의 채소밭에서 고무공으로 간이한 야구놀이인 찌뿌놀이나 축구놀이를 통해서 그나마 동네 친구와 그동안 아쉬웠던 정을 쌓아갔다. 고등학교 입학시험을 친 후부터는 동네 친구들의 진로는 서로 달라지고 관계도 다시 소원해졌다. 대부분의 또래 친구들은 상고나 공고 등 실업고등학교로 진학하고 나는 사범학교로 진학하면서 동네 친구들과의 사이는 알게 모르게 다시 소원해지는 듯하였다.

황○철이라는 친구는 바로 한 집 건너 옆집에 살았는데 멀리 전라남도 진도에서 부산으로 유학을 와서 나와 친하게 지냈다. 부산의 K사립 중학교에서 우등생으로 졸업한 그는 나의 모친과 친했던 자기 누나가 권해서 나와 같이 사범학교 입학시험을 볼 예정이었으나 연령 초과로 전형을 통과하지 못하고 부산상고를 지원해 합격을 하였다. 그는 부산상고에 다니면서도 진학의 목표를 더욱 굳게 정하였다. 그의 다락방 입구에 '목표: 서울대 법대 법학과 합격'을 게시해 놓고 매일 아침과 저녁에 그 목표를 보면서 오직 공부에만 정진하였다. 자기 누나의 집 2층 다락방에서, 난방이라고는 석유난로와 담요밖에 없는 다락방에서 정말 열심히 공부하던 그 친구의 모습이 눈에 선하고 인상적이었다. 그의 굳은 결의가 남다르고 돋보여 우리 친구들은 그가 꼭 서울대에 합격하기를 바랐고 또 그렇게 되리라고 믿었다. 그 친구는 서울대 법대에 응시하여 첫 해에는 낙방하였다. 합격자 명단이 실린 동아일보를 자세히 훑어보았으나 그의 이름은 없었다. 나는 옆에서 그가 서울대 법대에 낙방하여 울부짖는 소리를 들으며 그를 위로하고 달랬지만 내 마음도 아팠다. 그는 그 다음 해에 부산상고 역사상 보기 드물게 서울대 법대에 합격하는 기록을 남겼다. "공부에 그렇게 열심히 정진하면 서울대 법대 법학과도 합격할 수 있구나" 하는 살아있는 교훈을 확실히 보여주었기에 내가 그 후 어떤 시험에 도전할 때에도 그의 서울대 법대 합격이 나에게도 큰 힘과 격려가 되었다. 나는 그를 표본으로 삼아 서울대 법대에 응시하고자 계획을 세웠으나 서울대학 입시는 전 과목에서 문제가 출제되기 때문에 직장에 얽매인 나는 사생결단 공부에 매달릴 수 없거니와 합격을 자신할 수 없어서 그 계획을 그만 접었다. 그 다음 해 내가 잠시 지방에 다녀간 동안에 서울대 법대에 합격한 그 친구와 그의 누님 식구들은 사업의 실패로 일체 소식을 남기지 않고 그곳을 떠나버렸다. 자존심이 지나치게 강해서 그런지 그 친구가 그냥 말없이 떠나버려 섭섭하였다. 그 후 몇 년 후 신문에 그가 군법무관 시험에 합격하였다는 신문기사를 본 적이 있었다. 나 같으면 중학교 3년과 고등학교 3년 이상 그의 7년 동안 이웃 친구로서 다정하게 지냈던 옛정을 생각해서라도 엽서 한 장이라도 보내 안부 인사를 전했을 것인데 그 친구가 그런 마음의 여유가 없었던 같아 오랫동안 자못 섭섭하였다.

8. 사범학교
나의 동기생들

사범학교에서 내가 만난 120여 명의 남자 동기들과 120여 명의 여자 동기들은 모두가 국민학교와 중학교에서 수재라고 인정을 받은 급우들이었다. 동기들 모두가 개인적 자긍심과 자존심이 높았고 인성과 심성도 좋은 친구들이었다. 학급 전체의 반 이상이 농촌 출신인 것 같았고 그들의 대부분은 출신 중학교에서 학업성적은 학년이나 학급 전체에서 수석이나 차석을 하였고 학교에서는 총학생회장 등의 간부를 맡았던 친구들이라 책임감, 리더십, 자부심이 강하였다. 나의 급우들은 대부분이 다양한 독서를 많이 한 탓인지 폭넓은 교양과 지식이 갖추고 있었고, 나와는 달리, 습자(붓글 쓰기), 미술, 주산, 공작(만들기) 등의 손가락을 움직이는 기능과목들도 아주 잘하였다. 이런 기능과목들을 잘하지 못했던 나는 결코 수재가 아니었던 것 같다.

취미와 성향이 비슷한 친구끼리 더욱 친해지는 것이 일반적인 경향이다. 나는 영어를 좋아하거나 영어에 관심이 있는 급우들과 친하게 지내고 싶었으나 그런 급우들이 사범학교에는 별로 없었던 것 같았다. 그러나 나는 음악에 조금 소질과 취미가 있어서 음악적 성향이 비슷한 친구들과 그룹을 만들어 친하게 지냈다. 우리 그룹의 친구들 셋은 부산의 국민학교에서 여유 있고 활기찬 교사 생활을 하였다. 내가 바라던 영어교사로 중고등학교에서 즐겁게 근무하였다. 음악에 많은 재능이 뛰어났던 한 친구는 사범학교 1학년 때 그의 부친께서 미군부대에 문관으로 근무할 때에 일어난 '신체상해배상 민사문제'를 해결하느라고 미국무성에 호소하는 영문탄원서의 번역을 나에게 세 번이나 부탁하였는데, 나는 그때마다 성심껏 번역을 해주었다. 번역된 그 탄원서가 효력을 발휘하여 마침내 친구의 부친이 원하는 신체상해배상금을 미국 국무성으로부터 받게 되었다. 그 인연으로 그 친구와 나와는 좀 더 각별한 사이가 되었고 그의 부모님, 아우들, 누이동생과도 더욱 가까워졌다. 그 친구는 나에게 자기의 누이동생과 교제해보도록 적극적으로 권하기도 하고 자기 아내의 대학 동기생 둘이나 나에게 소개해 주기도 하는 등 참으로 다정다감하고 정이 넘치는 친구였다. 또 다른 친구는 국민학교 교사 때에는 훌륭한 국민학교 합주단을 육성하여 주요한 합주경연대회에서 대상을 수상하는 등 음악지도에 특출한 소질과 능력을 발휘하여 음악 담당 교사로서 한 시절을 풍미하였다. 나와는 중학교와 고등학교, 대학을 모두 같은 학교를 다닌 동문이라 유달리 친밀감을 느끼는 사이다. 나머지 다른 친구는 국민학교에 근무하면서 사업에 남다른 수완이 있어서 부인과 함께 사업에 크게 성공을 한 적이 있었으나 이젠 사업을 그만 접고 조예가 깊은 동양철학에 심취하고 있으며 긴 세월 동안에도 변함없이 다정다감한 친구다.

　사범학교를 졸업한 지 긴 세월이 지난 후 많은 동기들이 각종 시험이나 고시에 대한 준비를 착실히 하여 각자가 바라던 소망을 이루었다. 사법고시에는 2명, 미국의 명문대학인 피츠버그 대학 대학원 교육학 박사 1명, 서울대 철학 박사 1명, 부산대 법학 박사 1명, 부산대 영문학 박사 1명, 국내대학 교육학 박사 6명, 회계사고시 1명, 세무사고시 1명, 신문사 논설위원 1명, 의사와 약사를 각각 1명을 배출하였고, 공무원 시험에 5명, 중등학교교원자격고시에는 11명이 합격하기도 하였다. 4년제 대학의 교수가 된 친구가 11명이나 되었고, 광역시 구의회 의장이 되어 행정능력을 훌륭하게 발휘한 동기가 있었는가 하면, 김영삼 당 대표의 수석비서관 겸 민추협대변인으로 정치계의 각광을 받아 언젠가 국회의원이나 장관이 될 것으로 큰 기대를 받았던 동기생도 있었다. 그뿐만 아니라 부산시 교육위원회 교육위원으로 피선된 동기가 2명, 도교육청 교육국장을 한 동기도 있었다. 그리고 체육 분야에서도 자랑스러운 동기가 있으니 서울국기원에서 태권도 공인8단 승단심사에 합격하고 태권도 최고봉인 9단 승단시험에도 합격하여 1988 올림픽조직위원장인 박세직 총동창회장으로부터 체육인상 크리스탈패를 수여받은 친구가 있으니 모두가 참으로 자랑스러운 사범12기 동기생들이다. 국민학교와 중학교의 교장이 된 동기생들이 도합 38명이나 되었으니 우리 사범학교 친구들의 장기간에 걸친 각고의 꾸준한 노력과 집념이 빚어낸 결실이라 하겠다.

사범학교 출신이 험난한 자본주의 경쟁적 사회에서 개인 사업을 하여 성공하기는 낙타가 바늘구멍을 통과하는 것만큼이나 어렵다는 비유를 하는데, 우리 동기생 부부가 부산의 최고 번화가에서 모든 고난과 난관을 슬기롭게 이겨내고 귀금속 가게를 현명하게 경영하여 크게 성공하였으니 우리 동기생 부부가 참으로 대견스럽고 자랑스럽다고 하지 않을 수 없다. 서로가 각계각층의 분야에서 동분서주하느라 친밀하게 친교할 시간을 좀처럼 갖지 못했으나 일년에 한 번씩 열리는 동기회에는 경향 각지에서 많은 남녀동기생들이 동참하여 동기생의 우정을 돈독히 다지며 동기생의 단합과 자긍심을 계속 보여주고 있으니 정말 자랑스럽고 존경스럽다.

9. 함께 주경야독하던
   박○외 동문

 내가 주경야독하던 20대 후반과 30대 초반 시절, 동아대학교 영어영문학과에 다니면서 사귄 친구들은 대부분 근무하는 회사, 학교, 은행 등에서 제몫을 단단히 하고 있는, 야망과 포부를 지닌 멋진 친구들이었으나 소수의 친구를 제외하고는 졸업을 하자마자 너무 쉽게 헤어졌다. 졸업 후 그렇게 쉽게 헤어지게 된 원인은 4년 동안 총대를 하였던 나에게 그 책임이 있는 것 같아 송구스럽기 짝이 없다. 내가 나도 모르게 나의 진로만 생각하게 된 '도량이 좁은 사람'이 되어버려 그들에 대한 따뜻한 인간적인 사랑과 우정을 베풀지 못한 탓이라 생각되어 늘 미안한 마음이 내 머릿속에 자리잡고 있다.

 그 중에 박○외라는 동기생은 중등학교 영어교사 자격시험도 나와 같이 합격한 동기생이었는데 그는 한마디로 영어를 그 무엇보다 좋아하는, 영어광이라 할 수 있을 정도로 영어를 좋아하였다. 그는 영어를 원어민처럼 유창하게 구사하는 것이 그의 소망이라 하면서 영어를 너무 좋아한 나머지 자기는 장차 영어사용권 여성과 결혼을 하겠다는 말을 농담으로 종종 하곤 하였다. 그런 말이 나중에 씨앗이 되어버려 영어권 여성인 뉴질랜드 여인과 결혼을 한 후 대학과 대학원 수료까지 자기의 공부를 경제적으로 뒷바라지하던 조강지처를 멀리해버린 의리 없는 남편이 되어버리고 말았다.

나의 뒤를 따라서 그 다음해(1975)에 콜롬보 플랜 장학금을 받아 뉴질랜드 웰링턴 대학 ELI TESL Diploma 과정을 이수 하다가 강의실에서 클래스메이트로 만난 뉴질랜드의 아름다운 여인과 열렬한 사랑을 나누게 되었던 것이다. 처음에는 두 사람의 사랑이 일시적인 로맨스로 끝날 것이라 생각했는데 그 뉴질랜드 여인의 박 선생에 대한 사랑은 일시적인 사랑이 아니고 불꽃처럼 타오르는 불변의 사랑이었다.

ELI TESL Diploma 과정을 졸업한 1976년 그해의 크리스마스 전날인 12월 24일에, 사랑의 열정에 불타오르던 그 여인이 수만 리를 날아 한국 부산까지 그를 찾아왔던 것이다. 부산항구가 내려다보이는 코모도 호텔에서 그 친구를 만나 크리스마스 축하 데이트를 하자고 하더니, 안타깝게도 그날부터 그녀는 그 친구를 집으로 보내지 않고 몇 달 동안 부산에서 계속 동거하게 되었고 그 친구도 집에는 가지 않았다. 그 친구는 근무하고 있었던 부산공업대학(부경대학교 전신) 당국으로부터 권고사직을 당했고 사표도 내었다. 그는 근무하는 대학당국으로부터 권고사직을 당하기 5일 전에 나에게 사립대학인 인제의과대학에서 국립대학인 부산공업대학으로 직장을 옮겨 자기의 강의를 맡아줄 것을 간곡히 요청하기도 하였으나 나는 지금 학교에 근무한 지 1년이 되지 않아 의리상 그렇게 할 수는 없었다.

그는 권고사직의 통보에 대한 예고를 두 번 받으면서도 부인에게 돌아가지 않았다. 사랑의 힘이 무엇인지 그가 어렵게 따낸 대학교 수직도 버리다니, 영국의 에드워드 8세가 미국의 심프슨 미망인과의 결혼을 위해 대영제국의 왕실을 버린 사건이 언뜻 떠올랐다. 두 사람 간의 사랑의 힘이 그렇게 대단한 것이다.

그 친구의 부인은 크리스마스 전날 저녁 외국에서 남편과 함께 공부하던 남편의 뉴질랜드 여성 동기생이 온다기에 성대한 저녁 파티를 준비한 상태에서 그날 저녁에 오기를 기다리고 기다렸다. 그러나 그 친구의 부인은 정말 예상치 못한 그 뉴질랜드 여인과 자기 남편의 부적절한 관계에 너무나 큰 충격을 받았다. 마침내 남편을 간통죄로 고소하여 남편이 몇 달 동안 구치소에 구금이 되기도 하였으나 남편을 집으로 끝내 돌아오게 못했으니 마음 아픈 일이다. 그에게 조강지처에게 돌아갈 것을 간곡히 충고하였으나 나의 권고를 끝내 듣지 않아 안타까웠다. 그 여인의 사정을 그녀의 부모를 통해 알게 된 뉴질랜드 수상과 외무부 장관이 한국의 외무부 장관에게 적정한 조처를 요청하여 그 친구는 구치소에서 풀려나오고 그 여인과 함께 일본으로 건너가 그때부터 동경에서 30여 년간 동거하게 되었다.

그 후 두 사람은 일본 동경에 있는 와세다 대학과 메이지 대학에서 웰링턴 빅토리아대학에서 받은 TESL Diploma를 가지고 30여

년간 영어를 가르치면서 나에게는 자주 전화로 안부 인사를 보내곤 하였고 가끔 한국에도 오곤 하였었는데 4년 전부터 전화도 없다. 지금은 아마도 뉴질랜드 소재 그 여자의 집으로 돌아가서 살고 있을 것으로 생각된다. 그 친구는 영어를 가르치는 능력 외에는 다른 능력도 기술도 없으니 어떻게 살고 있는지 궁금하다. 그러나 그 친구와 그 여인이 일본 동경의 대학에서 영어를 가르치면서 착실히 저축한 예금과 연금으로 문제 없이 생계를 이어나가고 있을 것이다.

10. 중등학교와 대학에서
만난 동료들

　나는 중등교사 임용순위고사에서 상당히 좋은 성적(석차)을 받았음에도 북구의 K 여중에 발령을 받아 첫 출발이 좋지 않아 크게 실망하였다. 처음에는 의기소침하였으나 세월이 지나면서 교육 여건이 매우 열악한 학교지만 그럴수록 내 마음을 일신하여 학교 분위기에 나를 맞추어가며 잘 적응해 나가기로 마음을 정했다. 무엇보다도 그 학교에서 만난 동료들은 출신학교별 파벌을 조성하지 않아 근무하는 데 아무런 갈등이 없어서 마음에 들었다.

　K 여중에서는 나와 나이가 비슷하고 뜻이 맞는 젊은 선생님들이 다수를 이루고 있어 마음이 통하고 해서 차츰 학교생활이 마음에 들었다. 그중에서 미술을 가르치는 박○청, 김○달, 화학을 전공한 장○택, 일반사회를 가르치는 배○현, 상업과목을 가르치는 김○립 선생과 서로 마음이 잘 맞아 자주 어울려 회식의 모임도 종종 가졌고 간혹 주말이 되면 멀리 태종대 앞 바다에서 스쿠버다이빙을 하고 해산물을 채취하면서 즐거운 시간을 보내기도 하고 도시 중심지에서 떨어진 벽지 학교에 근무하면서도 재미난 직장생활을 엮

어 나갔다.

그중에서 미술과 박○청 선생과는 나는 아주 가까운 사이였다. 그는 미술에 대한 차원 높은 공부를 하기 위해서 독일에서 장기간 간호사를 하였던 분과 결혼을 하고 미국에 이민을 신청하였다. 그와 나는 그가 미국으로 가기 전까지 많은 추억을 남기며 가까이 지냈다. 주말이면 함께 태종대에서 동료들과 함께 스쿠버다이빙을 하면서 시간을 보내는 일이 많았고 여름방학이 되면 수학과 류○렬 선생과 함께 전라남도 홍도까지 찾아가 스쿠버 다이빙을 하며 한없이 푸르고 맑은 바다의 밑바닥을 샅샅이 뒤지며 그 밑바닥의 황홀한 광경에 감탄하기도 하고 다양한 해산물을 채취하여 실컷 먹기도 하고 주변 관광객들에게 아낌없이 나누어 주기도 하였다.

그는 미국에 이민하여 간호사 부인의 재정적 도움을 받기도 하면서 미시건대학교 학부과정을 졸업하였다. 학부를 졸업한 후 세계적으로 유명한 석박사 학위과정의 미술대학원인 뉴욕의 '미술아카데미'에서 최고학위를 취득하고 의기양양 귀국하여 옛날에 쌓였던 학벌 컴플렉스를 일소하며 고국에서 평소에 소원하던 부산에 소재한 국립대학교 미술대학과 사립대학 미술과에서 미술 전공교수로 폭넓은 활동을 하기도 하였다.

그러나 오랜 세월 동안 6남매의 장남으로서의 노력과 희생이 너무 과하였든지, 아니면 생존경쟁의 스트레스에 억눌려 살아왔던 미국에서의 고된 유학생활과 교민생활이 그렇게 만들었는지 박○청 교수는 건강하던 몸이 림프암에 걸려 한참 활동할 나이인 64세

때 하느님의 부르심을 받고 애석하게도 타계하였다. 나는 미국에 있는 그의 부인에게 조의를 표하고 과거 박○청 선생의 동료들 그의 모두에게 통지하여 조의금도 모아서 보냈다. 그 다음 해 내가 캐나다 토론토대학교에 객원교수로 가 있을 때 그의 부인은 아들과 딸과 함께 미국 뉴저지에서 머나먼 토론토까지 차를 몰고 와서 나에게 감사의 뜻을 전했다. 나는 고인의 묘소에 가고 싶었으나 연구논문작성 일정에 쫓겨 아쉽게도 가보지 못했다.

미국 미시건주 어느 중소도시의 페인트 회사 연구기사로 취업이민을 하여 의기양양 열심히 살아오던 장○택 선생님은 미국 이민생활에서 오는 적지 않은 스트레스와 한국에 있을 때에 고분고분하던 자기 부인이 미국에 이민을 온 후 완전히 달라져 부인과의 심리적 갈등의 와중에서 자주 심한 스트레스를 받아 고민을 자주하다가 고혈압으로 쓰러져 한참 활동할 나이에 타계하였으니 정말 허망한 일이다.

이런 현상들은 미국에서의 생활이 고국에서의 생활보다는 화려하고 다양할지는 몰라도 생존경쟁이 쉽지 않다는 것을 보여준다. 그러나 마음이 넓고 심성이 원만한 김○달 선생은 미국에 이민을 가서 새로운 삶을 어렵게 개척해 나가느니 한국에서 미술 관련 창작에 뛰어난 자신의 소질과 창의성을 살리며 한국에서 열심히 창작활동을 계속하며 건강하게 살고 있고 가끔 전화로 안부를 전하는 등 편안하고 안정적인 삶을 살고 있으니 반가운 일이다.

그 당시 내가 영어교사로서 근무하고 싶은 학교 수준은 고등학교 수준이어서 중학교에서 2년을 근무한 후 공립인문고등학교로 희망하여 거기로 근무발령을 받았다. 남자고등학교로 발령받기를 바랐지만 영어교사 경험이 일천하므로 공립여자고등학교에서 유익한 경력을 쌓기로 하였다. 무엇보다도 조병효 교장 선생님의 인품과 식견이 부산시 내의 어떤 교장보다도 더 훌륭하신 것 같아 내마음에 들었다. 교장 선생님은 교사들을 한 가족처럼 생각하시니 자연히 교사들의 전체 분위기도 가족 같은 분위기였다. 교사들의 가정에 대소사가 있으면 교장 선생님 이하 모든 분들이 모두 참가하는 전례를 만들어서 그런지 전체 교사들 간의 분위기는 밝고 모든 일에 일사분란하게 화합하였다. 모든 교사들 간의 분위기가 구김살이 없고 밝고 명랑하니 학생들의 전체 분위기도 밝고 명랑하여 내 마음에 쏙 들었다. 그때까지 14년간 초중고에서 교사 생활을 두루 경험해 온 나는 이 고등학교에서의 영어교사생활이 가장 즐거웠다. 불어를 담당한 김○미 선생님은 나에게 대학 교수직이 어울리니 대학으로 진출할 것을 자주 권유하기도 하였지만 그럴 마음이 추호도 없었을 만큼 고등학교 교사직이 마음에 들었다. 고등학교 영어교사로서 매일 즐겁게 생활하는 나의 모습을 본 송 교감 선생님은 "이 선생님은 그토록 바라던 고등학교에서 교사생활을 하니 늘 즐거운 것 같아요"라고 하면서 나의 기를 더욱 살려주셨다. 교감 선생님은 처음에 나의 영어교사 경력이 중학교 2년뿐이어서 내가 이 학교에 전근 오는 것을 좋아하지 않았다고 하셨지만 나중에 내가 열심히 연구하고 가르치면서 항상 밝게 근무하는 모습을 보니 마음에 들었다고 하셨다. 이 학교로 와서 영어교사로서의 앞으로의 진로에 지대한 도움과 동기를 주신 분은 황○석 영어과 주임 선생님이셨다. 서울대 사범대 영어교육과 출신인 황 선생님은 '앞으로 영어사용권 국가에 유학을 할 기회가 올 수 있으니 그에 대한 준비를 꾸준히 하시라'는 권고를 자주 해주시고, 또 '내 나름대로의 영어교수법을 연구하고 개발할 것'을 기회가 있을 때마다 촉구하셨다. 황 선생님의 권고로 나는 2년 후 유학생 선발시험을 거쳐 영어사용권 국가에 가서 영어교수법을 연수하게 되었으니 그 고마운 은혜는 잊을 수 없다. 인생의 여정에서 큰 도움이 될 은인을 만난다는 것은 여간 행운이 아닌 것 같다. 그 후 황 선생님께서는 교육위원회 중등교육과 장학관을 거쳐 교장으로 승진하여 교장으로서 업적을 쌓으셨다. 그러나 안타깝게도 교장 임기를 마친 후 얼마 안 되어 천수를 누리지 못하시고 지병이 갑자기 악화되어 타계하셨기에 더욱 마음이 아프고 안타깝다. 황 교장 선생님께서는 식사 시간도 꼭 정해진 시간에 하실 만큼 위장 관리에 최선을 다하셨는데 위장에 생긴 지병으로 천수를 누리시지 못하시고 별세하셨다는 부음을 몇 년이 지나서야 들었기에 더욱 마음이 아팠다. 후배 교사들을 돕는 데 그 누구보다도 앞장을 섰던 자상하신 분이 이렇게 덧없이 하늘나라로 가시다니 애석하기 짝이 없다.

내가 26년간 근무하였던 대학의 동료들은 다른 직종에 비해 개인적 성향과 주관이 강한 동료들이라 자기의 전공 영역의 연구에 여념이 없고 서로가 보이지 않는 경쟁을 하는 사이이기 때문에 같은 동문 출신이 아니면 아주 사이좋게 지내기가 쉽지 않았기 때문에 깊은 정을 쌓지 못하였다.

내가 적극적으로 추천하여 전임강사(교수)가 된 분들이 영어영문학과와 외국어 교육연구원에 도합 일곱 분이 있었지만 취미나 관심 분야가 달라 별로 밀접한 교분이 없었다. 내가 있는 영어영문학과에는 몇몇의 영문학 전공 교수들이 S 대학 P 명예교수의 제자라는 것을 부각시킬 때가 종종 있었는데 그 말을 왜 자주 하는지 듣기에 조금 부자연스러웠다.

나는 26년간 대학에 재임하면서 학교가 크게 발전함에 따라 내가 여러 가지 주요 보직에 계속 보임되면서 많은 주요 보직 교수들과 친교를 하며 즐겁고 보람 있는 학교생활을 보냈다. 주요 보직 교수들은 모두가 지닌 능력이 뛰어나고 인품이 다들 원만하였기 때문에 그들과 아주 가깝게 친교하였다.

우리 대학의 교수와 교직원 테니스 회원들 50여 명과는 매일 오후에 테니스 경기를 하면서 건강과 친목을 다지며 화목하게 지냈다. 월례 테니스 대회와 연말 테니스 대회를 마치고 갖게 되는 즐거운 만남과 푸짐한 회식의 시간에는 즐거운 환담을 통해 스트레스를 풀고 건강과 젊음 그리고 원만한 인간관계를 유지할 수 있어서 참으로 늘 즐겁고 행복하였다.

제
6
부

1. 제자의 분발을
   촉구하신 선생님들

　내가 사범학교에 다닐 때 몇몇 선생님들은 수업시간 중에 우리
들에게 "구루마(수레를 뜻하는 일본어)를 끄는 일을 하더라도 국민학
교 접장(국민학교 교사를 낮추어 부르는 말)은 하지 말라!"라는 우리
모두의 자존심을 잔뜩 꾸기면서도 우리들에게 분발을 촉구하는
말씀들을 종종 하셨다. 그런 말씀들이 우리들에게 음으로 양으로
큰 분발을 준 것은 사실이었고 몇몇은 다른 인문고교로 전학을 하
여 대학으로 진학하기도 하였다. 사범학교에 입학한 것을 보람과
긍지로 여기고 훌륭한 교육자가 되겠다는 결심을 했던 일부 친구
들은 분발을 촉구하는 선생님들의 그런 말씀들을 매우 섭섭하게
생각하기도 하였다.

　아마도 제자들의 두뇌와 재능이 국민학교 교사로 일생을 보내기
에는 그들의 학업능력이 너무 아까워 제자들이 자신들의 진로를
다른 분야로 찾아 개척해보기를 바라는 안타까운 마음에서 그런
말씀을 하신 것이라고 우리는 이해하였다.

　몇몇 선생님들은 수업시간에, 종종 '사법고시에 합격하여 판사,

검사를 거쳐 변호사, 검찰총장, 치안국장, 직할시장, 법무부장관으로 관계와 법조계에서 활약하고 있는 사범학교 선배들을 거명하며 사법고시나 행정고시 공부를 권유하기도 하셨다. 우리 동기들 중 적지 않은 친구들은 선생님들의 그러한 권유에 분발하여 사범학교 재학 때부터 헌법과 법학개론을 공부하기 시작하기도 하였다. 그러나 한편으로는 몇몇 현명한 친구들은 그들에게 시간을 두고 좀 더 생각하고 공부해도 늦지 않다고 스스로를 만류하기도 하였다.

나는 영어를 제대로 구사할 줄 아는 정말 능력있는 외교관이 우리나라에 부족하니 영어를 제대로 구사할 수 있도록 노력하여 외교관 시험을 치는 것이 유리하다고 생각하여 외교관 고시 준비를 생각하였지만 험난한 사법고시에 대한 준비는 생각하지 않았다. 그 요원한 길을 가는 동기들이 중도에 포기하지 않고 끝까지 처음의 의지를 굽히지 않기를 바랐다. 처음에는 제법 많은 동기들이 그 길로 가고 있는 것 같았는데 세월이 갈수록 그 험난한 사법고시 공부의 대열에서 하나씩 이탈하였다. 역시 그 길은 역시 외롭고 요원한 길인 것같이 보여 잠시 도전의 기회를 미루고 있는 듯 보였다.

나의 반에는 명석한 두뇌와 훈훈한 인성을 지닌 급우들이 많았지만 그중에서도 가장 인상적인 급우가 있었다. 내가 그 급우와 3년간 같은 반에 있었는데 그는 3년 동안 한 번도 나의 반에서 학업 성적 수석을 놓지 않았던 걸출한 수재였다. 그는 교직에 2년을 근무한 후 S대 법대를 졸업하여 사법고시에 합격한 후 사법연수원도 우수한 성적으로 수료하여 서울지검 검사로 임용되었다. 또 다른 급우는 두뇌도 명석한 데다가 인성도 매우 좋은 의지의 사나이로 부르고 싶은 급우였는데 사범학교 시절부터 사법고시에 뜻을 두었지만 운이 따르지 않아 합격의 영광을 안타깝게 놓쳤지만 10년 후 독학으로 사법고시 합격을 하였으니 그의 끈질긴 노력과 인내력을 높이 평가하였고 그의 사법고시 합격 소식을 듣고 우리 동기생들 모두가 모여 축하연을 베풀었다.

　나는 국내의 사법고시에 대한 이야기보다는 일본고등문관시험에 합격을 하고, 대학 재학 중에 일본 전국대학생 영어웅변대회에서 우승한 김용식 외무부장관의 이야기와 그의 아우인 영문학자 김용익 교수에 관한 신섭중 선생님의 이야기에 더 귀가 솔깃하였다. 김용식 장관은 일제시대에 일본 중앙대 법학부에 재학 중 고등고시 사법과에 합격하여 3년간 변호사로 활약하기도 하였다. 일본 중앙대학 재학 중에는 전국대학생 영어웅변대회에서 우승을 하였기에 나는 국제적 인물로서의 안목을 키운 김용식 장관에 대한 깊은 존경심을 느꼈다. 더욱이 미국의 키신져 국무장관과는 특히 개인적으로 친분이 두터워 키신저 국무장관이 김 장관을 만나러 일부러 일본에서 업무를 마친 후 한국에 오기도 하였다는 일화가 있을 정도로 덕망과 카리스마가 있었다. 나는 김용식 장관이 영어공부를 그렇게 열심히 하면서 고등문관시험 사법과에 합격한 것을 대단하게 생각하였다.

　김 장관이 지닌 이런저런 카리스마적 매력과 32살의 나이에 영국 옥스퍼드대학에서 정치학박사를 취득한 이동원 박사의 명성에 고무되어 나는 외교관이 되겠다는 마음을 굳혀 사범학교 1, 2학년 때 고급영어, 외교사, 헌법을 공부하기 시작하였다. 영어를 유창하게 구사하는 외교관이 부족한 그 당시 영어구사력이 유창하면 다른 과목들의 성적이 다소 부진하더라도 합격을 시키는 경우가 있다는 말을 내가 잘 아는 외무부 공무원에게서 들었던 바도 있어 틈이 날 때마다 대청동에 소재한 미국공보원에서 나 혼자 영어구사력 배양에 노력을 기울이기도 하였다.

그러나 언제나 나의 멘토 역할을 해왔던 선배 한 분이 자유당 시절의 양유찬 주미대사의 예를 들면서 외교관이 되려면 재력이 있어야 된다는 말을 듣고는, 나도 모르게 외무고시 준비에 대한 단단한 결심이 조금씩 흐트러지기 시작하여 추진력을 잃게 되었고 결국 외무고시 준비에서 그만 손을 놓게 되었지만 영어영문학 교수가 되겠다는 희망은 놓지 않았다.

김용식 장관의 아우인 김용익 박사는 일본 동경의 아오야마학원 영어과를 졸업한 후 미국의 캘리포니아 버클리 대학 대학원을 졸업하여 그 대학에서 소설창작이론을 강의하기도 하였다. 1957~58년도에는 부산대, 고려대에서 교수로 잠시 재직한 바 있었고 1958년도에는 사범학교 교내 영어웅변대회 심사위원장으로 그분을 모시기 위하여 부산대학교 영문학과 연구실을 방문하였다. 김용익 교수님은 영어웅변대회 심사위원장으로서 인상적인 대회 심사평을 해주셨고, 고맙게도 나의 영어웅변 원고 내용의 장점과 단점을 잘 지적해 주서서 그 후 두 번의 미국공보원 주최 영어웅변대회에 출전할 때 제출한 영어웅변 원고를 작성하는 데에 많은 참고가 되었다.

2. 의예과 1학년
   영어강독 강의

1980년 3월 1일부터 의과대학 의예과에 영어전임강사로 처음 근무하면서 100분 동안에 대형 강의실에 180명(1학년 100명, 2학년 80명)의 학생을 대상으로 영어강독 강의를 맡았는데, 어떤 식으로 강의하는 것이 학생들에게 가장 만족스럽고 유익한 강의가 될지 누구에게 물어볼 수도 없고, 또 고등학교 교사에게 주어지는 강의 지침서도 대학에는 없었기 때문에 강의를 어떻게 해야 좋을지 매우 난감하였다.

5·18 광주사태로 인해서 전국의 모든 대학들은 휴교를 하여 강의가 계속 중단되어 그해 11월 말까지 휴강하였다. 대학이란 직장에 와서 거의 6개월 동안 강의를 하지 않고 봉급만 받으니 이상하기도 하고 대학 당국에 미안하기 짝이 없었다. 그렇게 허송세월을 보내다가 그해 12월 초부터 늦지만 1월 말까지 집중적으로 보강을 열심히 하였다.

그 당시는 교수나 강사가 특정한 시대의 영문학의 사조나 특정한 영문 작가의 사상과 인생관을 중심으로 학습하고 비평하면서 일방적으로 100분간 연강하는 강의였으니 강의를 듣기만 하는 학생들은 아무리 강의 내용이 좋다고 하더라도 무척 지루하였을 것이다. 그래서 그때 나는 2시간(100분) 강의를 하는데 어떻게 하면 의예과 신입학생들이 홍미를 가지고 영어 공부에 몰입하게 할까를 두고 숙고하였다.

영어전임강사 초심자인 나는 많은 부담이 되었고, 이사장과 학장은 부산대학교 의과대학에 낙방한 후 인제의대에 입학한 인재들이 실망하지 않도록 부산의대 영어전임교수보다 더 나은 강의를 바라고 있었고 만날 때마다 그 점을 강조하였기에 나는 많은 부담을 갖게 되었다. 더욱이 대학당국에서는 내가 그 당시는 희귀하였던 테솔 수료증(TESL DIPLOMA)을 영어권 나라에서 획득한 영어전임강사이기 때문에 큰 기대와 관심을 가졌다.

1980년대 그 당시는 AFKN(주한미국방송) 청취가 대학생들에게 주요한 관심이 되었던 시대였다. 나는 홍미있는 뉴스가 될 만한 기사를 코리아 타임지 영자신문과 시사영어 주간지인 타임지의 칼럼을 골라 힘들게 타이핑하여 교재(텍스트)로 사용하였다. 그 당시 부산시나 전국 어디에서나 의예과 학생들을 대상으로 AFKN 수준의 영어를 읽고 강의하는 곳이 없었다. AFKN 뉴스는 홍미있는 뉴스가 되는 기사이기 때문에 학생들이 몰입을 할 수 있었지만 내가 매주 그런 기사를 찾아 타이핑하여 교재 자료를 만드는 것이 매우 힘들었다. 주말마다 그 교재를 준비하느라고 아내나 자식들과 대화를 나눌 시간이 없을 정도였다.

AFKN 방송국의 아나운서가 말하는 그 속도와 비슷하게 말하는 연습과 읽는 연습을 많이 하고 수업에 임하였다. 읽은 후 바로 우리말 번역을 옛날 일제시대부터 해오던 '반순해식(문장의 앞과 뒤로 왔다 갔다 식으로 하는 번역)' 번역방식을 버리고 영문의 구조에 따라 그대로 번역해 나가는 '순해식'으로 막힘없이 해주었다. 학생들은 AFKN 방송을 듣는 것과 유사하다고 하면서 상당한 흥미를 가지고 수업에 임하였다. 학생들은 빠른 속도로 읽는 나의 영어 읽기의 듣기에 몰입을 하였고 나를 아주 신뢰하였기에 더욱 열심히 교재연구와 준비를 열심히 하였다.

영어전임에 대해서 유달리 관심이 많으신 전 종휘 학장님도 내가 영어 수업을 잘 하고 있는지에 대해서 많은 관심을 가지고 복도를 자주 거닐며 나의 강의를 자주 경청하기도 하였다는 말을 함께 수행했던 교직원으로부터 들었다. 전 학장님은 함께 수행하는 교직원에게 "저 영어교수는 대단해, 대단한 사람이야, 정말 대단해"라는 말씀을 종종 하셨고 나를 전적으로 신뢰하신 것 같았다는 말을 나에게 전하였다. 나는 그 말을 듣고 속으로 '나의 실력은 그런 정도가 되지 않는데 과찬이야'라고 생각하였지만 기분은 좋았다.

몇몇 서울에서 온 학생들은 내가 혹시 서울에 있는 다른 학교로 전근을 가지 않을까 하는 우려까지도 할 정도로 나의 강의를 높이 평가하였다. 사실 나의 실력은 학생들이나 학장님이 생각하는 그런 정도의 대단한 실력이 아닌데도 그렇게 생각하니 나에게 큰 힘이 되었지만 다른 한 편으로는 많은 부담이 되었다.

그 후 미국에서 4년제 공과대학과 2년제 대학원을 졸업한 재미 교포 학생이 우리 대학 의예과에 학사편입을 하여, 영어수업에 출석하여 한 번도 결석 없이 나의 수업을 청강하였다. 우리 학생들이 학사편입한 그 학생에게 나의 영어 말하기와 읽기에 대해서 어떻게 생각하느냐고 물어 보니 "Very good, wonderful, His English is just like a native American English speaker's"이라고 하더라고 하는 이야기를 듣고 미국에서 중등학교와 대학을 졸업한 원어민이 그렇게 말해주니 나는 의예과 영어강독 수업에 더욱 자신감이 생겼다.

3. 의예과 2학년
   의학영어 강의

2학기에는 의학영어(medical English)를 가르치게 되었는데 어떻게 가르칠까를 두고 많은 궁리를 거듭하였다. 그 당시는 우리나라의 의과대학 의예과 과정에서 의학영어를 가르치는 경우가 거의 없는 것 같았지만 내가 학장과 교무처장에게 의학영어를 가르치겠다는 제의를 하였다. 내가 의학영어를 가르칠 만한 의학적 지식이 부족하였지만 경솔하게도 그런 제의를 하였던 것이다. 원래는 1주에 의예과 1학년 2시간, 2학년 2시간 영어강독 강의만 하게 되었었는데(고등학교에서는 대체로 1주에 18~21시간), 그렇게 되면 1주에 4시간 강의만 하고 매월 봉급을 빠짐없이 받게 되므로 학교와 재단에 대해서 심적인 부담이 되어 그런 제의를 하게 되었다.

의예과 학생들에게 의학영어를 AFKN 방송영어처럼 가르칠 수 없고 또 의학을 전공하지 않은 내가 자신있게 의학영어를 가르칠 수 없기 때문에 학기가 시작되기 전부터 오랫동안 의학영어 수업을 어떻게 할 것인가, 교재는 어떤 것을 택할 것인가, 어떤 교수방법을 택할 것인가에 대해서 오랫동안 연구를 거듭하였다.

내가 의학에 대해서 거의 알지 못하는 상태에서 비록 의과대학 예과 2학년 학생이지만 이 학생들에게 유용한 의학적 지식을 가르친다는 것은 거의 불가능하다는 생각도 하였다. 고등학교 영어교사로 고등학교에서 재미있게 영어를 가르치며 홀가분하게 지낼 수 있었을 것인데, 대학교수직에 대한 괜한 허영심 때문에 내가 인제 의대에서 영어를 가르치는 교수로 근무하고 있는 그 자체가 크게 후회되었다.

며칠 동안 숙고한 나머지 내린 결론은 의학전문가뿐만 아니라 영어를 공부하는 지성인들도 종종 읽는 시사주간지인 타임지의 의학 칼럼을 매주 하나씩 학습하는 것도 좋으리라 생각하였다. 덤으로 흥미롭고 수준이 높은 고급영어도 공부할 수 있으니 그렇게 하기로 마음을 굳혔다.

의학과 관련된 내용에 대하여 내가 이해하기 힘든 의학적 용어들이 있으면 수업하기 이전 며칠 전에 병원에 있는 의학과 전문분야 교수들에게 도움을 청하여 부족한 의학 지식을 보완하면 될 것이라고 쉽게 생각하였다. 그러나 대학병원에 근무하고 있는 의학과 교수들은 많은 환자들을 보고 연구논문을 쓰는 데 바빠서 내가 묻고 싶은 사항에 대해서 물어보기가 사실상 불가능하다는 것을 뒤늦게 알았다.

그래서 의학과 전문분야를 다루는 데 어려움을 느끼기도 하였지만 학생들에게 신뢰감을 주기 위해서 의학 칼럼을 열심히 예습하는 데에 많은 시간을 보내었고 의학과의 각과 교수들의 도움을 어렵게 간신히 받으면서 의학적 지식을 조금씩 넓혀 나갔고 시간이 지나면서 차츰 자신감을 키워 나가게 되었다.

나는 2시간을 연강하는 수업(100분)을 학생들로 하여금 60분 동안 각자가 자기의 영한사전을 보고 의학 칼럼을 해석하여 보도록 하였다. 그동안 나는 학생들 사이사이로 돌아다니면서 학생들이 어려워하거나 막히는 어휘, 숙어, 문장 구조, 문법을 그때마다 설명하며 도와주었다. 나머지 40분 동안에는 내가 번역한 것을 학생들에게 들려주고 번역이 어려운 구문을 설명해주면서 학생들에게 잘못된 부분을 고치도록 하였다. 그 다음 강의시간 직전까지 학생 자신들이 의학 칼럼을 우리말로 다시 정리하여 제출하도록 하였다.

대부분의 학생들은 그렇게 자기 스스로 타임지를 영어로 수업을 한 것이 자신들이 영어공부를 시작한 후 처음이라며 자학자습식 수업에 몰두를 하게 되니 영어수업이 지루하지 않고 시간 가는 줄 몰랐을 정도로 자학자습에 몰두하였다며 학생들 대부분이 의학영어 시간이 기다려진다고 하였다. 대부분의 학생들은 자신이 타임지 같은 고급 영어시사주간지를 읽어보는 것이 처음이라며 그런 자신들을 대견하게 생각하였고 또 그들은 다른 의과대학에 다니는 자기의 친구들에게 자랑을 하기도 하였다고 하였다.

교수나 강사의 일방적 영어강독 강의 방식보다는 자학자습식 영어강독 수업 방식이 처음에는 학생들에게 많은 부담이 되지만 수업이 진행될수록 수업이 지루하지 않고 훨씬 재미있게 느껴지며 영어독해에 자신감이 생긴다고 하였다.

교사가 거의 일방적으로 주도하는 중고등학교 영어수업에도 독해력을 기르기 위해서 이러한 자학자습 수업방식을 채택하는 것이 학생들에게 영어수업에 대한 흥미를 느끼게 하고 학습효과가 클 것이라는 생각이 들었다.

 나는 오랫동안 궁리하여 채택한 의예과 학생들의 자학자습형 영어수업방식이 일단 성공한 것으로 생각하였고, 학기말에 제출되는 담당교수강의평가서에서 '학생들이 영어시간이 지루하지 않고 재미있는 수업이었다'는 의학영어수업의 평가 종합 총평을 보고 안심을 하고 흐뭇하게 느꼈다.

4. 질문-토의식 영어수업의
   시도와 보람

나는 1980년부터 1990년까지 100명 단위의 의예과 영어강독 수업을 하다가 1991년부터는 인제대 김해캠퍼스에 있는 영어영문학과 학생들도 가르치게 되었다. 학생들은 교수가 강의하고 학생들이 듣기만 하는 일방적인 영어수업을 정말 지루하게 생각하였다.

대부분의 학생들은 교수들의 천편일률적인 수업 방식인 영문학 텍스트의 읽기, 번역하기, 비평하기 등의 강의 패턴에 지루함을 느끼고 있었다. 그래서 학생들은 영어수업을 생동감이 넘치는 '살아있는 수업'으로 재미나게 해주는 교수가 나타나기를 기대하고 있었다.

나는 어떻게 하면 학생들로 하여금 재미를 느끼며 영어수업에 몰두하게 할까를 숙고하다가 '질문-토론식 수업'(Asking Questions and Discussion Method)'이라는 독특한 수업방식을 도입해보면 되겠다는 생각을 문득 하게 되었고 이 수업이 재미나고 활기찬 수업이 될 것이라고 확신하고 실천을 하였다.

학생들에게 다음 시간에 할 수업용 텍스트와 과제를 미리 내어

주고 그 과제에 문답식 영어 수업을 할 수 있는 준비를 하도록 하면 학생들 자신들이 예습과 준비가 잘 되어 있어 재미있고 활발하게 수업을 이끌어 나갈 수 있으리라 생각하였다. 나의 예상은 거의 100%로 적중하였다. 학생들은 다음 시간 수업을 위해서 의외로 준비를 많이 하였다. 학생들은 '발표를 위해서 자율적으로 준비를 많이 한다'는 것을 처음으로 알았고, 미리 내어준 주어진 텍스트에 근거하여 주어진 질문에 대답하도록 하였더니 참으로 '활발하고 적극적인 수업활동'이 이루어졌다.

영어로 질문을 하고 대답을 하다가 어순이나 단어가 조금씩 틀리는 경우가 생기더라도 거기에 크게 개의치 않도록 하였다. 단 첫마디와 처음 시작이 중요하므로 큰 소리로 시작하여 자신감을 보일 것을 강조하였는데 학생들은 이를 잘 이행하여 점차 자신감을 갖게 되었던 것 같다. 학생들은 나의 예상보다는 더 자신감을 가지고 질문을 하고, 질문에 대한 대답을 할 수 있었다. 질문들 중에서 적어도 2개의 질문에 대해서는 상대방은 자기의 생각을 개진해야 하니 토론식 수업의 성격을 자연스럽게 지니게 되리라 생각되었다.

나는 이 수업의 효과에 대해서 처음에는 그렇게 반응이 좋으리라고 생각을 하지 않았지만 학생들의 반응은 정말 놀라웠다. 대부분의 학생들이 이 수업만을 "한 주일 내내 기다린다"라는 말을 듣고 그 효과를 실감하게 되었다. 나도 이 수업이 기다려졌다. 학생들이 그렇게 기다리는 수업에 대해서 여러 교수들이 아주 궁금해하였다. 여러 명의 학과 동료 교수들도 찾아와서 학생들이 정말 재미있다고 하는 그 수업 방법이나 절차에 여러 번 자세히 묻곤 하였다.

대체로 24명(혹은 40명)의 학생들이 한 학급의 인원이라면 8명의 단위로 한 그룹을 만들고 그 그룹 내에서 마주 보고 순서를 바꾸어가며 서로 무작위로 질문하고 대답하게 한다. 긴장감, 다양성, 흥미를 주면서 수업이 진행된다. 24명이면 3개 혹은 4개의 그룹이 형성된다. 물론 수업진행자가 자의로 그룹 수를 더 만들 수 있다.

쉬운 과제로 수행한 수업의 예를 들면 다음과 같다.

(Asking questions Models for answering and discussion. Let the students answer the questions in the full sentences as possible as they can)

1. Are you a person who likes animal? If so, why do you like aniaml? If not, why don'you like animal?

2. Do you think that people who like animals are different from people who don't like animal? If so, how are they different?

3. Do you have a pet? If so what kind of animal is it, and how long have you had it? Why do you think so?

4. Besides cats and dogs, what oher kinds of animals make good pets?

5. What are the best things about having a pet? What are the most difficult things?

6. Some people treat their dogs and cats like babies, buying them clothes

and toys. What do you think of that?

7. Do you think that old people who have pets dogs or cats live longer than people who live alone without pets? And why do you think those havinig pets live longer than those who live alone?

8. Which animals or animal do you thinks are the smartest(most intelligent)? Why do you think so?

이런 종류의 질문 토론식 수업은 하다 보면 학생들의 다양한 의견과 표현이 점차적으로 산출된다. 질문 토론식 수업의 효과는 1975~98년까지 한국인의 영어소통능력 교육에 많은 업적을 남긴 "Small Group Discussion Topics"이란 교재를 지은 Jack Martirer 교수가 특히 강조했었다. 그는 유창성(fluency) 습득의 근본 핵심을 다음과 같이 강조하였다.

"유창성(fluency)은 인위적으로 만든 교과서(예를 들면 English 900)와 인위적으로 만들어진 교실 수업 훈련을 통해서는 제대로 습득될 수가 없고 그 언어의 실질적 사용을 요하는 실제상황에서만 습득될 수 있다"라고 하였다("Fluency is acquired not through artificial textbooks and artificial classroom drills, but in situations requiring practical use of the language").

그리고 그는 "토론에 임하게 되는 학생들은 주제에 대하여 자신들의 생각을 표현해야 하므로 학생들은 그 언어의 문법과 구조라는 형식(form)보다는 토론의 내용(content)에 훨씬 더 강하고 높은 집중력을 기울인다. 그 때문에 유창한 표현 능력이 육성된다"라고 하였다("asked to verbalize their thoughts on controversial subjects about which they already have strong feelings, students tends to focus more on the content of their discussions and never focus on the form of a language").

5. 한국어와 영어의
논리적 전개방식

　내가 오랫동안 근무했던 전직 대학의 조 교수가 학교로부터 오랜만에 연구년(안식년)의 기회를 받아 유수한 미국의 대학에서 1년간 연구를 하고자 하였다. 그런데 1학기 내내 미국의 하버드 등을 비롯한 유수한 대학에 초청비자를 얻기 위하여 서신을 여러 번 보냈으나 교수에게 초청비자를 보내는 학교가 한 곳도 없어 나름대로 고초를 겪고 있었다. 안타까운 상태에서 조 교수는 나에게 그가 보낸 편지들의 내용에 문제가 없는지를 검토해달라는 요청을 하였다.

　우선 그가 미국의 유수한 대학에 보낸 영문편지의 내용을 검토해보았다. 그 편지들은 모두 문학을 전공하는 영문과 교수의 자문을 받아 번역하였다고 하였다. 문장들을 검토해보니 문장이나 단락은 영어의 문법에 아무런 문제가 없었다.

　그러나 그의 많은 편지의 영문 기술 방식은 특정한 미국 대학에서 연구할 구체적 목적과 대상을 표현하는 전개방식이 영미인의 직선적인 사고방식과는 거리가 먼 우회적이고 소용돌이식 방식이며 추상적이었다. 나는 즉시 영미인들의 사고방식에 따라 영문편지를 다시 작성하게끔 도와주었다. 그런 일이 있은 후 1개월 되었을 때 Jo 교수가 초청비자를 3군데에서 받았다고 좋아하며 나에게 감사의 인사를 보내왔다.

카플란(1966)은 영어를 모국어로 하는 영어사용민과 다른 언어를 사용하는 비영어사용민 사이에는 그들 자신의 생각이나 사상을 표현하는 고유한 사고방식이 있으며 특히 영어와 동양의 언어는 그 전개방식이 서로가 극히 대조적이라 하였다. 즉 영어사용민의 전개방식은 그야말로 직선적이며 동양인의 전개방식은 우회적이며 소용돌이식이라는 것이다. 그는 각 언어의 전개방식을 그의 "Cultural Thought Patterns in Inter-cultural Education"에서 다음과 같이 기술하였다:

"Some Oriental writing is marked by what may be called an approach by indirection. In this kind of writing, the development of the paragraph may be said to be turning in a widening gyre, The circles or gyres turn around the subject and show it from a variety of tangential views. But the subject is never looked at directly. Again, such a development in a modern English paragraph would strike the English reader an awkward and unnecessarily indirect."
Kaplan(1966:410)

영어의 직선적 논리 전개 방식을 사용하는 것이야말로 말이든 글이든 영미인과 원활한 의사소통을 할 수 있는 핵심이 된다.

하나의 예를 Ruth C. Fallon의 'English Presentation Know-how'(2006)에서 들어보기로 한다. 오랫동안 진행해온 프로젝트 A 에 대하여 미국인이 "What is the major problem with Project A?" 이렇게 물었다고 하면, 한국인들은 대체로 다음과 같이 대답할 경향이 높다:

"Project A was launched in 1995. In order to implement the project, there were many arguments for and against if among the company executives, as you may know. We have been facing many many problems(프로젝트 A는 1955년에 시작되었습니다. 알고 계실지 모르겠지만 시작할 당시에는 임원들 사이에 많은 찬반 논란이 있었습니다. 그러므로 처음부터 이것은 많은 문제에 직면하여 왔습니다)."

위 글을 보면, '프로젝트A의 문제점이 무엇인가에 대한 언급이 전혀 없고 프로젝트A의 기원, 그것에 대한 찬반론이 있었다는 이야기, 많은 문제점이 있다는 등 필요가 없는 주변적인 말만 하였지 질문에 대한 정확한 응답이 없다.'

만약 영어사용민이 영어식 논리로 대답한다면 어떻게 될까?

"*I believe the major problem, among many complicated problems is the steep rise in the material costs. When the project started, expenses for material costs were about five million won*(큰 문제는 재료 가격의 인상입니다. 이 프로젝트가 시작될 때엔 재료의 가격은 약 500만원이었습니다)."

윗글을 보면, 다른 불필요한 언급은 없고, 오직 질문에 대한 정확한 답변만 있다는 것을 알 수 있다. 즉 영어사용민은 질문의 point를 향하여 일직선으로 대답하고 있다는 것을 알 수 있다. 대체로 글의 기교적·예술적 차원을 다루는 영문학에서는 영미인의 담화전개의 논리를 상세히 다루지 않는다. 그러므로 우리말을 영문으로 번역할 때는 축어역으로 번역하여 영문답지 않은 좀 이상한 영문이 되기도 한다. 재언하면, 우리말의 소용돌이형 논리대로 영어를 표현한다면 영미인의 사고방식에 맞지 않는 어색한 영어가 되어 버리게 된다. 그러므로 다른 언어를 사용하는 외국인과 의사소통을 효율적으로 하기 위해서는 그 언어사용민이 지닌 언어의 전개방식을 정확히 알고 표현을 해야 된다는 것이다.

6. 해외어학(영어)연수
예정자를 위한 조언

해외어학연수는 어학연수 예정자가 어학연수를 받을 수 있을 만큼 연수를 가기 전에 듣기, 말하기, 읽기, 쓰기의 네 가지 기초능력을 충분히 갖추어야 진정한 영어환경에서 성공적인 어학연수를 하게 될 것이다.

그러면 어느 정도의 네 가지 기초능력을 갖춰야 하는가? 한국의 유수한 실용적 영어교육전문가인 정철 원장이 추천하는 내용의 일부를 인용하여 제시하고자 한다.

1) 문장의 구조를 꼼꼼히 분석하지 않고 즉시 파악할 수 있는 구문능력

2) BBC, CNN 등의 뉴스방송을 듣고 적어도 절반 정도의 내용은 추측을 할 수 있는 청취능력

3) 보통 수준의 연설문을 1분에 180 단어 이상의 속도와 80% 이상의 이해도로 읽을 수 있는 독해능력

4) 간단한 영문 편지 정도는 쓸 수 있는 쓰기 능력

앞서 열거한 네 가지 부분에 대한 기초능력을 갖추어야 어학연수를 할 때 소기의 어학연수 효과를 거둘 수 있지만 그렇지 못하면 애초에 기대한 어학연수의 효과를 거둘 수 없다.

젊은 시절의 나는 8개월 과정의 테솔 수료 과정에 들어가기 전현지에서 3개월 동안의 영어 연수를 받았는데 이 기간에 다른 부분은 문제가 없었지만, 청취력의 훈련이 만족스럽지 못해 수강에적지 않은 어려움을 겪었다. 이런 어려움은 문법-번역인 문어체 중심의 영어 교육을 받아왔던 한국이나 일본 연수생들이 겪는 어려움이었다. 영어와 어순이 다른 것도 큰 문제점이 되지만, 한국어와일본어는 syllable-timed rhythm language(음절음률 언어)인데, 영어는 stress-timed rhythm(강세음률 언어)이기 때문에 한국인 학습자나 일본인 학습자는 영어 청취에 큰 어려움을 겪는다.

이에 대한 충분한 준비를 못한 나 자신은 연수가 끝날 때까지 청취가 어려웠다. 이에 비해서 과거 서구 열강의 식민지였던 국가에서 온 동남아시아 나라의 연수생들은 구어체 중심의 영어교육을받아왔기 때문에 그들의 영어 청취력과 회화력은 수강에 문제가없을 정도로 좋았다. 그러나 문법에 관한 한국과 일본 연수생들은성적이 뛰어났으나 동남아 나라에서 온 연수생들의 성적은 매우좋지 않았다.

어학연수를 가고자 하는 외국 대학들 중에는 영어의 구조와 문법에 대한 기본적 실력이 갖추어진 ELS 학생들에게 전공학과인 '본코스(majoring subject course)'의 청강을 허용하는 대학들이 있다.

따라서 그런 학교에 부설되어 있는 어학 코스를 선택한 뒤에 몇 과목 정도는 원어민 학생들이 다니는 '전공과목 코스'에 수강신청을 하여 그들과 함께 공부하면 진정한 목표언어를 제대로 습득할 수 있으며 그러한 방법이 가장 효율적인 언어 습득 방법이 될 것이다.

명심해야 할 것은 언어의 학습은 어학원에서 배우고 있을 때보다 그 언어를 실제로 사용하여 어떤 의미있는 일을 하고 있을 때 더 숙달이 잘 된다는 점이다. 따라서 외국의 어학 코스 같은 데에 가서 어학연수를 오랜 기간 동안 하느니 보다 당당하게 학부나 대학원 과정에 들어가 원어민 학생들과 적극적으로 어울리고 공부하면서 목표언어를 단련하는 것이 그 언어를 마스터하는 가장 효과적인 길이다.

나의 아들의 경우, 처음에는 어학원에서 영어를 배우다가, 어학원 과정의 기본을 빨리 끝낸 후 학부과정에 입학하여 전공과목들을 열심히 공부하였다. 또 그는 스터디 그룹 활동과 동호회 서클 활동도 함께 하면서 학과의 동료들과 잘 어울리며 지내다 보니 청취력과 표현력이 어학원 과정과는 비교가 안 될 정도로 빠르게 신장되었음을 실감하게 되었다고 하였다.

또 한 가지 더 명심할 것은, 영미권 대학의 부설 ESL코스에는 한국인 어학연수자들이 잘 모르는, 유의해야 할 몇 가지 사항들이 있다.

첫째, 영어모국어 화자와 함께 공부하는 것이 아니고, 세계 각국에서 모여든, 영어를 잘 못하는 학생들과 연수를 한다. 그러나 영어모국어 학생이 대부분인 대학이나 대학원의 코스와는 달리, 어학과정 코스에 원어민이라고는 소수의 언어교육담당 요원들과 사무원들뿐이고, 대화 상대는 엉터리 영어를 더듬거리는 외국인 연수자들이다. 따라서 흔히들 생각하는 '그들과 섞여서 지내다 보면 저절로 살아있는 영어를 습득할 것'이라는 막연한 믿음은 큰 오산이다. 오히려 세계 각지에서 온 다른 나라 학생들의 이상한 발음과 엉터리 영어에 자신도 모르게 동화되어버리기 쉽다.

둘째, 생활영어보다는 한국에서처럼 주로 문법, 독해, 작문 등을 가르친다. 가르치는 강사는 효과가 즉시 나타나지 않고 힘이 드는 생활영어를 가르치는 것보다 교재에 나와 있는 문법, 독해, 작문을 가르치는 것이 더 쉽기 때문이다. 한국 학생들이 연수 오기 전에 기대한 것처럼 살아있는 영어를 하루에 몇 시간씩 연습하는 것이 결코 아니다.

더욱이 듣기 능력이 부족하고 영어의 구문에 대한 기초실력이 부족한 학생들은 영어모국어 교사의 설명을 거의 알아들을 수 없어 갈수록 자신감을 잃게 되고 당황하게 된다. 게다가 매일 강사가 내어주는 엄청나게 많은 숙제를 하느라고 많은 시간을 보내니 겉으로는 많은 공부를 하는 것같이 느껴지나 연수기간이 끝나는 순간까지 애초에 기대한 연수의 결과를 얻지 못한다. 그러므로 해외 언어 연수를 가기 전까지는 자기나라에서 영어 혹은 외국어 연수에 필요한 이른바 네 가지 부문인 청취 능력, 말하기 능력, 독해 능력, 쓰기 능력의 기본 실력을 충분히 갖추어야 외국어 연수 환경에서 소기의 목표를 달성할 수 있을 것이다.

7. 나의 과민성 체질
불만

    이른바 사회적 동물이라는 사람이 노년에도 건강한 삶을 영위하기 위해서는 육체적 건강, 정신적 건강, 사회적 건강이라는 세 가지 건강 모두가 필요하다. 이 세 가지 건강은 서로가 뗄 수 없는 불가분의 밀접한 관계가 있다. 노년이 되어서도 사회적으로 건강하다는 것은 사회를 구성하는 일원으로서 대인관계가 원만하여 정상적인 사교활동을 하고 자기가 소속하고 사회에 잘 조화되어 생활하는 데에 아무런 불편과 문제가 없는 것을 의미한다.

    나는 친구들이나 동료들과 자주 어울려 맥주나 소주를 마시거나 회식을 가끔 하면서 즐거운 담소를 마음껏 나누고 싶었다. 그러나, 유감스럽게도, 노년이 되면서 체질적으로 술이 맞지 않아 어지간하면 술을 마셔야 하는 자리를 피하였다. 식사 초대를 받는 일이 있어도 술을 마셔야 할 자리는 될 수 있는 한 회피하였다. 그렇게 되니 술을 좋아하는 친구들과의 친교의 기회를 자주 갖지 못하니 오해도 생기고 친구들과의 거리도 멀어지기도 하고 교류도 뜸해져 인간의 생활에 매우 중요한 사회적 건강에 문제가 생기기지 않을까 염려도 하였다.

　원만한 대인관계와 폭넓은 사회생활을 하는 데 나의 체질이 문제가 될 때가 많아 나의 체질이 불만스럽고 원망스러울 때가 많았다. 내가 과민성 체질이 아닌 일반적인 체질인 비과민성 체질을 타고 태어났다면 교우관계나 사회생활의 양상이 지금과는 판이하게 달라졌을 것이다.

　나는 어릴 때부터 과민성 체질 때문에 특히 위장의 기능이 좋지 않아 이런저런 잔병을 자주 앓았다고 하였다. 아주 어릴 때 위장의 건강을 위하여 온천휴양지에 있는 치료원에 가서 위장 부위에 뜸 치료를 종종 받은 기억이 난다. 감수성이 예민한 어린 시절에 그런 경험을 자주 하였지만 조용하고 아름다운 온천휴양지와 바닷가 휴양지의 전경이 나의 눈에 지금도 삼삼히 떠오르고 그곳이 포근한 고향처럼 그리울 때가 종종 있다.

　8·15 해방 이후 우리 가족이 일본에서 한국으로 돌아와 살고 있을 때에 일본 고베에서 한의원을 하며 나를 치료하셨던 아버님 연령대의 근엄한 한의사 한 분이 가끔 아버님과 어머님을 찾아와 옛날에 있었던 나의 위장병 치료와 관련된 화제로 담소를 나누곤 하셨다. 그 옛날 몇 달 동안 위장병으로 고생하던 나에게 그 한의사께서 북해도산 녹용을 처방해주며 "이 약이 댁의 아들에게 아마 마지막 약이 될지 모르겠습니다만 아마 효험이 있을 겁니다"라고 약 처방을 하셨던 그때를 회상하시며 이야기를 많이 하셨다.

　부모님은 내가 그 녹용과 한약제를 함께 달여 먹은 후 드디어 체력을 회복하고 지긋지긋한 위장병을 비롯한 잔병치레에서 벗어났다고 말씀하셨다. 그 후로는 다행히 나는 한 번도 위장장애나 소소한 질병을 한 번도 앓지 않았다고 말씀하셨다. 그래서 태어날 때부터 체질이 허약한 나의 첫째 아우도 그 한의사에게 녹용 처방을 받아 한약을 든 후 비교적 건강하게 자라났고 더욱 총명해져 공부도 열심히 할 수 있었고 중간에 앓았던 결핵도 거뜬하게 이겨냈었다.

그 녹용을 어릴 때 복용한 것이 도움이 되었는지 해방 이후 부족한 식량 사정과 영양 상태에서도 나의 체력과 근력도 이웃 친구들이나 학우들에 비해 좋은 편이어서 각종 운동능력도 아주 좋아져 초중고 학생시절에는 단거리달리기, 야구와 축구 등의 구기운동은 다른 선수들에게서 뒤떨어지지 않는 선수 생활을 할 수 있었다. 체력이 좋아짐에 따라 중학교 때부터 대학원 박사과정을 마칠 때까지 학업에 대한 집중력이 계속 유지되어 대학원 박사과정을 이수하며 학위도 취득할 수 있었다. 연구논문과 책을 쓰고 교재연구를 하느라고 매일 밤 늦게까지 연구실에서 내가 가진 정력과 노력을 기울이었지만 몸이 지치거나 편치 않았던 때가 한 번도 없었다.

65세 정년퇴임을 한 후에도 학교당국과 교무처장의 배려로 7년간 본관 5층에 명예교수로서의 연구실을 배정받아 연구와 강의를 준비할 수 있었고, 또 영어영문학과 교수들의 배려로 교육대학원 전공과목인 '영어교육이론과 실제'를 즐겁고 열정적으로 강의하면서 보람있고 건강한 노년을 보낼 수 있었다. 학생들은 내가 정년퇴임을 한 교수지만 강의가 언제나 활기가 넘쳐 수업이 재미있고 지루하지 않았다고 하였다.

　체력은 정년퇴임 후에도 강의를 하는 데에 여전히 아무런 문제가 없었으나 젊은 후배 교수들에게 내가 맡고 있었던 강의의 기회를 넘겨주는 것이 도리일 것 같아서, 나의 교육대학원 전공강의(영어교육이론과 실제)를 73살 때인 2013년에 그만 강의를 접었다. 그러나 때가 되면 물러가는 것이 자연의 이치요 순리라 생각하니 더 이상의 미련이 남지 않았다. 이제 나이가 80을 훌쩍 넘었으니 육체적 건강도 예전과 같지 않고, 건전한 사교활동과 사회활동을 함으로써 유지될 수 있는 사회적 건강도 예전과 같지 않다.

8. 아무리 늙어가도
중단 없이 운동을!

세월이 강물처럼 쉼 없이 흘러 내 나이가 80세 고개를 훌쩍 넘어서자 아프지 아니할 것 같은 나의 몸도 세월의 무게를 견디지 못해서인지 여기저기 고장이 나기 시작하더니 이제는 아프거나 불편한 데가 많아지게 되니 생노병사의 섭리는 어쩔 수 없는 것임을 절감하게 되었다.

나는 매일 아침에 구서청구테니스 회원들과 30년 동안 하루도 빠지지 않고 집 근처의 학교 테니스코트에서 즐거운 마음으로 테니스를 쳤다. 그러다가 최근 10여 년 동안에는 산 중턱에 만들어진 더 쾌적한 테니스코트에서 테니스를 치며 건강과 친목을 도모했었다. 그런데 어느 겨울날 아침, 무척 차디찬 공기를 쐰 그 다음 날 나는 목감기와 코감기를 앓기 시작하였다. 2주일간 쉬어도 회복되지 않아서 병원을 갔더니 폐렴이 염려가 되니 테니스를 일단 중단하시라는 내과의사의 권고를 받아들였다. "아마 내가 이제 노쇠해서 그런가 보다"라고 생각하면서 거의 30년 동안 아침에 치던 테니스 운동을 3개월 동안 쉬게 되었다. 이 3개월 동안 테니스를 치지 않고 쉰 것이 나의 생애 최대의 악수인 줄을 그때는 몰랐다.

3개월을 쉬고 나니 팔다리의 근육 주위의 근육들이 풀어지고 줄어들었는지 동료들과 함께 테니스 랠리를 하기가 조금 어려워졌다. 그 후부터는 회원들에게 미안할 정도로 테니스 랠리가 잘 되지 않아 후일을 기약하며 테니스 랠리와 게임을 1년쯤 자진해서 쉬었다. 만약 내가 그때 1년을 쉬지 말고 한 달 동안만 쉬고 테니스를 계속했으면 신체나 체력에 큰 문제가 없었을 것인데 그냥 쉬어 버린 것이 일생일대의 큰 실수가 되어 버렸다.

테니스를 2년쯤 쉰 후 나의 어깨 근육과 팔 근육은 많이 줄어든 것 같은 느낌이 들었다. 운동을 하지 않고 쉴 동안에 서서히 진행된 고혈압, 지병인 당뇨병, 고지혈증 등을 치료하느라고 몇 가지 약들을 계속 복용하였더니 나도 모르는 사이에 위벽이 얇아져 위축성 위염과 위산과다증, 소화불량과 변비 등이 발생하여 당황하지 않을 수 없게 되었다. 사회생활과 사교활동에도 차츰 소극적이되고 점점 자신감을 갖지 못하게 되었다.

운동을 하지 않고 2년을 지냈더니 옛날 젊을 때부터 시작한 야구, 테니스 운동을 하면서 만들어진 근육이 풀어지고 쇠약해져서 어깨관절 부근에 통증이 느껴지고 팔을 위로 들어올리기가 아주 불편해졌다. 대연동 모 정형외과에서 진찰을 받아 보니 '어깨회전건개의 이상'이라는 진단을 내렸다. 어깨관절 수술을 하겠다고 하니 담당 정형외과 의사는 수술에 대한 자신이 없는지 나의 나이가 80대이고 당뇨병을 오랫동안 앓아서 수술이 어렵고, 그 어려운 수

술을 제대로 한다고 하더라도 회복하는 데 1년이 걸린다고 하면서 수술을 말렸다. 그 의사는 대신 진통제 주사를 주지 않고 소염진통제만 처방해주어 나는 그것만으로도 다행으로 생각하였다. 그랬더니 종일 아둔하였던 몸의 상태가 상당히 자유로워져 이젠 불편을 거의 느끼지 않게 되었다. 그러나 그 의사가 처방한 소염진통제가 손등과 발등을 부풀어 오르게 하는 부작용이 있어서 그 의사에게 다시 갔더니 신장에 이상이 있을 가능성이 있으니 내과 의사를 만나 X-Ray로 신장 검사를 받아보고 혈액 검사를 받아보라고 하였다. 나의 주치의인 H 내과의원의 M 원장이 나의 신장을 X-Ray로 찍고 소변과 혈액 검사를 하더니 나의 신장에 아무런 이상이 없고 단지 소염진통제에 문제가 있을 것이라고 진단하면서 더 경한 소염진통제를 처방해주었다. 새로 처방된 소염진통제를 복용하고 나니 손등과 발등의 부기가 신기하게도 거짓말처럼 완전히 빠져버렸다. 나는 "그 정형외과 전문 의사가 오진을 하였구나"라고 생각하며 신뢰할 수 없는 그 정형외과 의사에게 가는 것을 그만 두었다.

이렇게 되니 40대와 50대 시절에 자만하던 나의 체력과 관련된 추억들이 떠오른다. 내가 50대 초반에 인제대학교 의예과 1, 2학년 학생 180명 중에서 야구 경기를 잘하는 선수를 선발하고 나를 포함한 의예과 교수들 총 15명 중에서 9명을 선발하여 학생선발팀과 교수팀이 개교기념일 축하 친선야구경기를 하였다. 의예과 학생들은 고등학교 때 공부만 잘했을 뿐만 아니라 각종 운동 종목에도 기량이 아주 뛰어난 다재다능한 학생들이었다. 운동을 잘하는 학생들은 공부도 잘하는 것이 통례라 이들은 야구 기량도 아주 좋았다.

그러나 우리 의예과 교수들은 작전과 끈기에서 의예과 학생들의 젊은 패기를 물리치고 5:2로 기어이 이겨 내었다. 내가 1회에서 9회까지 에이스 투수를 하였다.

그때는 내가 80세가 되어도, 85세가 되어도 계속 테니스 경기를 할 수 있을 것이라고 자신하고 있었다. 그래서 한 달을 쉬거나 몇 달을 쉬거나 일 년을 쉰다고 하더라도 다시 꾸준히 연습을 하면 옛날의 기량과 체력을 회복할 수 있을 것이라는 자신감만 가진 것이 큰 착오였다는 것을 알게 되었다. 당뇨병을 오랫동안 앓았던 내가 80대에 들어서자 그것이 틀린 착오라는 것을 절감하게 되었다. 개인에 따라 다르겠지만, 80대에 들어서서 오랫동안 해오던 운동을 오래 쉬고 나면, 그로 인해서 한 번 쇠진된 근육과 체력은 젊었을 때처럼 회복이 어렵고 체력이 급격히 저하되어 버리고 회복이 되지 않는다는 것을 몸소 느꼈다. 그래서 "아무리 건강에 자신이 있더라도 늙으면, 어떤 상황에서도 해 오던 운동을 꾸준히 계속해야 하고 중단하면 안 된다"라는 말을 꼭 남기고 싶어졌다.

9. 차남의 호주 영주권
취득 에피소드

평소 자식에 대한 관심이 많은 나머지 간섭이 잦은 아버지는 자식들이 친근감을 느끼지 못한다. 내가 아들들에게 이런저런 간섭을 가끔 하다 보니 심리적으로나 정서적으로나 거리가 생기고 대화를 할 기회도 갈수록 적어졌다. 첫째와 셋째 아들 사이에서 불만과 갈등이 무척 많았을 차남은 자라면서 나에게 섭섭한 점이 많았을 것이다. 차남은 어릴 때에는 귀엽고 예쁘장하더니 사춘기를 지나자 커갈수록 그야말로 TV 탤런트 같은 미남으로 변모해갔다.

대학과 학과의 지망에 있어서도 차남 자신이 소망하였던 학교와 학과에 지원하지 못하고 내가 권유하는 학교와 학과에 마지못해 지원하였으니 나에 대한 불만이 아주 많았을 것이고 그것이 참으로 미안하고 후회스럽다.

차남이 원하는 분야는 물리학의 역학을 응용할 수 있는 기계공학이나 내연공학 분야인데도 나는 그것을 간과하였다. 나하고 가까이 지내던 대학 토목공학과 교수들과 부산대학의 토목공학과 교수들의 말을 내가 너무 믿은 나머지, 그에게 토목공학 분야를 전공하도록 종용하였는데 나중에 그것을 많이 후회하였다. 나는 수학과 물리학을 좋아하였던 차남에게 토목공학을 공부하여 건설직 공무원으로 취업하기를 바랐는데 그가 토목공학 방면에 취향도 관심도 전혀 없다는 것을 미처 몰랐다. 차남이 학부 토목공학과를 졸업한 후 부산대 대학원 석박사과정 기계공학을 전공한다고 하기에 두말없이 쾌히 승낙을 하였다.

그러나 그는 부산대 대학원 입학시험 일자가 박두하였음에도 기계공학에 대한 공부를 전혀 하지 않아 걱정을 했는데, 그는 "괜찮습니다. 자신 있습니다"라는 말만 하기에 나는 안타까웠다. 그래서 나의 차남이 열심히 공부하도록 격려하고 사기를 진작시키기 위해서 나의 외가 친척들이 일본에 단체 여행을 간다고 하기에 이번 기회에 나의 아들을 그 여행에 합류시켜 볼까 하는 마음을 먹고 외가 친척들에게 같이 합류시켜줄 것을 부탁하였다.

그런데 단체여행을 하는 친척들의 면면을 자세히 훑어보니 모두가 나이가 예순을 넘은 분들이어서 일본 여행 중 아들이 그분들을 돕기 위해 그분들의 큰 가방을 들고 다니는 등 고생을 할 것 같아 그의 일본 여행을 철회하기로 하고 그가 평소에 가고 싶어하던 대양주의 나라로 여행을 보낼 생각을 하였다.

그리하여 호주 멜버른에 살고있는 처제에게 전화를 하여 '차남 상무가 대략 2주일간 호주 멜버른에 방문하니' 관광 안내와 선처를 부탁하였다. 아들은 추석을 며칠 앞두고 난생 처음으로 외국 여행을, 그것도 호주 멜버른을 여행하게 되어 무척 기분이 좋아졌는지 그 후로 희색이 만면하고 기분이 매우 좋아보였다.

　며칠 후 그가 사진이나 우편엽서에서나 보았던 지상의 천국같은 멜버른시에 도착하여 맨 먼저 그 도시의 식물원과 공원을 방문하면서 느낀 감흥과 흥분은 이루 말로써 표현할 수 없을 정도로 짜릿하였다고 전화로 전해 왔다. 며칠이 지나, 다시 전화가 왔다. 전화의 내용은 "호주의 자연이나 환경이 지상의 천국같아 너무 마음에 들어 한국에 돌아가 살고 싶지 않으며, 아버지의 간섭이나 걱정을 전혀 받지 않고 살 수 있을 뿐만 아니라 아무런 간섭을 하지 않는 이모와 이모부도 계시니 마음에 꼭 드는 멜버른에서 영어공부도 하고 영주에 필요한 중요한 기술을 배우고 익혀 자유롭게 살겠다"라는 것이었다. 아들은 처음에는 이모부가 하는 일을 도우면서 멜버른 대학이나 모나쉬 대학교 부설어학원에서 영어공부를 한 후 그 대학에 입학하여 자기의 적성에 맞는 학과에서 공부를 하면서 이민에 필요한 지식과 기술을 학습하고 익힐 작정이라고 하였다.

　나는 "그런 간절한 소망이 있으면 앞으로 그의 소망대로 될 것이다"라고 생각하면서 보름 동안 호주 관광여행을 마음껏 즐기도록 하였다. 나는 그에게 보름쯤 지난 후 일단 한국으로 돌아오라는 전화를 하였다.

　그랬더니 아들은 2주 후 한국으로 돌아와서는 자기 힘으로 호주에 갈 여비와 기본 생활비를 벌려고 최선의 노력을 하기에 신뢰가 갔다. 한국에서 꼭두새벽에 일어나 샤워를 하고 토목공사 현장에 출근하며 열심히 일을 하였다. 3개월이 지난 후 나는 아들에게 토목현장에 출근하는 것을 그만두게 하고 그에게 필요한 항공료와 1년간의 생활비를 주었다.

멜버른의 직장에 출근하고 대학에 등교를 하자면 차가 필요하다는 것을 나중에 알았다. 성능이 좋은 중고차를 살 돈을 주었어야 했는데, 처음에는 그런 돈을 충분히 못 주어 처음에 아들이 잘못 산 중고차 때문에 언제 어디서 고장이 날까 항상 긴장하고 걱정하며 그 차를 타고 다녔다는 아들의 편지를 읽고 나와 아내는 마음이 아팠고 미안했다. 그것을 알고는 그 다음 날 즉시 더 좋은 차를 살 수 있을 만큼의 외화를 송금하였다.

그동안 아들은 토요일, 일요일에는 생활비를 벌기 위해 열심히 일하고 나머지 요일에는 대학에서 영어와 전공과목을 열심히 공부하고 있었으니 최선을 다하여 생활하고 있는 것 같았다. 아들은 전공을 가르치는 대학에서 전공에 관한 공부를 하다 보니 어학원에서 어학연수를 하는 것보다 듣기 능력과 말하기 능력이 훨씬 좋아졌다는 영어연수 비결에 관한 소식도 들려주었다. 어학연수를 시키는 어학원에서는 가르치기 어렵고 수업 효과가 금방 나지 않는 말하기와 읽기보다 가르치기 쉬운 문법과 자유작문을 아주 많이 시키기 때문인 것 같았다.

그 후 2년이 지난 후 아들이 혼자 자취를 하는 플랫(아파트)의 거실에서 애완견 스피츠 한 마리와 함께 앉아 있는 무척 외롭게 보이는 한 장의 사진이 우리 내외의 마음을 쓰라리도록 아프게 하였다. 이것이 계기가 되어 아들에게 생활비를 더 보내주고 빨리 짝을 구해 결혼을 시키자는 생각을 하게 되었다. 바로 그해 아들이 멜버른의 유수한 대학의 무역학과(International Business)를 우수한 성적으로 졸업하였다. 아들은 학위를 받을 무렵에 호주이민국에 영주권을 신청했더니 그 나라의 대학을 우수한 성적으로 졸업했다는 사실과 우수한 영어실력이 높이 평가되어 호주 영주권을 취득하게 되었고 상무의 신분도 호주영주권을 받은 시민으로 상승되었다.

그 무렵에 호주영주권을 취득하는 것이 정말 어려운 일이었는데 아들 상무의 노력 외에도 처제와 동서의 신원보증과 적극적인 도움으로 호주영주권 취득에 성공하였으니 처제와 동서의 고마움은 이루 표현하기 어려울 정도였다. 영주권을 취득하여 상무의 신분이 더 향상되자 처제가 적극적으로 중매에 나서서 내 아들의 마음에 드는 아름다운 신부감을 만나게 되고 교제 끝에 결혼을 하게 되었다.

처제는 내가 국민학교에서 교사를 하고 있었던 시절에 나와 친한 동료 교사인 정○석 선생님의 도움으로 탁구를 시작하여 부산시 국민학교 탁구대회에서 우승하는 등 우수한 탁구선수로 활약하다가 경남여중에 탁구선수로 스카웃되어 맹활약을 하였다. 그러다가 3년 후에 경남여고 배구 감독이 처제의 큰 신장과 탁구 실력을 배구에도 응용할 수 있겠다는 생각을 하여 처제를 경남여고 배구선수 후보로 스카웃하였다. 경남여고에서 걸출한 배구선수로 활약을 한 후 후지실업 여자배구팀의 선수로 활약하였다.

나중에 배구선수로 호주에 취업 이민을 가게 되었는데, 내가 처제에게 "처제처럼 키가 큰 여자는 호주 같은 나라에 이민을 가서 사는 것이 좋을 것이라"는 권고를 한 것이 모멘트가 되었을지도 모른다. 처제는 멜버른 배구 클럽 소속 선수로 빼어난 활약을 하다가 현재의 남편을 만나 멜버른에서 재미있게 살고 있다. 수영장이 있는 멋진 저택에 살면서 아들과 딸을 훌륭하게 양육하고 부부가 골프를 치며 여유있고 행복하게 살고 있다.

아들의 학사학위 취득, 영주권 획득, 결혼 상대 만남, 결혼식 등이 한꺼번에 이루어졌다. 나의 아들과 그의 여자 친구가 양가의 부모님께 인사 차 한국에 나왔을 때 아내는 "쇠뿔은 단김에 빼자"라며 서둘러 결혼을 시켜 시간과 경비 등을 절약하였다. 아내가 슬기롭게 그리고 과감하게 결혼을 성사시킨 것은 참 잘한 일인 것 같았다. 국가의 기강이 바로 서 있는 자유민주주의 국가에서 행복을 누리며 살고 있으니 우리 내외가 아들을 관광의 목적으로 호주를 보낸 것이 참 잘한 선택이었다.

결혼을 시킨 후 우리 내외는 아들 가족이 살고 있는 단독주택을 두 번 방문하였다. 나의 위장 기능이 장거리 비행을 하기에 여의치 못해 더 이상 갈 수 없어 아들 내외와 손자에게 미안하기 짝이 없다. 넓은 정원이 집의 전면과 후면에 있는 아담한 단독주택도 사고 건강하고 매우 핸섬하고 스마트한 손자 시훈이를 낳아 재미있게 사는 것을 보니 아들을 단순히 대학원 입학시험 준비를 시키기 위해 관광 목적으로 호주에 가게 한 나의 우연한 선택으로 아들이 호주영주권을 취득하게 만들었으니 너무나 잘된 선택이라고 생각하게 되었다.

10. 텍사스 대학에서 사귄
   한국 유학생들

　내가 근무하는 대학에서 맡았던 학생처장 직무대리 임기를 마치고 겨울이 끝날 무렵인 1989년 2월 초에 미국의 텍사스 대학교 오스틴 캠퍼스에 갔을 때 그곳 날씨는 춥지 않고 따뜻한 편이었다. 내가 그곳에서 만난 유학생들 중에는 언어학과에서 박사학위 과정을 이수 중인 몇몇 한국 유학생들과 정치외교학과에 적을 둔 유학생들이 있었다. 그 대학은 엄청나게 큰 유전을 소유하였고 원자력발전소도 가동하는 재정이 넉넉한 대학이라 등록금이 비교적 싸고 장학제도가 많은 대학교였다.

　그 때문에 오스틴 소재 텍사스주립대학은 한국 유학생들이 많이 지원하는 미국의 명문 대학이었다. 한국에서 온 유학생들은 이 대학교의 역사, 재정, 규모, 기숙사 입사, 도서관 이용 방법 등에 대해서 소상한 정보를 알려주기도 하고 직접 안내도 해주어 여러모로 궁금한 것이 많은 나에게 큰 도움이 되었다.

　그들은 모두 친절하였고 내가 궁금하고 필요한 것이 있으면 기꺼이 도와주려고 하였다. 모두들 우수한 두뇌와 학업능력을 지니고 있어서 다들 학위를 취득하고 지금은 한국의 유수한 대학에서 교수로서 두각을 나타내고 잘 근무하고 있다. 이 분들 중에서 몇 분은 한국의 대학에서 자리를 잡는 데 내가 최선을 다해서 도와주곤 하였다. 그러나 모든 것이 그들 자신의 노력과 능력으로 자리를 잡은 것이라 생각된다.

그중에서 S 교수는 내가 오스틴 소재 택사스 대학에 있을 때 나의 기숙사 거실에서 캔맥주를 마시며 70년대 인기가 절정이었던 한국의 고교야구 이야기, 중동 이라크 건설 현장에서 그가 악조건을 극복하며 열심히 일하던 이야기, 자신의 현재 부인과 만나기까지의 로맨틱한 이야기를 하다가 자연스럽게 가까워진 활달하고 쾌활한 유학생이었다.

내가 1990년대에 여러 해 동안 인제대학교 외국어교육원장으로 있을 때 S 박사를 이사장님께 영어교육원 전임교수로 적극적으로 추천하여 채용이 되었다. 1년 후 내가 총장님께 S 교수를 다시 영어영문학과 전임교수로 추천하여 영어영문학과 교수로 전보발령을 받고 통사론과 의미론 두 전공과목을 본격적으로 강의하게 되었다.

택사스 오스틴 대학에서 만난 M 박사는 나중에 내가 우리대학 영어영문학과 음운론 전임강사로 추천하여 어렵게 채용되었다. 면접을 보는 순간부터 총장께서는 M 박사를 달가워하지 않았던 것 같았다. 외적인 인상과 체격도 중시하는 이사장은 이분이 얼굴이 둥글고 체격도 작아서 마음에 들지 않았던 것 같았다. 그러나 M 박사를 적극 추천하는 나의 의견을 마지못해 들어준 것 같았다.

총장님이 의도하셨던 분은 서울대 영어영문학과 P 명예교수가 추천한 이화여대 영문과와 서울대학교 대학원 출신 박사였다. 내가 적극 추천한 M 박사에 대해서 이사장은 매우 못마땅하게 생각하셨는지, 아니면 어떤 오해가 있어서인지 그 후부터는 이사장과 나와의 사이가 상당히 소원해졌다. 그로부터 5년이 지난 후 M 교수가 서울 소재의 H 대학으로 전근을 가면서 이임 인사를 이사장께 드렸더니 총장은 그 교수의 전근을 형식적으로나마 만류하는 겉치레의 인사 말씀은 할 줄을 생각하였으나 전혀 그런 겉치레 인사 말씀도 없어 그분은 매우 섭섭하였다고 하였다. 또 한 분도 텍사스대학 언어학과 출신인 K 박사였는데 M 교수의 음운론 과목 후임으로 내가 추천하였더니 이번에는 별 이의 없이 나의 추천을 승인하셨다.

이ㅇ근 박사도 텍사스대학에서 음운론 박사학위를 취득하였는데, 내가 거주하던 기숙사와 가까운 주택에 거주하면서 가끔 자기의 부인이 정성껏 고은 영양가 높은 곰탕을 가져오기도 하고 가끔 시원하고 맛있는 냉면을 종종 만들어 나누어 먹기도 하였다. 또 이 박사는 내가 귀국할 때는 먼 공항까지 자신의 차로 라이더를 해주고 공항에서 출국 수속도 해주는 수고를 마다하지 않았다. 그 고마움을 잊지 못하고 있었는데 한 번은 "전남의 M 국립대학에 친한 시니어 교수가 있으면 자기의 교수채용 인사문제에 도움을 받았으면 좋겠다"라는 전화를 받았다. 전화를 받은 바로 다음 날 나는 호남 지역에 있는 그 대학의 시니어 교수로 있는 친구인 김ㅇ영

교수를 직접 만나서 그분의 간절한 부탁을 기적같이 해결해 주어 큰 보람과 기쁨을 느꼈다.

　나는 텍사스 대학 언어학과에 재학 중인 부산대 출신 Y 박사의 적극적인 도움으로 텍사스 언어학과장을 통해서 이 대학 언어학과 객원 연구원 비자를 받게 되었는데 Y 박사는 나를 위해 기숙사도 구해주는 등 정말 많은 수고를 하셨다. 그래서 나는 Y 박사를 위해서 내가 도울 수 있는 일이면 최선을 다하리라 다짐하였다. 나중에 실제로 나의 대학 영어영문학과에 음운론 교수로 초빙하고자 하여 Y 박사를 우리 대학 총장에게 적극 추천하였다. 그러나 임명권을 가진 우리 대학 총장이 서울대 출신을 채용할 의향이 있어서 그런지, 부산대 출신이고 나와 친분이 있다고 하여서 그런지 Y 박사의 채용을 꺼리시는 것 같았다. 정말 유능하고 맡은 일이면 뭐든 잘하실 분인데 안타까웠다. 마침 그때 Y 박사에 대해서는 동의대학교 문과대학장이 자기 학교로 오기를 적극 바라고 있었다. 동의대는 부산 시내에 위치하였고, 학교 규모나 시설로 보나 동의대학교가 인제대학교보다는 더 나았고 대우도 좋아 Y 박사가 뜻대로 하도록 나는 만류하지 않았다. 아주 능력 있고 열성적인 그를 놓치게 된 나는 아쉬움과 허탈감에 빠졌다. Y 박사는 동의대 전임으로 가게 되었고 몇 년 후 그가 바라던 부산대로 옮겼으니 아주 잘된 일이었다.

　내가 잊을 수 없는 또 한 분은 나의 기숙사 룸메이트인 텍사스 대학 광고학과에서 박사과정을 이수 중인 이○욱 씨가 소개한 텍사스 대학 정치외교학과를 졸업한 K 박사였다. 경북 출신인 K 박사는 나와 함께 테니스도 자주 치고 오스틴의 멋진 맥주홀과 호텔 살롱에서 시원한 맥주도 자주 마시며 즐겁게 담소를 나누기도 하였다. 유창한 영어구사력을 갖추고 정치외교학과 출신답게 신사다운 매너는 물론 유머와 재치도 갖춘 분이셨다. 그분의 아파트에도 두 번이나 초대되어 식사도 함께하였다.

나는 K 박사와 같은 분을 우리 대학에 초빙하면 여러모로 우리 대학에 많은 플러스가 되겠다고 생각하고 그렇게 되기를 기대하고 있었다. K 박사는 원만한 성품에 대인관계도 아주 원만한 분이었다. 얼마 후 그가 박사학위를 취득한 후 그는 우리 대학에 시간 강사 자리라도 있으면 내가 소개를 해주면 고맙겠다는 부탁을 하기에 그 다음 날 당장 장거리 전화로 나의 대학 보건행정학과장인 P 교수에게 강사 자리를 부탁하고 선처를 부탁하였다. R 교수는 나를 전적으로 신임하고 나의 부탁을 쾌히 응락하였다. 그 후 한 학기 동안 K 박사는 시간강사로 강의하다가 그 다음 학기에 우리 대학 교수 초빙공고에 지망하여 정식으로 그 학과의 전임강사로 임명되었다. 그는 나중에 정치외교학과를 신설하여 정치외교학과장으로서 그 학과를 크게 발전시켰다. 우리 대학의 총장은 해박한 지식을 지닌 K 박사가 인제대학에 온 것을 아주 반가워하였고 그를 추천하여 인제대학에 오게 한 나의 애사심도 높이 평가하셨다.

K 박사는 평소에 다양한 독서를 해서 그런지 뭐든 물으면 모르는 것이 없을 정도로 만물박사로 여겨져 이사장님이 그를 'a walking dictionary(살아있는 사전)'라고 불렀다. 그가 지닌 시사적 지식과 정보력을 높이 평가하셨던 것이다. K 박사의 대내외 활동은 대단하였고 신문과 방송 등 지방의 언론기관에 사회와 교육의 발전과 개발에 관한 유익한 발표와 투고도 많이 하였다. 여러모로 두각을 나타내고 인정을 받아 많은 중요 보직을 차례로 맡게 되었다. 그리하여 학장, 기획조정실장 등의 중요한 보직을 거쳐 재단 이사들이 참여한 선거에 의해 대망의 총장으로 선출되었다.

그러나 K 박사의 많은 논문들 중에서 학술비 지원 연구과제 논문 하나가 몇 군데에 표절이 있다는 교수평의회의 지적을 받아 그 표절의 흠이 총장 임명요건의 걸림돌이 되었다. K 박사의 총장 취임식 날 내가 K 박사를 본관 현관에서 만났을 때 K 박사의 얼굴이 그렇게 밝은 모습이 아니었다. 약간 염려는 하였지만 학술비 지원 연구과제 논문의 표절 문제 때문에 교수평의회의 지적이 있었기 때문이라고는 생각하지 않았고 시간이 지나면 서서히 무마되리라고 생각하였다. 객관적으로 큰 문제가 되지 않는다는 교육부의 심사 결과도 있었다. 그러나 본인은 진정으로 흠이 없는 청정한 총장이 되기를 바라는 마음에서 티끌만큼의 흠이라도 있다는 것을 견디다 못해 두 달간 고민과 번민을 거듭하다가 60세의 고개를 겨우 넘기고 조용히 죽음을 택하고 말았으니 그의 인생이 너무 허무하게 끝났다. 그 얼마나 안타깝고 애석한 일인가?

차라리 K 박사가 총장 사표를 내고 조용히 연구나 하고 대외적 발표 등 학술적 업적을 쌓으며 조용히 교수생활을 하며 지냈으면 좋지 않았을까? K 박사의 유가족들은 얼마나 슬프고 마음의 상처가 심대했겠는가? K 박사는 심성이 곱고 깔끔한 사람이라 그의 양심과 명예 때문에 극단적인 길을 택할 수밖에 없었던 것이리라.

내가 미국 텍사스 오스틴 대학에서 학위논문에 도움이 되는 자료를 찾고 논문을 작성하며 머무는 동안 운이 좋았는지 다섯 분에게 대학의 전임 자리를 구하는 데 큰 도움을 주어 매우 흐뭇하였지만 K 박사의 경우는 너무나 마음이 아프다. 만약 내가 텍사스 오스틴에서 그를 만나지 아니하였다면, 우리 대학에 오지 않았을 터이고, 이런 불행한 일이 일어나지 않았을지도 모른다고 생각하니 너무 심란하여 며칠 동안은 잠을 이룰 수가 없었다. 그렇게 허망하게 그 아까운 인재가 자신의 인생과 가족을 두고 이 세상을 떠났으니 그 안타까운 마음을 표현할 길이 없다. 돌아가신 자가 그냥 보내기가 아까운 사람이다. 게다가 유능한 분이 남보다 일찍 세상을 버렸으니 너무나 마음 아프고 허무하다.

제
7
부

1. 짧은 글이라도
매일 쓰는 습관의 위력

내가 뉴질랜드 빅토리아대학 영어교육원에서 수학하고 있을 때, 뉴질랜드 주재 한국대사관 파티에서 만난, 미국의 유수한 대학 외교학과에서 유학을 한 적이 있는 박연수 참사관이 우리 영어교사들에게 들려준 말이 생각난다. "과거 자신의 학부 졸업시험 바로 직전에 치루는 '영어 에세이 시험(English Essay Writing Test)'이 가장 부담되는 졸업시험 중의 하나였으며 그 시험에서 낙방하면 재시험을 쳐야 했고, 그 시험이 정말 일생을 두고 늘 요긴하고 적절한 효과를 발휘한 시험이었다"라고 술회한 적이 있었다. 그리고 "종합학점이 아무리 좋아도 영어 에세이 성적이 나쁘면 졸업이 안 되고 영어 에세이 시험을 다시 친다"라는 말을 듣고 참 훌륭한 제도이고 꼭 필요한 제도라고 생각하면서 부러워한 적이 있었다.

그 당시 나는 그 제도가 우리나라에서도 채택이 되었으면 좋겠다고 생각한 적이 있었고 언젠가 우리나라에도 그런 제도가 실행된다면 '우리나라 대학생들의 종합적인 지적 능력과 표현능력의 차원이 많이 달라질 것이다'라는 생각을 하였었다. 그리고 그 외교관은 간혹 에세이의 제목이 기상천외하게 제시되기도 한다면서, 에세이 제목들 중에는 "가장 지루하게 여름 휴가를 보내는 방법"이란 기이한 제목도 있었다고 하였다.

미국 하버드 대학의 소모스 교수에 의하면, 1872년부터 하버드 신입생 전원에게 '하버드 글쓰기 프로그램'을 150년간 운영하고 있으며 적어도 한 학기는 수강을 의무화했다고 한다. 매년 입학생 전원 1,700여 명에게 전공에 관계없이 학술적 글쓰기 능력을 체득시키기 위한 것이다.

하버드 대학이 다른 대학들보다는 훨씬 앞서서 일찍부터 이런 유별난 생각을 가지고 '글쓰기'를 강요했다는 것은 놀랄 만한 발상이라 하지 않을 수 없다. 하버드 대학 당국에 따르면, 이 수업을 들은 학생의 73%는 "글쓰기 능력의 향상은 물론 대학수업에 더욱 적극적으로 참여하게 되었다"라고 하였다. 지난 20년간 하버드 글쓰기 프로그램을 이끌어 왔던 미국 하버드 교육대학원 낸시 스모스 교수는 "대학의 지식인은 글쓰기로 완성된다. 그러므로 한국 대학생들의 종합적인 지적 역량과 표현력을 높이기 위해서는 글쓰기 교육을 강화해야 된다"라고 말했다.

또 소모스 교수는 "강의를 열심히 듣고 시험을 잘 쳐서 대학을 졸업할 수도 있지만 그런 학생은 평생 '학생의 위치' 혹은 '관찰자 위치'를 벗어날 수 없다"라고 하면서 "졸업 후 자기의 분야에서 진정한 프로가 되려면 글쓰기 능력을 길러야 한다"라고 말했다.

소머스 교수는 하버드 학생 422명을 대상으로 글쓰기 교육이 대학교 공부에 미치는 영향을 추적 조사한 연구원으로 유명한데, 그의 연구에 따르면, 글쓰기 교육을 받은 신입생 73%가 "수업에서 내 생각을 잘 표현할 수 있게 되었다"라고 답했다.

실제 하버드에서는 1977년 후 사회에 진출한 40대 졸업생 1,600명을 대상으로 '현재 직장에서 가장 중요한 능력은 무엇인가?'라고 물었는데, 90% 이상이 '글쓰기'라고 답변했다. 소머스 교수는 "시험만 잘 보는 학생은 '정해진 답'을 찾는 데 급급하지만 글을 잘 써야 새로운 문제를 찾아낼 수 있다"라고 말했다. 소모스 교수는 "공대생이든 사회대생이든 글로 논리적인 주장을 펼 줄 알아야 논문도 쓰고 연구결과도 인정받을 수 있다"라고 하면서 대학교육의 근간은 글쓰기가 되어야 한다고 주장하였다. 그는 "처음에는 고교생 수준이었던 1학년의 글쓰기 실력이 리포트를 평균 12~16편 내면서 학기 말에는 '학술인'의 글 수준으로 향상이 된다"라고 하였다.

글쓰기 프로그램은 미국 대부분의 대학에 도입되어 있다. MIT(매스추세츠 공대)는 과학자, 소설가 등 다양한 분야의 인물들이 글쓰기 수업을 운영한다. 예일 대학과 컬럼비아 대학 역시 학부생에게 1대 1 글쓰기 교습을 해준다. 국내에서는 이제 겨우 글쓰기 중요성을 감지하는 분위기다.

소모스 교수는 "학생들끼리 서로 글을 읽고 첨삭해주는 동료평가(peer edit)가 글쓰기 실력 향상에 매우 중요하며, 동료의 글을 많이 읽어보고 자기 글에 대한 평가를 많이 받아 보아야 비로소 내 글의 단점이 무엇인지, 어떻게 개선할 지를 알 수 있습니다"라고 역설하였다. 소모스 교수가 제시한 글쓰기 비법 가운데 한 가지는 "짧은 글이라도 매일 써보라"라는 것이다. 하루 십분이라도 매일 글을 써야 비로소 '생각'을 하게 된다고 하였다.

한국에서도 대학 뿐만 아니라 중등학교에서도 이 글쓰기 프로그램을 필수 과목으로 제도화한다면 모든 한국의 중등학교 학생들과 대학생들이 보다 종합적인 지적 능력과 표현능력을 함양할 수 있을 것이다.

2. 사범 12기 동기회
58주년 총회 인사말

친애하는 부산사범 12회 동기생 여러분! 자랑스러운 동기생 여러분! 참으로 반갑습니다. 만사를 제쳐놓고 먼 길을 마다하지 않고 동기회 총회에 참가해주신 동기생 여러분께 금년도 동기회장으로서 충심으로 감사의 인사를 드립니다.

우리가 애창하는 부산사범학교 교가에 이런 가사가 있습니다. "아 아름답다 너의 이름 부산사범". 나는 이 가사 구절을 사랑합니다. 그러나 나는 '부산사범 12기'라는 동기생의 명칭을 더욱더 사랑합니다. 그것은 내가 우리 동기들을 진실로 사랑하기 때문인 것 같습니다. 우리의 부산사범 12회 동기회 총회가 시작된 것은 졸업한 지 17년이 되는 1976년이었습니다. 졸업한 후 동기들은 각 분야에서 불철주야 분주하게 노력한 끝에 어느 정도 안정된 자리를 잡은 것이 1976년이었던 것 같습니다. 이 시기에 부산사범 12회 동기회 초대 회장으로 부산 남성국민학교 교사였던 정태남 동기생이 만장일치로 추대되었습니다. 그 후 오늘까지 42년 동안 동기회 총회의 아름다운 전통이 계속 이어져 왔습니다. 이것은 역대 회장단의 헌신적인 봉사와, 동기생 여러분 한 분 한 분의 동기회에 대한 뜨거운 애정과 긍지 때문이라 생각합니다. 오늘 동기생 여러분이 이 행사에 참석하신 것도 사범 12회 동기회에 대한 뜨거운 애정과 동기생 친구들에 대한 훈훈한 우정이 있기 때문이라 생각합니다. 회고하건대, 우리들이 모교인 부산사범학교를 입학한 지 61년, 졸업한 지 58년, 강산이 6번이나 변할 수 있을 만큼 참으로 긴 세월이 흘렀습니다. 그동안 우리는 서로 간에 훈훈한 우정을 쌓고 선의의 경쟁을 하면서 부산사범 12회 동기생의 우수한 자질과 능력을 사회 각 분야에서 유감 없이 발휘하였습니다. 어느새 우리는 팔순이 되었거나 팔순을 바라보게 되었습니다. 남자 동기생 117명, 여자 동기생 125명 중, 2018년 현재로, 유명을 달리하신 동기는 남자는 36명, 여자는 12명이나 됩니다. 잠깐 1분 동안 유명을 달리하신 동기들의 명복을 비는 시간을 갖겠습니다. 팔순을 바라보는 이제, 우리는 동기회 사랑과 동기생들 간의 우정을 더 돈독히 하면서 61년간 맺어온 우리들의 소중한 인연과 훈훈한 우정을 되새기면서 우리들의 여생을 건강하고 보람있게 보내도록 서로 격려하고 노력합시다. 동기회 발전을 위해, 총회를 위해 지난 1년간 헌신적으로 봉사해주신 하홍표 총무님, 장미년 부회장님, 동기회 살림을 알뜰하게 관리해주신 신춘자 총무님과 문기순 이사회 총무님께 깊은 감사를 드리고자 합니다.

그리고 동기회 행사에 적극 협조해주신 각 지역 대표 회장님께 감사의 인사를 드립니다. 부산에서 열리는 이사회에 빠짐없이 참석해주셨고, 멀리 울산까지 와서 김광렬 동기의 빈소를 방문, 애도의 예를 표해 주신 최명사 서울지역 회장님, 그리고 장재순 교장을 차기 회장으로 추대하는 일에 크게 도움을 주신 이종훈 경남지역 회장님, 건강상의 애로를 무릅쓰고 차기 동기회장의 중대한 직책을 쾌락하여 주신 장재순 차기 동기회 회장님, 이상 여러분께 부산사범 12회 동기회의 이름으로 깊은 감사를 드립니다. 동기분들의 이러한 솔선수범적 노력과 봉사의 정신이 있었기에 우리 동기회의 꾸준한 발전과 단합이 이루어졌다고 믿습니다. 감사합니다.

2018년 5월 9일
부산사범 12회 동기회장

3. "스승과 제자와의 정은 영원하다"

약 70년 전 내가 부산진국민학교 5학년에 다닐 때의 나의 은사님이셨던 고 백상기 선생님과 제자인 내가 약 30년 전에 주고 받은 서신들 중 가장 첫 번째 서신이라서 과거를 회상해 보는 의미에서 실어 보았다.

제자 이 교수에게

정말 고맙다. 40년 이상의 세월이 흘렀는데도 잊지 않고 금년 5월 15일 스승의 날을 맞이하여 그 바쁘고 어려운 가운데도 나를 찾아 교통이 다소 불편한 나의 학교까지 오신 데 대해서는 눈시울이 뜨거울 정도로 고맙구나.

더욱이 선물까지 보내오니 감사한 마음 그지없이 생각되네. 자꾸 세월이 흘러가니 더더욱 제자들의 옛정이 그리워지는데 가능한 한 모두들 연락이 되어 1년에 한 번씩이라도 만남의 정을 마련했으면 하는 것이 나의 바람인 것 같다.

앞으로 이 교수 더욱 더 건강하고 이 교수 가정의 가족 모두들 다복하기를 기원하며 집안에 대소사가 있을 시에는 꼭 연락해 주기를 바라면서 우선 고맙다는 인사말로 갈음하네.

1991년 5월 30일

백상기

백상기 은사님께

그간 은사님 옥체 건안하시며 가내가 두루 평안하신지 궁금하옵니다. 은사님께서 저에게 송부해 주신 옥서를 받고 무척 반가웠습니다. 지난 40년, 그 기나긴 세월을 살아가면서 은사님은 어디에서, 어떻게 지내시며, 어떤 모습을 하고 계실까 하는 궁금증을 가지기도 하였습니다만 죄송스럽게도 서신 한 번 올리지 못하였습니다. 차일피일 미루다가 예고 없이 결례를 무릅쓰고 은사님이 근무하시는 학교를 방문하여 은사님을 뵙게 되었던 것입니다.

은사님께서 철부지 우리들을 가르쳐 주셨던 1951~2년은 처절한 6·25 전쟁이 계속되었던 시절이었습니다. 그때는 나무판자로 지어진 임시 가교실에서 사과 궤짝 같은 것을 책상으로 삼고 가마니가 깔린 바닥에서 공부하던 초라한 시절이었습니다. 그런 열악한 환경과 여건 속에서도 우리들의 학교생활은 은사님 덕택에 즐겁고 행복하였습니다. 4학년 때에는 전쟁 중이라 1년 동안 담임 선생님이 무려 7번이나 바뀌어 담임 선생님의 얼굴도 이름도 기억나지 않을 뿐만 아니라 수업 결손도 너무 많아서 정상적인 교육을 받을 수 없었기 때문이었습니다.

그러나 은사님께서는 사범학교를 갓 졸업하시고 열정이 넘치는 젊은 교사로서 우리들에게 오직 열정과 사랑으로 모든 교과를 두루 지도해주셔서 기초학력의 튼튼한 바탕을 잘 다져 주셨습니다. 그 덕택에 대부분의 급우들이 다음 해에 좋은 국가고사 성적으로 바라던 중학교에 입학할 수 있었던 것 같습니다. 게다가 은사님이 지니신 음악적 소질과 능력 덕택에 미국의 포스터, 독일의 슈벨트를 비롯한 유명한 음악가들이 작곡한 많은 아름다운 가곡도 풍금(오르간)을 연주하시면서 가르쳐 주셔서 가곡에 대한 관심과 흥미를 폭넓게 갖게 되었으니 우리들은 그야말로 운이 좋은 학생들이었습니다. 아직도 은사님께서는 40년 전의 밝고 인자하신 그 모습과 50대의 장년으로 보이는 젊음과 건강을 유지할 수 있는 그 비결이 무엇인지 궁금합니다.

그동안 겪었던 여러 가지 경험에 얽힌 이야기들을 이 지면이 너무 제한적이라 다하지 못하여 조만간 날짜와 시간을 잡아 시원한 맥주나 소주의 잔을 나누며 이야기의 꽃을 피우고 싶군요. 바야흐로 성하의 계절로 접어들고 있고 조석으로 일교차가 심한 듯합니다. 부디 건강에 더욱 유의하시기를 바라면서 총총 난필로 두서없는 글을 이만 맺을까 합니다.

1991년 6월 7일
제자 이정수 올림

4. 간결한
주례사

친구나 친지들이 결혼식 주례를 요청하면 그날부터 나는 정신적으로 적지 않은 스트레스를 느끼게 된다. 아마도 실수 없이 주례를 잘해야 한다는 강박감과 신랑 신부가 평생을 아무 탈 없이 화목한 가정을 이루어 잘 살아나가기를 바라는 마음 때문일 것이다. 나의 친구들에 비해서 결혼식 주례를 맡은 횟수가 비교적 많은 것 같다. 나이에 비해 대학에서 주요한 보직을 일찍부터 맡았기 때문일 것이다. 동기생들이 자식들 결혼식 주례를 가끔 부탁했고 인척들도 주례 선생 돈을 지불하고 고용하느니 나에게 주례를 부탁하는 것을 택한 것 같았다.

처음으로 주례를 맡아달라는 동기생의 부탁을 받고 주례사에 담을 좋은 내용을 선택하느라고 도서관에서 여러 권의 '주례사 모음 책'들은 물론이고 미사여구를 담은 사회적 명사들의 주례사들을 읽어보았다. 그러나 대부분의 주례사들 내용이 너무 길고 장황하여서 내 마음에 들지 않아 적절한 주례사를 엮는 데 많은 시간을 보내었다.

주례사 책자에 있는 그 많은 주례사들은 내용은 좋았지만 그 내용이 너무 길고 장황하여 신랑과 신부에게 전달이 되기에도 어렵거니와, 결혼식에 참석한 하객들에게도 지루하게 보였다. 여러 번 주례를 하면서 주례사가 길 필요가 없고 간결하고 내용이 충실하면 충분하다는 것을 절실히 느꼈다.

그래서 나는 주례사의 내용을 최대한 추려 꼭 필요한 내용만을 전달하기로 노력하여 간결한 주례사 내용으로 다듬었더니 신랑과 신부 그리고 청중들의 반응도 꽤 괜찮았다. 나의 주례사에 걸리는 시간은 3분 전후였다. 간결하고 감동적이며 내용이 알찬 정치적 연설로 유명한 링컨의 게티스버그 연설문도 3분 정도의 연설문이었다는 것을 보면 3분 정도가 지루하지 않고 박진감도 있어 적당할 것 같았다.

내가 채택하는 간략한 결혼식 주례사의 핵심 내용은 대략 다음과 같았다:

"예나 지금이나 결혼을 앞둔 미혼 남녀 예비 신랑과 신부들은 마음에 드는 조건을 갖춘 상대를 만나는 데 최선의 노력을 기울입니다. 마음에 드는 짝을 만나면 가장 좋은 날과 예식장을 택하여 성대한 결혼식을 올리고 '항상 서로 사랑하고 존중하겠다'라는 혼인서약을 굳게 합니다.

마음에 드는 짝을 만나 결혼을 하였으니 이 부부들은 모두가 행복한 결혼생활을 해 나갈 것 같은데 사실은 그렇지 않습니다. 이들 부부는 결혼을 하면, 별 다른 노력이 없이도 마냥 행복하리라는 기대와 환상을 가지기 때문입니다. 『완전한 결혼(Perfect Marriage)』이란 책을 쓴 낸시 펠트(Nancy Pelt) 여사는 그의 책에서 "결혼생활이 행복하였다고 자평한 부부는 불과 17%였다"라고 합니다. 결혼생활이 행복하였다고 자평한 이 부부들의 비결은 "서로의 마음에 드는 짝이 되려고 평생 동안 늘 적극적인 노력을 계속하였다"라는 것입니다. 결론적으로, "결혼의 성공은 좋은 짝을 만나는 데 있기보다는 좋은 짝이 되려고 적극적인 노력을 하는 데 있다"라는 것입니다.

『사랑의 기술(The Art of Love)』을 저술한 유명한 심리학자인 에릭 포름(Erich Forum)도 "부부간의 지속적 사랑은 저절로 생겨나는 것이 아니라 부부 두 사람의 적극적인 노력으로 만들어 나가야 하는 인위적 기술"이라고 하였습니다.

이에 본 주례는 남편과 아내가 서로의 마음에 드는 부부가 되기 위해서 평생 동안 명심하고 실천해야 할 간결한 좌우명 세 가지를 다음과 같이 전하고자 합니다.

첫째, 신랑 신부는 인생이라는 긴 여로를 함께하는 가장 절친한 인생의 동반자입니다. 이제 두 사람은 가장 가까운 사이지만 서로에 대한 예의를 갖춘 부부가 되기를 바랍니다. '아무리 가까운 사이라도 서로에 대한 예의를 절대 소홀히 하지 말라'라는 고전적 경구는 부부 사이의 예의의 중요성을 웅변하고 있습니다.

둘째, 신랑과 신부는 남편과 아내로서의 서로의 역할에 대해서 매일 감사하는 마음으로 생활하고, 오해가 있으면 상대방의 입장에 서서 생각하는 역지사지의 입장을 지니는 부부가 되기를 바랍니다. 그런 부부에게는 불만이나 오해가 생길 여지가 없습니다.

셋째, 연애 시절이나 신혼 시절에 보이지 않았던 서로의 단점이나 허물이 차츰 보이기 시작할 수도 있습니다. 사람에게는 누구나 단점이나 허물이 있다는 것을 인정하여 서로의 단점이나 허물을 너그럽게 포용하는 마음 넉넉한 부부가 되기를 바랍니다. 끝으로, 신랑과 신부는 자신들을 위해서 오늘이 있기까지 수고해주신 부모님의 무한한 사랑과 노고에 늘 감사하게 생각하는 효성스러운 부부가 되기를 바라며, 모든 분들의 기대에 부응하는 행복한 가정을 이루어 나가기를 바라면서 주례사를 갈음합니다."

5. 새마을 운동, 그 시작은
미약하게 보였으나….

　매년 춘궁기라고 부르는 4월과 5월이 되면 절대다수의 우리나라 농민들은 6월에 보리가 수확될 때까지 먹을 양식이 한 톨도 없어서 풀뿌리와 나무껍질로 굶주린 배를 채워야 할 만큼 가난하였다. 이러한 '보릿고개'는 박 대통령이 그 보릿고개를 없앨 때까지 무려 수천 년 동안이나 계속되어 왔던 참으로 고통스러운 끔찍한 고개였다. 수천 년 동안 이어져 온 우리나라 농촌 보릿고개의 그 고통을 박정희 대통령께서 없애버렸으니 그분이야말로 얼마나 위대한 대통령인가를 능히 짐작할 수 있다.

　박정희 국가재건최고회의장이 1963년 11월에 제3공화국 대통령으로 선출되자 제1차 경제개발 5개년 계획을 세우고 국가의 경제 재건에 총력을 기울이기 시작하였지만 한국은 수천 년 동안 계속되어온 혹독한 가난의 굴레에서 좀처럼 벗어나지 못하였다.

　박 대통령은 우리나라의 경제를 본격적으로 개발하기 위하여 1970년 4월에 청와대에서 열린 전국 지방장관회의에서 '새마을가꾸기운동'의 필요성을 천명하였다. 그해 6월에 구체적인 방안을 마련하여 '근면, 자조, 협동'이라는 3대 정신을 내세워 세계 역사상 유례가 없는 '새마을 운동'을 창시함으로써 가난에 찌들고 절망에 젖은 국민들의 의식에 새로운 희망과 용기를 불어넣어 주었다. 새마을 운동은 지역주민들이 정부의 후원을 받으며 마을단위로 박 대통령이 구상한 새마을 과업들을 경쟁적으로 수행하면서 시작되었다. 새마을 운동의 주요한 사업은 다음과 같았다.

첫째, 농촌의 생활에 불편한 재래식 초가집을 서양식의 현대화된 주택으로 개량한다. 둘째, 농촌에 농기계 등 현대식 농업용 장비를 갖추어 농업을 기계화한다. 셋째, 농촌의 흙길을 시멘트 혹은 아스팔트로 포장된 현대화된 농로로 개량하여 유용한 사회적 경제적 인프라를 구축한다. 넷째, 전국의 도시의 도로를 현대화하여 유용한 사회적 경제적 인프라를 구축한다. 다섯째, 새마을 운동을 통해서 지역민의 선진화된 생활환경과 위생환경을 개선한다. 여섯째, 지역의 완전한 산림녹화를 위해 지역주민들이 적극적으로 식림하고 녹화한다. 일곱째, 매월 반상회를 개최하여 주민들 간의 단합을 도모하고 중요한 국가시책과 새마을 운동의 성과와 정보를 공유하며 새마을 발전에 도움이 될 건설적인 방안을 논의한다.

세계의 이목을 끌었던 한국의 '새마을 운동'은 그때까지 빈한하고 초라했던 농촌의 인프라를 다지고 농촌에 "우리도 할 수 있다", "우리도 한번 잘 살아보세"라는 구호와 함께 근로의욕과 사기를 진작시켰으며 농산물의 증산과 더불어 농가소득을 월등하게 증대시켰다. 우리나라가 일본의 식민통치를 받던 일제시대에 대구사범학교를 졸업했던 박 대통령은 우리 국민이면 누구나 부르기 쉽고 듣기에 경쾌한 멜로디의 '새마을 노래'를 손수 작사하고 작곡하였다. 경쾌한 리듬과 부르기 쉬운 멜로디를 담은 이 '새마을 노래'는 국민들에게 참신한 신바람과 사기를 불러일으켰고 '우리도 할 수 있다'는 자신감도 심어주었다.

독일은 21세기에 발행된 자국의 국정교과서에 "남한(한국)은 1960년까지도 한국민의 1인당 GDP가 79달러에 불과하여 경제성장이 절망적인 최빈국이었으나 박정희 대통령이 창시한 새마을 운동과 장기간에 걸친 경제개발계획의 성공을 바탕으로 하여 오늘날 세계 11위의 무역국가로 성장한 나라(2015년 한국민의 1인당 GDP는 27,266달러로서 1960년의 1인당 GDP의 345배)"라고 소상히 소개하였다.

한국이 1970~80년대에 '한강의 기적'을 이루자 저명한 세계 지도자들이 박정희의 새마을 운동과 후진국 경제개발 모델을 다음과 같이 격찬을 하였다. 중국의 등소평은 "박정희는 나의 멘토(mento)다." 러시아의 푸틴 대통령은 "박정희에 관한 어떤 책이라도 다 가져와라. 그는 나의 모델이다." 미국의 국무장관을 역임한 키신저는 "19~20세기 세계의 혁명가들 5인 중 국가경제발전에 기적을 이룩한 사람은 오직 박정희뿐이다. 그는 산업화 후에 민주화를 이룩한, 소위 민주화의 토대를 다진 인물이라서 나는 그를 존경한다." 엘빈 토플러는 "민주화는 산업화가 끝난 후에 가능하다. 이런 인물을 독재자라고 말하는 것은 언어도단이다. 박정희라는 모델은 누가 뭐라고 말해도 세계가 본받고 싶어하는 모델이다."

박정희 대통령은 저개발국가의 경제개발에 성공할 수 있는 모델을 만들어 선진국에게 신선한 충격을 주고 후진국에게는 한국도 해내었는데 우리도 할 수 있다는 격려와 자신감을 심어주었다. 이처럼 박정희 대통령은 세계적으로 위대한 지도자로 인정을 받고 있는데도 국내 야당 인사들과 일부 국민들은 과거 한국의 경제적 실태를 직시하지 못하고 그의 경제개발을 성취시키기 위한 장기집권에 대해서 '장기집권에 집착하는 독재적 대통령'이라는 등 온갖 비난을 하고 있었으니 참으로 유감스럽다.

박 대통령은 새마을 운동과 국민의식 개혁의 성공을 바탕으로 경공업 위주의 산업화와 '수출입국'의 성공에서 자신감을 얻게 되자 야당 지도자들과 대학생들을 비롯한 일부 국민들의 완강한 반대에도 불구하고 1972년에 유신을 단행하고 중화학공업화를 추진하게 되었고 박 대통령이 서거한 후 한국의 경제는 일취월장 비약적인 발전을 거듭하였고 드디어 한국은 2010년 중반에 들어와서는 세계 10위권의 경제대국이 되어 무역고는 무려 1조 달러(세계 7위)를 넘어서 세계를 놀라게 한 '한강의 기적'이 일어날 수 있게 하였다.

박정희 대통령의 업적은 한국의 반만 년 역사상 가장 부강한 나라를 건설하였으니 국가경제의 발달에 관한 한 한국의 반만 년 역사의 어느 지도자도 따를 수 없는 업적을 이룩한 통치자로 생각된다. 빅 대통령의 새마을 운동은 우리민족의 혼백과 잠재력을 결집시키는 원동력의 역할을 하였던 것이다. 그분이 창시한 이 새마을 운동은 '네 시작은 미약하였으나 네 나중은 심히 창대하리라(욥기

8장 7절)'라는 성경 구절을 떠올리게 한다. 이 새마을 운동은 오늘날 온 세계의 개발도상국가들이 지대한 관심을 가지고 벤치마킹을 하고 있거나 하려고 하고 있으니 참으로 자랑스럽고 긍지를 느끼지 않을 수 없다.

6. 고속도로 준공 50주년 기념비에 대한 소감

약 51년 전 1970년 7월 7일에는 서울-부산 간 고속도로가 착공 2년 5개월 만에 개통되었다. 이 시기에 나는 정부가 주관하는 각종 시험들을 치고 면접을 보기 위하여 경부고속도로를 달리는 편리하고 쾌적한 고속버스를 타고 가면서 한국민으로서 높은 자긍심을 가지곤 하였다. 당시의 고속버스에는 오늘날 여객기의 승무원처럼 감색 세라복 유니폼을 말쑥하게 차려입은 세련된 승무원이 동승하여 음료와 과자를 제공하는 등 여객들을 위한 봉사도 하여 고속버스를 타고 가는 여행이 매우 안락하고 즐거웠다.

이러한 경부고속도로를 건설하게 된 계기는, 박 대통령이 서독에 파견된 간호사들과 광부들을 위문하고 격려하기 위해서 1964년 12월 8일에 서독을 방문하던 중에 서독의 본에서 쾰른까지 자동차로 달렸던 고속도로 '아우토반'의 효율성에 매료된 것과 서독 수상 에르하르트가 한국의 산업화를 앞당기기 위해서는 고속도로를 건설하도록 적극적으로 권유한 것과 관련이 있다.

박 대통령은 서독의 고속도로를 달리는 도중에도 중간에 몇 번이나 차를 세우고 노면 상태, 중앙분리대 구조, 진출로 등을 일일이 확인했다고 당시 수행원이었던 백영훈 전 중앙대 교수는 증언하였다. 한국에 이런 고속도로가 건설된다면 농촌과 도시, 서울과 지방 등 지역 간의 물적·인적 교류가 더욱 활발해질 것이고 물류비용이 절감되어 산업화를 훨씬 앞당길 수 있을 것이라 확신하였다.

박 대통령은 서독 방문을 마치고 귀국하자 경부고속도로의 착공을 위한 빈틈 없는 계획수립에 착수하였다. 앞서 몇 년 전에 태국 고속도로의 공사 경험이 있었던 정주영 회장의 현대건설이 한국 최초의 고속도로의 건설을 맡게 되었다. 고속도로의 건설은 건국 이래 최대의 역사로 총공사비는 무려 우리나라 국가 예산의 23.6%에 이르는 대역사였다. km당 1억 원이 소요된 전 세계 고속도로의 건설 역사상 그 유례가 없는 가장 경제적인 비용이 소요되었던 건설이었다.

서울에서 부산까지 기차로 15시간 걸리던 것이 고속도로가 생기면서 소요시간이 약 1/4인 4시간으로 줄어들었으니 11시간을 절약하게 되었다. 고속도로가 건설되기 전에는 거의 모든 화물이 기차로 수송되었으므로 소요된 시간과 물류비용이 고속도로의 건설 이후보다 세 배 정도 높았다고 한다. 이 시기에 울산에 있는 자동차 산업도 동시에 크게 발전하면서 물류비용이 획기적으로 1/4로 줄어들고 도시와 농어촌 간, 서울과 지방 간의 물물교류와 인적교류가 더욱 활발해져 우리나라 경제발전의 경이적인 기폭제가 되었다.

이 고속도로의 건설은 공사를 시작도 하기 전에 국내의 주요 언론매체들, 탁상공론가들인 대학 교수들, 정부가 하는 일에 반대를 일삼는 야당 의원들과 대학생들의 완강한 반대에 부딪혔다. 야당의 야당의 당대표들을 위시한 정치 지도자들과 국회의원들은 "경부고속도로 건설은 국가재정의 파탄을 가져올 것이며 지역편중적이고 기형적 건설이 될 것이다"라고 혹평하였고, 심지어 고속도로를 개통하는 날에 고속도로에 드러눕기까지 하는 등 극렬한 반대 시위도 하였다. 서울 소재 모 대학교의 상대 교수들 모두는 대대적인 대국민 성명서를 내고 고속도로의 건설은, 부유한 일부 계층들이 타고 다니는 유람로가 될 것이니 낭비적이고 비효율적인 건설이 될 뿐이며 국토의 자연환경을 파괴하게 되는 해악적 건설이라는 과학적 근거가 전혀 없는 맹목적 비난도 하였고 국민들 중 일부도 이에 동조하기도 하였다.

그들의 완강한 반대를 무릅쓰고 초지일관 건설된 고속도로가 나중에 대한민국이 발전하게 되는 숨통의 줄기를 잡아주는 대동맥이 되었고 전국이 일일생활권이 되는 시대를 열게 되는 계기를 만들었다. 이 고속도로의 축을 중심으로 수많은 산업단지가 생겨나 수많은 일자리가 만들어졌고 그로 인해서 새로운 도시들도 많이 건설되어 한국경제의 맥도 크게 확장되었다. 이에 따라 국민의 삶의 질도 엄청 높아졌으니 박정희 대통령의 국가경제발전에 대한 비전, 기획, 예측은 참으로 놀랍고 감탄하지 않을 수 없다.

그런데 경부고속도로 개통 50주년을 맞아 현 정부가 세운 기념비가 큰 논란거리가 되었다. 추풍령휴게소에 세운 새로운 기념비에는 현 정부의 국토부장관의 이름을 넣으면서도, 우리나라 국가경제발전의 튼튼한 초석이 된 경부고속도로 건설의 필요성을 절실히 느껴 만난을 극복하고 고속도로의 건설을 강력하고 끈기 있게 추진시킨 그야말로 경부고속도로 공사의 최대 공로자이자 으뜸가는 주인공인 박정희 대통령의 이름은 빠졌기 때문이다. 기념비 옆에 정부는 경부고속도로 건설공사에 참여한 관료들과 건설업체 직원 530여 명의 이름을 새긴 명패석을 별도로 설치했는데 여기에도 박정희 대통령의 이름은 없다. 세계의 많은 저명한 정치가와 경제 전문가들이 그의 탁월한 공로를 상찬하고 인정해주고 있는데, 박 대통령을 과거 독재정권의 대통령이라고 현 정부에서는 그의 탁월한 공로를 완전히 무시하고 홀대를 하다니 참으로 속 좁은 편협한 처사라 아니할 수 없다.

이런 식으로 '역사 바로 세우기'를 한다면 정부가 하는 다른 '역사 바로 세우기' 작업들을 과연 모든 국민들이 전적으로 믿고 수용을 하겠는지 의문을 갖지 않을 수 없다.

7. 국가 간에는
영원한 동맹은 없다!

1945년 해방 직후와 1950년 6·25 전쟁이 돌발했을 때에 우리 국민들 사이에 다음과 같은 시대성 노래 가사가 유행하였다. "미국 놈 믿지 말고 소련 놈에 속지 말라. 일본 놈 (다시) 일어나고 되놈 (중국 놈) 되(다시) 온다. 조선은 조심하라."

돌이켜 보면, 6·25 전쟁이 일어나기 1년 전인 1949년에 남한에 주둔했던 미군 7만여 명을 소수의 군사고문단만 남겨 놓고 자국의 모든 비행기, 탱크, 중무기와 함께 모두 철수시키고 난 후, 한반도를 미국의 최전방 아시아 방위선에서 제외한다는 이른바 '에치슨 라인'을 냉혹하게 선포하였다. 이는 호시탐탐 남한정복의 기회를 노리던 북한 공산주의 집단의 우두머리 김일성에게 남침할 절대적인 호기와 낭보를 제공해주었던 것이다.

미국은 자국의 이익에 도움이 안 된다면 언제든지 군대를 철수시킨다는 국제 정치의 냉혹한 현실을 약소국가인 한국 국민에게 그대로 보여주었다. 미국이 국익에 도움이 되지 않는다고 생각하면 자국 군대를 철수시키는 전형적인 사례는 그 후 약 25년 후인

1974~5년에 무려 5만여 명의 미군 사상자를 내고서도 베트남에서 미군 수십만 명을 완전히 철수하는 치욕적인 역사적 사건에서도 있었다. 미국 역사상 전쟁에서 자국 군대를 철수하는 '사실상의 패배'는 베트남에서의 미군 철수가 유일무이한 것이었다.

6·25 전쟁의 발생 동기를 연구한 소수의 미국 학자들에 의하면 미국이 제2차세계대전 때 생산된 잔여 무기들을 모두 소진시키고 제2차 세계대전을 치르면서 세계 일등 국가로 우뚝 올라선 자국의 경제력을 더욱 확고하게 상정시키기 위하여 북한의 남침을 유도하였다고 했으며 자국의 군대와 무기를 한국에서 철수시키고 한국을 제외시키는 아시아 최종방위선을 의도적으로 선언하였다고도 하지만 그들의 주장이 어느 정도 정확한지 알 수는 없지만 전혀 일리가 없다고는 할 수 없을 것이다.

그러니 고금의 세계사를 보면 약소국가의 운명은 약소국가의 국민이 정신을 바짝 차려 국력과 국방력을 육성하여 자아를 수호하지 못하면 언제든지 강대국의 먹이가 되기 마련이라는 것을 잘 보여준다. 강대국들과 약소국가들은 운명처럼 지정학적으로 정해져 있었고 그 강대국들은 기회가 있을 때마다 항상 주변의 약소국들을 침탈하고 정복하는 과정을 끊임없이 보여주었다. 과거 대한제국(조선)은 강대국의 침탈과 정복에 대항할 수 있는 국력과 군사력을 전혀 육성하지 못하여 1864년 명치유신을 단행하여 단시일 내에 국력을 키운 이웃 국가인 일본의 '먹이'가 되었다.

그러므로 미국이 우리나라와 상호방위조약이라는 군사동맹을 굳건히 맺은 우방국가라고 하지만 우리는 그 미국을 영원한 우방국으로 전적으로 신뢰할 수도 없고 신뢰해서는 안 될 것이다. 세계를 이끌어 갈 만한 국제정치적 식견과 철학이 부족하고 오직 자국이기주의 정책을 펼치는 트럼프와 같은 전 대통령들이 앞으로도 미국의 대통령으로 언제든지 선출될 수 있을 것이기 때문이다.

잠시 대한제국의 국력이 쇠약하기 짝이 없었던 100여 년 전인 1905년에 러-일전쟁에서 일본이 승리하자 "국력이 약한 나라는 망하고 강한 나라는 살아남는다"라는 강한 믿음을 가졌던 미국의 시어도어 루즈벨트 대통령도 미국과 일본 대표들(미국의 태프트, 일본의 가스라) 사이에 합의된 '태프트-가스라 밀약'을 통하여 대한제국에 대한 일본의 지배권을 사실상 승인하였던 역사적 선례도 있었음을 우리 한국민은 다시 한번 상기해야 할 것이다.

또 한국의 대통령은 수만 리 떨어진 머나먼 미국을 주요 각료들과 함께 국빈으로 방문하였지만 미국의 대통령과 정상회담을 단 2분밖에 못하는 전대미문의 외교적 홀대와 굴욕을 당하였고, 금강산 관광과 개성공단 재개 요구를 했다가 무참히 거절을 당하는 등 이런저런 외교적 수모를 트럼프에게서 당하기도 하였다.

1945년 해방 이후 국제환경은 변화를 거듭하였지만 변하지 않은 것이 있다면 '나라와 나라 간에는 영구불변의 동맹이나 우의가 없고 자국이기주의만 있다'는 사실을 명심하고 우리 국민 모두는 국력과 자주국방력을 육성하며 아울러 강력한 자주국방의 정신자세를 더욱 가다듬어야 할 것이다.

8. 자주적 국방력의 완비,
   그것만이 우리의 살길이다

우리나라는 얼마 전 중국의 최고 통치자로부터 외교적 홀대를 당해 국민 모두의 자존심이 훼손 당하고 울분을 삭여야만 하였다. 중국은 근래 우리나라에 온갖 위협과 패권주의적 본능을 노골적으로 펼쳤다. 우리나라 대통령이 3박 4일간의 일정으로 중국을 국빈으로 방문하였을 때 중국의 고위층과의 식사는 단 두 차례였는데, 한 차례는 중국의 국가주석 시진핑이 참석한 국빈 만찬이었는데 국빈 만찬은 단 한 차례였다.

우리나라 대통령의 중국 방문 기간 중 한국의 기자가 중국의 관리로부터 일방적 폭행을 당해도 우리는 아무런 항의도 못하였고 중국으로부터 어떤 공식적 사과도 없었다. 이것은 또한 한국의 대통령은 물론 한국과 한국 국민을 얕보고 저지른 외교적 결례여서 우리 국민 모두가 여원히 두고두고 잊지 못할 것이다.

제2차 세계대전 때 스위스가 독일의 침공 위협과 침공 의지를 꺾은 역사적 경험을 교훈으로 삼아 중국 같은 강대국이나 남한 정복의 기회를 호시탐탐 노리고 있는 북한이 우리 한국의 국방력과 국민의식을 절대로 과소평가할 수 없도록 우리 국민 모두가 자주국방의 정신무장을 더욱 단단히 하고 있음을 보여주어야 할 것이다.

제2차 세계대전 때 나치 독일은 영세중립국가인 스위스의 자주국방의식과 스위스인의 애국심을 과소평가하고 스위스에 정치적, 경제적, 군사적 위협을 가하고 심리적으로 압박하기 위해서 스위스 침공설을 계속 흘렸다. 하지만 스위스 국민의 단호한 대응이 독일의 침공의지를 마침내 꺾었다.

국력도 인구도 군사력도 독일에 비해 너무나 미약한 나라인 스위스가 내민 것은 죽음을 두려워하지 않고 똘똘 뭉친 국민 전체의 전투적 기세였다. "우리 스위스가 독일 너희를 이길 수는 없겠지만 독일 너희도 엄청난 희생과 손실을 볼 것"이라는 메시지를 던졌던 것이었다. 독일은 스위스 용병의 임전무퇴의 용감무쌍한 전투정신에 대해서 익히 알고 있었거니와 "우리 국토는 우리가 지킨다"라는 스위스 국민 전체의 자주국방의 정신과 기세에 눌려 독일은 눈에 뻔히 보이는 전략적 손실 앞에서 침공의 야욕을 접을 수밖에 없었다.

그 옛날의 스위스 국민들은 오랜 기간 동안 혹독한 가난의 굴레에서 헤어나지 못하였다. 경작할 농토도 이렇다 할 자원도 없어서 험준한 산에서 양이나 치면서 가난하게 살아왔고, 이웃에 독일, 프랑스, 이태리, 오스트리아 같은 열강으로 둘러싸인 그야말로 지정학적으로 최악의 약소국이자 빈국이었다.

게다가 이웃의 강대국으로 오랫동안 군림하였던 오스트리아의 지배, 간섭, 수탈에 시달리다 보니 굶주림을 면할 길이 없어 자연스럽게 용병이란 직업을 생계의 수단으로 택하지 않을 수 없었다. 용병이란 남의 나라를 위해서 돈을 받고 목숨을 걸고 싸우는 용감무쌍한 군인이다.

그들 자신은 물론이요 그 아들들과 손자들 역시 용병으로 살아가야 할 운명이라는 것을 잘 알고 있었기에 몸값을 올리기 위해 전장에서 무섭도록 싸웠다. 항복을 모르고 후퇴를 모르는 용감무쌍한 스위스인들의 몸값이 제일 비싸게 되었다.

스위스가 무기, 공구, 시계를 제조하는 정밀기계공업이 발달하게 된 배경도 알고 보면 이 용병과 관계가 있다고 한다. 용병으로 참가하였던 전쟁이 끝나고 돌아와 유럽 각국의 무기를 비교하고 나중에 자신들이나 후손들이 전장에서 더 잘 싸울 수 있도록 성능이 좋은 무기로 개량하게 되었으니 자연히 세계적으로 인정을 받는 시계, 무기, 공구 등의 정밀기계공업이 발달하게 된 것이다.

세계는 옛날이나 지금이나 변함 없이 약육강식의 살벌한 전쟁터이니 중국, 소련, 북한, 일본에 둘러싸여 지정학적으로 매우 불리한 우리나라는 "누구도 믿을 수 없다"라는 정신무장을 더욱 단단히 하면서 자주국방의식을 철저히 다져야 할 것이다. 과거 고구려 국민들이 일치단결하여 천하를 통일한 중국의 수나라와 당나라의 막강한 침략 대군을 당당히 물리쳐 수나라를 멸망하게 만들었고 당나라의 고구려 침략에 대한 의지를 완전히 꺾어버린 우리 민족의 자랑스러운 역사를 상기하면서 자주국방의 무력과 자주국방의 정신무장을 단단히 강화시켜야 할 때다.

9. 중학교 시절 교감 선생님의
   득도다조 교훈

내가 다녔던 부산개성중학교의 오병옥 교장 선생님께서는 야구부의 우승에 대한 바람이 대단하셨다. 오 교장께서는 야구 지도능력이 있다고 추천을 받은 여러 감독과 코치를 차례로 초빙하시어 그분들이 지도하는 능력과 선수들이 훈련하는 것을 직접 살펴보시며 격려와 충고를 하시는 등 많은 노력을 기울였지만 안타깝게도 선수들의 야구대회 전적은 학교장의 기대치와는 거리가 먼 평범한 성적이었다. 후보 선수들 중에 가능성이 보이는 선수가 있으면 감독에게 그 선수를 직접 추천하여 훈련을 시키기도 하셨다. 나는 2학년 때 오 교장 선생님의 특별추천으로 유격수 후보선수로 뽑혀 유격수 훈련을 4개월간 집중적으로 받았다.

내가 중학교를 다닐 당시에는 부산시에는 개성중, 대신중, 경남중, 대동중, 부산남중, 부산중, 동래중 등 7개교의 야구팀이 있었다. 1년에 춘계, 하계, 추계, 전국체전대회예선전 등 4~5번 정도 열리는 부산시 중학교 야구대회에서는 야구부 전통이 오래된 경남중과 대신중이 우승과 준우승을 할 때가 많았다.

개성중 야구팀은, 오 교장 선생님의 엄청난 열성에도 불구하고 2년 동안 여덟 번의 대회에서 준우승만 두 번 하는 평범한 성적을 거두었다. 오 교장 선생님이 부산상고로 영전하신 그 다음 해에는 개성중이 부산시 중학교 대회는 물론 전국 중학교 야구대회에서 우승을 거의 독차지할 정도로 좋은 성적을 거두었다.

새로 부임한 백효득 감독이 선수들을 최고의 기량을 발휘할 수 있도록 기본기부터 세부 분야까지 훌륭하게 조련했기 때문이기도 하지만 그동안 오 교장 선생님이 부산상고로 전근을 가기 직전까지 뿌린 노력과 밑거름이 바탕이 되었던 것이다. 훗날 백 감독은 몇 년 후 서울 성동고 교장으로 부임하신 오병옥 교장의 부름을 받은 뒤 서울 성동고 야구팀을 맡아 1971년도에 한국고교야구대회 중 가장 권위가 있는 대회인 청룡기대회와 황금사자기대회에서 우승을 하였을 정도로 지도능력이 탁월하였다.

오 교장 선생님의 야구에 대한 열정에 호응하여 30대 초반의 원기왕성한 김임식 교감 선생님께서도 바쁜 교감 직책 중에서도 틈틈이 야구부 선수들의 사기 앙양을 위해 많은 노력을 하셨다. 특히 큰 시합이 끝나고 나면 우리들이 가볼 수 없는 중화요리점에서 푸짐한 회식자리를 우리 선수들을 위해서 베풀어 주시고 그 자리에서 오랫동안 우리들의 머리와 가슴에 닿는 감동적인 격려와 덕담을 정이 듬뿍 담긴 음성으로 해 주시곤 하셨다. 그때 들려준 덕담들 중에 '평소에 주위 사람들의 마음을 얻는 덕을 닦아야만 도와주는 사람이 많아진다'라는 맹자의 '득도다조'의 사자성어로 된 교훈이 매우 인상적이었다. '득도다조'의 성어를 야구기량을 선수 개개인이 스스로 꾸준히 연마하는 데에도 적용하는 말씀도 해주셨다.

그 시절에는 우리 국민들 대부분이 가난의 굴레를 벗어나지 못했던 시절이라 선수들이 짜장면만 사 주어도 감사하게 여기는데 처음으로 탕수육, 팔보채, 라조기, 잡채 등 고급스러운 중화요리를 먹게끔 해주니 그렇게 기쁘고 고마울 수가 없어 그 회식이 우리 야구부 선수들의 추억에 오래 남았다. 학교의 야구선수로 선발되어 그렇게 맛이 있는 귀한 음식도 먹을 수 있으니 야구부 선수로 선발된 것을 행운으로 생각하게 되었고 더욱 열심히 연습을 하게 되니 기량도 더욱 향상하게 되었다.

김 교감 선생님께서는 "내가 부산시 중학교 교감회의에 나가면 모두가 교감으로서의 나의 역할과 역량을 알아주고 인정해 주는데, 중학교 야구부 이야기만 나오면 할 말이 없게 된다"라고 하시며 우리 선수들이 더욱 분발할 것을 완곡하면서도 간곡하게 촉구하셨다.

김 교감 선생님께서는 개성중학교의 비약적인 발전을 위하여 헌신적인 노력을 기울이며 8년간 근무하시다가 1961년에 밀양 무안중학교 교장으로 승진 발령을 받으셨다.

내가 은사님을 다시 뵙게 된 것은 은사님께서 제3공화국 시대인 1963년 부산진 갑구의 국회의원 후보 공천을 받을 시기였다. 이 시기에 나는 부산성지국민학교 교사로 근무하고 있었다. 1962~3년 여당의 선거구별 공천후보자 여론조사를 한 결과 부산진 갑구 선거구에서 덕망과 능력을 고루 갖춘 인사는 은사님으로 밝혀졌다. 개성중 교감으로 8년간 근무하실 때 서면 일대의 친면이 있는 분들의 가정에 대소사가 있을 때에는 시간을 내어 축하나 조문을 하는 등 평소에 많은 덕을 꾸준히 쌓아 오셨고, 교감으로 재직하실 때에는 우리 제자들에게 항상 훈훈한 정이 담긴 덕담과 밝고 인자한 모습을 보여주셨기 때문에 나는 여당의 국회의원 후보로 은사님이 공천을 받을 것이라고 예상하였다.

나는 은사님이 예상대로 부산진 갑구의 여당 후보로 공천받았다는 반가운 소식을 듣고 축하 인사도 드릴 겸 내가 도와줄 수 있는 일이 있는지를 알아보기 위하여 선거사무실을 방문하여 은사님을 찾아뵈었다. 그 당시 선거사무장을 맡았던 나의 중학교 동기생이며 나와 같은 반의 친한 급우였던 이 관수 사무처장이 나를 은사님에게 상세하게 소개하였다. 기억력이 좋으셔서 중학교 시절의 나를 알아보신 은사님은 나를 반갑게 맞이하면서 '선거운동기간에 잘 도와줄 것'을 부탁하셨다.

부산진 갑구는 전통적으로 야당 후보자가 강세여서 여당의 선거본부는 모 야당 후보를 이길 가능성이 있는 후보로 덕망과 능력을 갖춘 김임식 교장 선생님을 후보로 공천하였던 것이다. 나는 훌륭한 은사님이 당선이 되면 국가와 지역의 발전에 대단히 헌신할 수 있을 것이라 생각하고 적극적인 홍보를 하였다.

예상대로 은사님의 원만한 인품과 오랫동안 쌓아 오신 득도다조의 덕망이 바탕이 되어 40세의 약관으로 영광스러운 제6대 국회의원으로 당선되셨던 것이다. 정확히 10년 전인 1953년에 내가 개성중학교에 입학하였을 때 개성중학교 교감으로 막 부임하셨던 은사님이 10년 후에 40세의 약관으로 국회의원으로 당선이 되셨으니 나는 은사님이 참으로 대단하신 분이라고 생각하였다. 그 후 '여촌야도'의 기세가 대세였던 7대 국회의원 선거에서 낙선이 되었을 뿐 8대, 9대, 10대까지 계속 당선이 되시어 국회 내 요직을 두루 맡으셨다.

국회의원 선거가 있을 때마다 내가 깊은 관심을 가지고 은사님의 국회의원 당선을 위해 학부형들에게 홍보를 하였지만 1973년 선거 때는, 도시에서는 야당이, 농촌에서는 여당이 우세하다는 '여촌야도'의 국민여론과 정서의 흐름이 예사롭지 않았다. 나는 '여촌야도'의 정치적 사조와 정서 때문에 이번 선거가 박빙의 승부가 되지 않을까 하는 예감 때문에 더욱 적극적인 홍보를 하고자 결심하였다. 그때 일어난 에피소드를 간단히 적어본다.

나의 대학 동기생으로 평소에 나와 친했던 김○현 군이 결혼식을 올린다고 하기에 '어느 예식장에서 누가 주례를 하는지' 물었더니 서면 동원예식장에서 이번 선거에서 유력한 야당 후보자 모 씨가 주례를 할 예정이라고 하였다. 나는 결혼식 하객들 중 많은 분들이 서면 일대에 거주하는 분들이라 생각하고 몇 표라도 김임식 후보에게 가도록 하기 위해 '주례를 나의 은사이신 김임식 후보로 바꾸어 달라'고 그 친구에게 요청하였다. 그 친구는 나의 요청이 너무나 진지하기에 자기의 결혼식 주례를 김임식 후보로 하겠다고 약속하였다. 1973년 선거에서는 숨 막히는 접전을 거듭한 끝에 불과 몇 표의 차이로 김임식 후보가 당선되었으니 입후보 당사들이 개표 상황의 방송을 보면서 시시때때로 겪은 마음고생은 형언할 수 없을 것이다. 더욱이 여촌야도의 선거 분위기 속에서 여당 후보가 당선되었으니 더욱 돋보인 선거였다. 이 선거에서 김임식 후보의 득표율은 35.96%였다. 이 선거에서 당선된 은사님께서 계속 정치적 입지를 더욱 굳게 다지게 되고 국회의원으로서 요직을 맡아 국가와 지역사회의 발전에 공헌하게 된 것이 기뻤다. 불과 몇 표 차이로 당락이 결정된 그 아슬아슬한 선거에서 내가 제자로서 조그마한 도움이라도 줄 수 있었던 것이 두고두고 흐뭇하였다.

그동안 이 에피소드는 아무에게도 말하지 않았다. 그러다가 김 의원님께서 막중한 국정과 우리나라 대학교육의 발전에 일편단심 헌신하시다가 향년 87세로 별세하시어 차려진 동의의료원 장례예식장 빈소에서 나의 중학교 동기생이며 동의대학교 사무처장을 오랫동안 역임했던, 절친했던 이 관수처장에게 1973년 국회의원 선거 직전에 있었던 이 에피소드를 들려주었다. 이 처장은 "그런 일이 있었으면 그 당시에 한 번 이야기해 줄 것이지." 하면서 그런 사실을 그때까지 누구에게도 내가 한 번도 말하지 않은 것을 놀라워했다. 또 "이 교수, 당신은 의리가 대단한 제자였네. 고인께서 살아계셨을 때 이 에피소드를 들으셨다면 '나를 이렇게 위해주는 제자가 있었구나'라고 하시며 매우 흐뭇해하셨을 텐데"라고 하면서 서로 손을 굳게 잡으며 밝게 웃었다.

10. 교육개악이 된 한국의 고등학교 교육개혁

내가 원장으로 근무하는 ○○대학교 교육대학원을 2002년도에 수료할 교육대학원생들이 8주간의 교생실습을 김해시의 ○○고등학교에서 마치고 돌아왔다. 그들이 교생으로 실습하던 ○○고등학교 학생들의 교실 수업분위기를 전해 듣고서 나는 참으로 기가 막혔다. 그들에 의하면, "수업이 시작되면 교실에 있는 학급 학생들의 1/3은 잠을 자거나 떠들고, 나머지 1/3은 학원 숙제를 하고 그 나머지 1/3이 수업을 들을 뿐이라"라고 하였다. 그러나 "과목 담당교사들은 잠을 자거나 떠드는 학생과 학원숙제를 하는 학생들에 대해서는 아무런 관심도 갖지 않고 제지도 하지 않는다"라는 말을 듣고 나는 우리나라 중등학교 교육의 추락된 현실에 심적으로 심한 충격을 받았다.

이들 교육대학원생들은 "교육대학원에서 규정해 놓은 소정의 교사자격증 취득에 필요한 과정을 수료한 후 교사가 되어 이런 학급의 학생들을 가르치게 된다는 생각을 하니 교사가 되고 싶은 마음이 사라져 버려 그 허망한 마음을 달랠 수가 없었다"라고 하였다.

교육대학원생들이 교생실습기간 중 가르쳤던 고등학생들은 학교 선생님보다 학원의 선생님들을 더 신뢰하고 더 의지하는 것이 교실현장의 분위기라 하였다. 그것은 학교 선생님들보다는 학원선생님들이 학원에 등록한 학생을 놓지지 않으려고 최선을 다해서 가르쳐 주기 때문이라고 하였다.

고교평준화라는 교육개혁이 실시된 후 미적분을 비롯한 고등수학을 완벽하게 이해하고 있는 학력을 갖춘 학생들과 간단한 분수의 덧셈과 뺄셈도 하지 못하는 학생들을 한 교실에 뒤섞어 놓고 수업을 하게 하는 것은 대부분의 학생들과 교사들에게 교실에서 아무것도 하지 말라는 얘기와 다를 바가 없다. 그런 상황에서 수업을 진행해봐야 수업의 효과가 있을 리 없거니와 교사의 열의도 생길 수도 없으니 교육개혁의 진의가 의심스럽고 심히 안타깝다.

해가 갈수록 학생들의 학력은 떨어지고 교사들은 교사들대로 가르칠 의욕과 사기가 떨어져 스트레스와 불만이 가득 쌓이고 자녀들을 학교에 맡긴 학부모들은 학교와 교사들을 믿고 있는데 실제 교실 수업분위기가 그러하니 학부모들도 정부당국의 교육개혁과 교육정책에 대한 불만이 이만저만 아닐 것이다.

고등학교 교육현장에 이런 심각한 반교육적 사태가 벌어진 근본적 원인을 추적해 보면 국민의 의견을 존중하고 자유민주주의를 지향한다고 하는 문민정부의 최고통치자와 교육정책 입안자들이 고등학교 입학시험을 없애고 제비뽑기를 통해서 고등학교에 입학하는 고교평준화제도와 대입 본고사제도의 폐지를 교육개혁이라고 내놓은 것에 기인한다.

윤증현 전 기재부 장관은 "현재 우리나라의 교육은 평준화 논리에 따른 고등학교 입학시험제 폐지, 대학입학시험 본고사 폐지, 기여입학제 금지라는 틀에 갇혀 있으니 '교육개혁' 이전의 옛날 교육이 차라리 더 나았다"라고 하면서 "인재를 기르는 데 가장 효과적이었고 학부모들의 사교육비 부담이 훨씬 덜했던 예전의 고교입시제도와 대학입학시험 본고사시험제도를 부활시켜 고등학교 진학 시점부터 대학 진학자와 취업희망자를 잘 가려주고, 사립대학이 기여입학자를 받도록 허용하여, 정부가 사립대학에 지원해주는 지원금은 전부 국공립대학에 집중해 가정형편이 어려운 학생들을 부담없이 국공립대학에 갈 수 있도록 하자"라는 의견을 강력하게 피력하였다.

그는 이어서 "우리나라 청년 중에 대졸 비율이 70%가 넘는데 경제협력개발기구(OECD) 회원국 중에서 대졸 비율이 이렇게 월등하게 높은 나라는 한국뿐이며, 대졸자 비율이 다른 나라들에 비해서 턱없이 높으니 어떤 청년일자리 대책을 정부가 내놓아도 약발이 듣지 않으니 하루라도 빨리 교육개혁에 나서야 한다"라고 역설을 하였다. 옛날의 고교입시제도와 대입 본고사 제도로 되돌아가는 데 대해서 윤 장관은 시대착오적이라는 비판이 나올 수 있으나 '논어에서 온고이지신'을 인용하면서 "옛것이 좋으면 그걸 다시 할 필요가 있다. 이러한 교육개혁이야말로 우리나라 고교교육과 대학교육을 정상화시킬 수 있는 가장 현실적인 지름길이라"라고 역설하였다.

내가 1972~9년도에 고등학교 교사로 재직할 당시에는 고등학교 입시와 대학입시 본고사가 있던 시대였는데 고등학교 학생들은 자기의 학력을 보완하기 위해서 방과 후 학교에서 실시하는 보충과 외수업을 열심히 듣거나 수강료가 그렇게 부담되지 않은 중대형학원에 등록하여 학력을 보완하였기 때문에 사교육비의 지출과 부담이 되지 않았거나 전혀 문제되지 않았다.

학생들은 부담되는 사교육비를 들이지 않고서도 최선을 다해서 열심히 공부하여 자기들이 바라는 대학에 합격하고 개천에서 용이 날 수 있는 사회적 분위기 속에서 자기의 소망을 자기가 원하는 대로 달성할 수 있었다. 또 학업능력이 부족하거나 가정형편이 여의치 못해서 인문고등학교에 들어 갈 수 없는 학생들은 공업과 상업 계열을 비롯한 다양한 실업고등학교에 들어가 자기의 소질과 적성을 살려 국가사회와 기업이 원하는 산업의 역군으로서 국가와 사회의 발전에 크게 기여하였다. 이처럼 고등학교 평준화라는 교육개혁이 일어나기 전의 교육제도는 개천에서 용이 날 수 있는 계층 이동의 사다리 역할을 제대로 할 수 있게 하는 교육제도였고 학교교육을 그야말로 정상화 시키는 교육제도였다. '고등학교 평준화라는 교육개혁'은 사교육의 혜택과 도움을 받는 '가진 자' 계층의 자녀에게 아주 유리하고 사교육의 혜택과 도움을 전혀 받지 못하는 '갖지 못한' 계층의 자녀에게 아주 불리한 교육개악이 되어버렸으니 통탄할 일이다.

윤 전 장관은 "과거 우리나라 경제가 괄목할 만한 고도성장이 가능하였던 주요한 요인 중 하나는 고등학교와 대학에서 배출된 졸업자 수의 적정한 비율이 있었기 때문"이라고 하면서 "옛날로 회귀하는 '교육개혁운동'에 많은 분들이 적극적으로 나설 것"을 역설하였는데 나 자신도 우리나라의 고교교육과 대학교육이 바람직한 방향으로 나아가도록 국가의 발전에 뜻이 있는 모든 국민들이 교육개혁운동에 적극적으로 호응해 줄 것을 간절히 바라고 싶다.

에필로그

남북으로 분단된 우리나라의 미래에 아무런 희망의 빛이 보이지 않고 그저 암담하게만 보였던 시대를 살아가면서 내가 몸소 겪었던 고난과 시련을 극복하고, 내 나름대로 세웠던 목표를 달성하기 위해서 도전했던 과거를 돌아보면서 쓴 글들을 모아 보았다.

1년 전에 이 책의 원고를 거의 완성하였지만 그 원고가 컴퓨터 조작 실수로 해킹을 당하고 모두 날려버린 후, 전에 썼던 원고의 내용들을 겨우겨우 회상하며 다시 썼지만 아쉽게도 그 원고의 내용들 모두는 살리지 못해 안타까웠다.

우리나라는 1960년대 초반까지만 하여도 아프리카의 가난한 나라들보다 더 가난한 그야말로 세계에서 가장 빈곤한 나라였다. 그러한 나라의 국민으로서 10대와 20대의 청소년 시대를 살아가면서 방황하거나 낙심하지 않고 "개천에서도 용이 날 수 있다"라는 자유민주주의 체제를 믿고 내가 설정한 목표들을 달성하려고 내 나름대로 최선의 노력을 기울였다.

천만다행으로 1961년에 참으로 국가와 국민을 위해서 통치하는 애국애족적인 위대한 영도자가 혜성처럼 나타나 경제입국이라는 국가적 지상목표의 달성을 위해 혼신의 충정과 노력을 받친 덕택에 대한민국은 전 세계가 경탄하여 마지않는 "한강의 기적"이라고 부르는 경제적 기적을 일으킨 나라가 되었다.

나는 그 당시의 장기집권 통치자인 박정희 대통령의 위대한 국가통치철학과 눈부신 경제적 치적들을 엄연한 역사적 사실로서 우리 국민들 모두는 물론 후손들도 바르고 정확하게 알아야 하고 잊지 말아야 한다는 취지로 이 책의 여러 면에 걸쳐 실었다.

참으로 애국적인 대통령의 훌륭한 국가시책과 범국민적인 단합에 힘입어 대한민국은 오천 년 역사상 처음으로 경제적으로 가장 안정된 부유한 국가가 되었고 오늘날 세계 10위권 이내에 드는 경제 선진국이 되었다.

우리나라가 비약적인 발전을 지속하였던 그 당시 나는 20대, 30대의 젊은 교사로서 낮에는 가르치는 일과 저녁에는 배우는 일을 병행하는 '주경야독'의 쉼 없는 생활을 계속하며 앞길을 묵묵히 개척해 나갔다.

국민학교에서 교사로 12년, 중고등학교에서 영어과 교사로 9년, 대학에서 교수로 26년 동안 근무하면서 내가 세웠던 계획과 목표에 도전하며 하나씩 하나씩 이룩해 나가던 참으로 보람이 있고 흐뭇하였던 과정을 다시 느끼고 음미하고 싶어 이 책을 쓴 것 같기도 하다.

나의 교직생활을 돌이켜 보면 주경야독하던 중등학교 교사 시절이 가장 즐겁고 보람을 느꼈던 시절이었다. 영어를 재미있게 가르치는 고등학교 영어교사로서 정년퇴임을 할 때까지 지내고 싶었다. 그러나 뜻 있는 선배 선생님들과 후배 선생님들이 나에게 "영미권 유학을 한 후 대학교수 자리도 생각해보시라"라는 간곡한 권고와 권유에 유학의 길을 택하게 되었다. 마침내 콜롬보 플랜 국비 장학생선발 시험에 응시하여 행운의 여신의 도움으로 합격을 한 후 1년간 영어권 국가에서 영어교육 이론과 실제를 배우고 익히는 유학을 다녀왔다.

유학을 다녀온 후 바로 부산대학교 교육대학원에 진학하여 영어교육학 석사학위를 받은 후 대학에서 영어와 영어교육학을 가르치기 시작하였고 2년 후 부산대학교 대학원 영어영문학 박사과정에 입학하여 3년간의 과정을 어렵게 이수하고 학위논문을 5년에 걸쳐 천신만고 끝에 완성하고 오랫동안 소망하던 영문학 박사학위를 취득하였다.

영문학 박사학위 논문을 쓰는 도중에 뜻대로 진전이 되지 않아서 학위 취득을 포기하고 싶었을 때도 몇 번 있었지만 결코 포기하지 않고 기어이 목표를 달성했다.

대학과 대학원에서 교수생활을 하였던 26년간은 학술논문연구와 교재연구에 전념하면서 그 나름대로 긍지와 보람은 가졌지만 내가 만족하고 수긍할 만한 성과도 학계에의 기여도 하지 못해 못내 아쉽고 안타깝다.